Search for Meaning

**李泽厚**（1930—2021）

中国当代著名思想家，在哲学、思想史、伦理学、美学等多个领域均有重大建树。1954 年毕业于北京大学。中国社会科学院哲学所研究员。1988 年当选为巴黎国际哲学院院士。1992 年客居美国，先后任美国、德国等多所大学的客席讲座教授。1998 年获美国科罗拉多学院人文学荣誉博士学位。2010 年入选世界权威的《诺顿理论和批评选集》。

主要论著有《批判哲学的批判》《美的历程》《华夏美学》《美学四讲》《中国古代思想史论》《中国近代思想史论》《中国现代思想史论》《论语今读》《己卯五说》《人类学历史本体论》《伦理学新说》《由巫到礼 释礼归仁》等。

# 寻求意义

## Search for Meaning

李泽厚

著

人民文学出版社

**图书在版编目（CIP）数据**

寻求意义 / 李泽厚著 . —北京：人民文学出版社，2023
ISBN 978-7-02-018050-9

Ⅰ.①寻… Ⅱ.①李… Ⅲ.①随笔—作品集—中国—当代 Ⅳ.① I267.1

中国国家版本馆 CIP 数据核字（2023）第 159509 号

责任编辑　李　磊
装帧设计　刘　静
责任校对　李晓静
责任印制　任　祎

出版发行　人民文学出版社
社　　址　北京市朝内大街166号
邮政编码　100705

印　　刷　北京盛通印刷股份有限公司
经　　销　全国新华书店等

字　　数　220千字
开　　本　850毫米×1168毫米　1/32
印　　张　12.25　插页1
版　　次　2023年10月北京第1版
印　　次　2023年10月第1次印刷

书　　号　978-7-02-018050-9
定　　价　76.00元

如有印装质量问题，请与本社图书销售中心调换。电话：010-65233595

# 目 录

## 忆 往

## 杂　记

思　　想

# 序　跋

# 忆 往

人们常常说，往事如烟、浮生若梦。其实，梦醒了也还是梦，否则便是死亡，但我们却都活着——我活着正在写这些字，你活着正在看这些字。

# 孤 独

孤独

象蓝色的连衣裙

你锁在箱子里的衣裳

孤独

象蓝天里失落的星星

你守望夏夜的丛林

孤独

象无边无际的蓝海洋

没有风暴　没有风帆

你站在灼热的沙滩上

1987 年 4 月于旅中

（原载《人民日报》1987 年 8 月 20 日）

# 记 忆

　　记忆本是件奇妙的事。脑科学至今对之仍所知极少，据说现在大致可以论断少年早期和成年晚期的记忆分别储存在脑的不同部位，怪不得老年记忆甚差而年轻往事却可以依然在目。但即使少年记忆，似乎因人还可以分出一些不同的类型来。我上初中时，一个早晨能够背熟好几篇古文以对付考试，但过几天便忘得干干净净；一个同班同学恰好相反，他背熟一篇要费很大气力，花好几个早晨，但考试以后很久，甚至好多年之后，仍然可以一字不忘。这使得我非常羡慕，且因而感慨系之：我那快速记忆并没多大好处，曾经读过、背过那么多的诗词文章，如今在记忆中只剩下一点点残篇断句、零星字语。

　　这是就记忆和遗忘的快慢而言，若就记忆对象而言，人也颇不同。好些人对人的形象记忆很强，见一次面就"过目不忘"。而我对人特别是人的面孔却一点也记不住。我和好些人见过多次面，甚至一起吃过饭、聊过天，只要稍隔一段时间，便不记得了。我很难将人的面孔与他（她）的姓名联系起来，这经常弄得我非常尴尬和狼狈。好些时候常常是假装认识，一直寒暄好一阵后，才终于断定这是某某，才能放下心来交谈。也因为记不住面孔，从而也常对人不打招呼，对方总以为我如此傲慢，简直岂有此理，他（她）哪里知道我就是说不上他（她）是谁，总以为是不认识的人。自然，这一切对我相当不利，我也因之更怕会见生人，怕认识人，但愈不见人，愈难锻炼记人的本领。于是，恶性循环，冉冉至老。

关于记忆，可说的实在不少，使我最惊异的是，有些记忆，我始终搞不明白，到底是真是幻，是真正发生过的情景、事实呢，还是某种梦境残留？例如，明明很清楚一个薄雾的早晨，暮春时分，我（十二岁？）站在一处青绿树丛中，母亲在叫我，有那样一种平静清新的愉快心绪。在我记忆中，这是少时随家在旅途中临时路过某地的情景，但何时、何地、前因后果，却一点也想不起来。想了多次，毫无结果。于是它就好像是根本并不曾发生过的梦境，它到底是真是幻，我至今不能确定。另一个记忆则与之恰好相反，是二十几岁了，情景也是旅途，好像是哪一次从乡下下放回来，一大堆人临时住在某城市（北京？）一处大房间里，好像在等待着再次开拔或分配，记忆中那是一种没有着落的沉重心绪。情景异常清晰，但仔细回想，并没有这件事，每次下放回来都没出现过这种场景和情况。那它应该是属于梦境或幻象了，但我总感觉它是真实发生过或存在过的。它到底是真是幻，我至今也不敢完全确认。我常常想，我这一生经历非常简单，过的几乎是二十年如一日的刻板生活，但居然还会生发出这种种真幻难辨、如此混同的记忆，我真不知道那些经历生活丰富多样、而其真境和梦境也一定会极为多样丰富的人会怎样？特别是如果凭个人记忆写历史的话，这如真似幻的情景、故事又会如何交织混合？

　　人类是历史地存在着，也即是说，是根据记忆在生存着、活动着，人的各种不同和记忆织成了历史的"同一事件"，那"同一"到底有多少真实呢？难道，人本就生活在这真幻参半的人世记忆中？也许，这只与我个人的记忆能力有关，是某种无事生非，但我总觉得，这是一个值得琢磨的有趣问题。

（原载《明报月刊》2005 年 10 月号）

　　附记：此文发表后，看《时代》杂志刊载居然有不认识自己和子女更无论他人面貌的报道，据云是新发现的某种先天生理病症（*Time*，2006.7.17，第 17 页）。看来，我大概是这种病症的轻度患者了，一笑。

# 往事如烟

人们常常说，往事如烟、浮生若梦。其实，梦醒了也还是梦，否则便是死亡，但我们却都活着——我活着正在写这些字，你活着正在看这些字。

人活着很难不成为记忆的负荷者。人们也常说，年纪愈大，愈爱怀旧。不过对我来说，回忆使人痛苦。因之只能回想一些非常表面不含内容而且是小时候的事情。那真是往事如烟，如梦如幻，好像根本不曾存在却又肯定发生过的情景了。

最早是两岁时祖父抱我逛汉口市街的情景。一点也不清晰，只好像有个铜像在那里，这还可能是以后把图片上南京市孙中山铜像混在一起的缘故？但家人说有过这件事。其后是电影院失火，母亲携我逃出，那已是五六岁了，依稀有点印象，但还是不清晰。再其次，是母亲在黄包车上告诉我快下乡了，说乡下的一些人物，其中有一个比我大两岁的表姐。但在记忆中，我又把她与当时同宅邻居也比我大的女孩叫方永（当时小皮球上有个"永"字公司标记，所以记得特别清楚）的混在一起了，而且有种异样感觉。当然还有好些五六岁时的往事：芝麻酱、蜡光纸、叔叔婶婶……都仿仿佛佛、如真似幻，但要讲起来，也会很长。

下面可就是非常清晰对我也非常重要的记忆了。一次是鹧鸪声，这是在宁乡道林便河大屋我家客厅的黄色大方桌前，七岁。一次是躺在小小竹床上，面对灿烂星空，这是在江西赣县夜光山的夏夜里，十一岁。一次是淡月碎在江水中，闪烁不已，这是走在赣县的浮桥上，十二岁。这三次都有一种说不清道不明的异常凉冷的凄怆感，像刀子似的划过心口，难过之极。为什么？我始终也没有弄明白，因为并没有什么具体事件或具体原因。但自那以后，听鸪声，看星空，望水中碎月，经常会涌出那种梦幻似的凄怆感觉。

还记得有一次在火车上，这已是五六十岁的老年了，偶然听到放送《秋水伊人》歌曲，它一下子把我拉回到抗战时沦陷区的农村少年时代，这首歌在那时候是很流行的，也没有什么具体事情，但它令人记起那可怜的寂寞时光。那秋天的落叶，冷清的庭院……与歌曲那么相似。那时我没有跟任何人来往，独自读着艾青的诗、艾芜的小说、聂绀弩的杂文，生活极其单调穷困。将来会是怎样的呢？当时一点也不清楚。像一条没有前景的路，或者根本没有什么路……

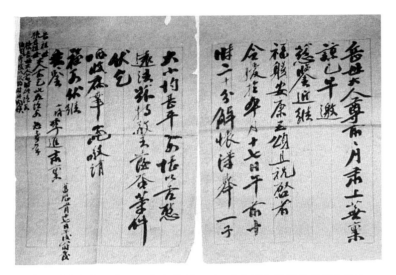

李泽厚出生当日（1930 年 6 月 13 日），父亲写给外婆的报喜信墨迹

　　如今一切都已清楚，生活已快到尽头。但那少年时代一切都没有决定的情景，在记忆中仍以如此清新的信息扑面迎来。还有那没有果实的少年情爱，那么纯真、羞涩，其实什么也没有，但后来的激情与狂热总无法与之相比。暮年回首，是那样一种令人心酸的奇怪的味道。便河大屋早已不在，那金桂与银桂，那大院门旁的双石凳，那个有枇杷树的小花园，那被白蚁蛀空了的危险的读书楼……都早已荡然无存，但它们却随着《秋水伊人》的歌声如画似的回来。

　　记得当时在火车中因此拖延好久才入睡。一觉醒来，以为天亮了，原来才夜三点，是月亮的光线——窗外一轮满月。火车飞驰过田野、村庄、河流，一切那样安静，车内有时还有各种声响，窗外却毫无，我知道这是隔着双层玻璃窗的缘故。但我看着那毫无声息沉睡着的田野和村庄，远近都有"渔火三两点"似的灯光，灯光也非常安静。不动的山、不动的树、不动的灯光，却又如此不停地旋转、驰过、消失、又重现、又移转、又消失。但总是那样的安静，无声无息，那天地与我没有任何关系……

又是那样说不明的感觉抓住我。这些田野、河水、灯光将一直在那里，月亮也如此，会老照着它们，尽管没有人，人都睡了，人都死了，你、我都没有了，一切仍在那里……

活本偶然，上述这一切更非常偶然，非常个体化：它们只对我有意义。它们不成其为"往事"，而且早已消失得无影无踪，但又依然那么实在。它们如烟似梦，却仍然是我这个个体真实存在的明证。

（原载《明报月刊》2002 年 1 月号）

# 忆长沙

在异域异常寂寞，更难得有来自家乡的音讯。今天早晨，突然接到并不相识、自称小刘的充满乡音的电话，顿时极感亲切。而对他要求作序的事，竟也未能按往常惯例，一口回绝。何况人家说得那么诚恳谦虚。

要我作的是一本有关长沙的诗文书法。我虽是长沙人，对此想来想去却想不出什么可以说的。当然，我至今还想念长沙，还鲜明记得 1946 年至 1948 年经常由左家垄渡河到长沙市的好些情景：黄昏日暮，坐一苇摆渡，风起时随大浪浮沉起伏摄人心魂，和饿着肚皮站在书店看书一整天……

当时，是在第一师范读书，思想是愈来愈左，醉心于《西行漫记》《历史哲学教程》之类的书，自以为革命正宗，根本瞧不起储安平和《观察》，现在想来，实在幼稚。但尽管思想激进，自己的"小资"情感却仍然非常浓厚，有着各种各样朦胧的憧憬和期待，期待着钟情、恋爱、欢欣……，可又什么也没真正发生和得到。

回想起来，自己这方面的胆量实在太小。如今时过境迁，人不我待，也莫由追悔，无可如何了。

长沙，那教育会坪，那文运街口，那国货陈列馆，那银星电影院，那九十年代我两次回长沙寻找过的旧石板路，那"淡淡的三月天，杜鹃花开在山坡上，杜鹃花开在小溪旁"的歌声，它们伴随着那时的艰难岁月，将永远留在我的记忆中，给我以温柔和慰藉，苍凉和感伤。

记得还是抗战胜利前，一位并不熟悉以致姓名全忘的年轻人，曾向我出示过自己的一首词作书法，开头那句是："任胡骑饮马大江边，国破不堪羞……"当时认为非常豪放，便记诵下来了。它使我想起长沙大火和会战。

长沙，这不断离我远去仍又如此亲切的故乡。今天，我再也看不到那万山红遍的杜鹃花了，我大概也很难常回去了。但我仍将深爱着长沙的林林总总：美人、壮士、奇才、豪客，自然也该会喜欢这些尚未见到的诗文墨宝。

就此住笔。是不可以为序，是不足以为序，是为序。

2006 年 4 月 1 日夜半醉匆草

（原载《明报月刊》2007 年 2 月号）

# 泽丽妹妹

泽丽妹妹是我心中一位最亲近的人。虽然数十年不在一起，平常也少往来和通讯，但不知是什么缘故，一想起她和与她通电话时，总泛起心中那样一种的亲切。今天她已年近八十，但在我的感觉中，她始终是那童年的形象和印记。

那是她苦难的童年，那是她十二三岁便开始孤身奋斗在湖南乡下的艰辛的漫长的岁月：生存、上学、劳动、教书、工作、结婚、养儿育女……她的兄（包括我）姊和妹妹都在大中城市，只有她 1958 年高中毕业后，主动放弃了长沙的城市户口，响应"农村有广阔天地……"的号召，成了共和国第一批下乡知青，以后也就在农村度过了那不容易的一生。她告诉过我，"大跃进"时无分昼夜地睡在水库湿地上，她告诉过我干部们居然叫公社社员无分男女统统脱掉上衣挑担子以表示干劲，她告诉过我生这病那病，她告诉过我吃不饱饭营养不良……但当我设法在北京购到高价糖寄给她一大包时，她却回信说，她只吃了两块，其他都让别人吃掉了。还有一次，她说很冷，我寄了北方特有的厚棉大衣，她回信说，收到后就给了别人。当时真使我非常恼火非常生气：她告急，我费劲，结果等于零。但又不能说她什么，完全奈何她不得。这就是她。

冬去春来，岁月流逝。尽管有不断的抱怨、牢骚和这病那病，她始终是戴着超千度的厚重近视眼镜劳动、教书、读书、工作，孜孜不倦，诲人不倦。在我总担心瘦小身躯会支撑不住的悠长年月里，她却不仅一切不大在乎似的倔强地生存下来，而且生存得很好。到头来，今天白头发竟比我们兄妹都少得多，脸上皱纹也比我们少，生活态度的豁达愉快也超过我们。而且，桃李满门，众星捧月，有着朋友特别是学生们一呼百应似的关怀和照应，使我由当年的悯惜变成了羡慕。

我们共祖父母的兄妹共五人。亲弟弟一个，虽远在新疆，却非常非常之亲密。按传统礼制为"堂妹"的三人，实际却如亲妹妹一样。我们的双亲在四十年代都不满或刚到四十便在身心悲惨中病逝，两位母亲因念挂儿女年幼均死未瞑目。中华书局即将出版我的七册本《对话集》中收有一张我们五人 2008 年在被"赐"姓李（本姓王）的始祖即高祖（祖父的祖父）墓前的照片。其中提及我们五人 1949 年后虽花分五朵，天各一方，一直在不同地区工作和生活，却始终保持联络，嘘寒问暖，相互支持。五人也一直兢兢业业，认真工作，弟弟身为矿长和局领导却每周必下矿一天，与矿工们共同挖煤，八小时不上井，是以"文革"时得到老工人们的奋力保护。五人未曾屈就权势依附时髦，却居然有惊无险，未遭巨难，未成右派，算是平安度过此生。这在那个严峻年代，真是很不容易和很幸运的了。新世纪以来，我们更是三年一聚，来自五方，欢笑满堂，都健康地活到高龄。我说，这就足以告慰地下不幸英年早逝的两对双亲和与我们共同生活过的熟悉、亲切的祖母了。

这次，这位泽丽妹妹却又一次显示了她的特点，她带来了她的诗文集，叫我写序。我一时呆住了：我虽然偶知她写诗词，但她从不给我看，也没听说要出集子，如今却令我立即写序，这简直是突然袭击，我了解她素来这样，当年告急便如此。但她大概不知道几年前我已公开宣布封笔，推却了一切文字邀约，得罪了不少人士和朋友，因此这次也不应破例。我严肃推辞了一番，但她坚不让步。这使我很为难：如果我坚决不写，就有点太说不过去了；但写的话，又从哪里说起呢？一部廿四史，从何讲起？而且正在旅途，只有两天，真不知从何下笔。

但非常偶然和奇巧的是，这次我恰恰从美国给她带回了自她初中时起一直到"文革"后给我的大量信件，几十年，有一大堆。其他弟妹的信我也都带回分发了，但仍以泽丽的最多。我想翻翻这些信件，写篇像样的序。但确实太多，而我明天就启程去美，时间来不及了。但它倒提醒我可以概括地讲点过去和家庭身世。至于泽丽的诗文本身，一即将启程，来不及读；二由我来褒贬抑扬自己的妹妹，也不合适；何况我多年不涉此道，决定还是

李泽厚（中）与弟弟和三位同祖父母的妹妹（2000年）

不置一词为宜。于是，草此数行，聊表心意，虽是匆忙，却无虚假，想泽丽深知，敝兄不致见责挨骂为幸。

此序。

岁在甲午，沪上旅次。时寓和平饭店，偶见钱学森、蒋英四十年代在该店的结婚照并证词，1947年宛如目前又恍同隔世，不禁怃然，虽与序无涉，感慨又有相关处，乃附记于此。

（原载《东方早报》2014年10月12日）

# "飞机失事死最好"

梅辰题记：采访李泽厚先生，不像采访其他先生那样唯有毕恭毕敬点头称是的份。他的一些观点倒使我常常与之"争"、"辩"一下，然后他会说："你听我说完嘛……"我与先生相差几十岁，这样"没大没小"的采访对我来说非常兴奋和愉快。但兴奋过后总会有一丝淡淡的莫名的惆怅，说不清它的缘由。

## 母亲的影响

**梅辰**（简称"梅"）：您曾写道："谈我走过的路，必须从我的母亲开始。"那我就很想听您讲讲母亲的故事，她怎样抚育你们？

**李泽厚**（简称"李"）：我不想多谈过去的事情，提到母亲，我很难过。

梅：我想她一定给您留下了难忘的记忆……

李：提到母亲，我很愧疚，我不孝顺，她去世的时候我没有在她的身边，我不孝顺。

梅：为什么用了这样一个词？

李：我那个时候正好是失学又失业……她死在外地……等我赶过去，人已经入土了……我没能见她最后一面，她是死未瞑目的。

我母亲很重感情，而看轻名利地位，我这一辈子不想做官，也坚决不做，可能与她对我的影响有关系。我清晰地记得，当年我父亲做了代理邮政局局长的消息在报纸上发表后，父亲很高兴，母亲却一副不以为然的样子与神态。

我父亲在我很小的时候就去世了。父亲死后，家境顿陷困境，靠母亲做农村小学教师，勉强送我和弟弟二人上学。当时有人对她说，等你儿子长大了，你就可以享福了。母亲回答说："只问耕耘，不求收获。"这句话似乎还在耳边，那情景仿佛仍在眼前。

梅：她的话使人深感母爱的伟大。

李：很遗憾她没有享到这"清福"，这是我一辈子的悲伤。

梅：您的父亲英文很好，在那个年代他就学了英文？

李：哦，这个就说来话长了。我们这个李家，传到我这里也不过五代。我是长孙的长孙，也就是说我爷爷的爷爷，是我们这个李姓的始祖。我们这个李姓是御赐的，本来姓王……前几年有

1936 年摄，前中坐者祖母徐氏、前左弟弟李泽民、前右李泽厚、后左母亲陶懋枌、后中四姑李氏、后右父亲李进

个人跟我联系说李家排辈的事，我说你那个"李"跟我这个"李"根本不是一回事。

始祖之时，家道殷盛，到我爷爷的时候虽已开始没落，但也还是富裕人家，所以父亲当然读了书，但也是自己奋斗出来考上邮局的。父亲一直在邮局工作，是高级职员。那时最好的工作，一是银行金饭碗，二是邮局银饭碗，待遇都很高。父亲的收入每月有 200 多块，所以我小时候的生活很好。我很早就吃过巧克力、烧烤等食物，而且在家里很受宠爱。记得抗战中，随全家从湖南调江西，坐的是带篷的卡车（运一些行李），前面司机旁边那个位置永远都要么是我父亲，要么是我祖母，可我总是坐在前面，他（她）们抱着我。我母亲和弟弟就从来没有这个待遇，从没坐过前面。但父亲去世后，家境一落千丈，因为父亲从不攒钱，没有什么积蓄，他死时年仅38岁，母亲带着我们兄弟两人的日子就过得艰难。

## 感受到人情冷暖

**梅**：您多次提到孤独的、感伤的少年时代，并且还有精神上的压抑与伤痛。为什么说它是孤独的、感伤的？

**李**：因为感受到人情冷暖，世态炎凉。比如，过春节，同住在一所大屋的亲戚们大鱼大肉，鸡肥鸭瘦，热闹非常；我们一家母子三人肉片豆腐，蛋羹一碗，冷冷清清。

**梅**：其实很多人在童年、少年时期都有过这种缺吃少穿、饥寒交迫的经历，好像并不像您这么感伤。

**李**：如果家境一直很贫困，倒不一定会有这么深的印象；如果由大富而一贫如洗，可能也不会有这种感受和记忆。所以鲁迅先生讲："有谁从小康人家而坠入困顿的么，我以为在这途路中，大概可以看见世人的真面目。"我就是这样，不是由大富而是由小康人家一下子坠入困顿（但也不是陷入赤贫），我更深感触的与其说是残酷，不如说是虚伪，人情冷暖中的虚伪。所以我最恨虚伪。

**梅**：我觉得还是与您的性格有关。我感觉您是一个特别敏感的人，"听鹧鸪声、望水中碎月都会有凄怆感，甚至十一二岁的时候还产生过精神危机，惶惑不已"。这都与众不同，有点过。

**李**：可能是和性格有关吧？哦，你是什么血型？我是 A 型，血型么只能供参考，有一定关系，但它绝不是唯一的甚或是主要的。A 型血的人似乎又可分成好些不同的类型。我觉得自己是其中比较典型的一种：性急，不能排队，失败和挫折感强，不爱也不善于与人交往，自我为中心等等。我太太也是 A 型血，她就跟我非常不同，当然也有相同的一面。我儿子可说是 double A，跟我也不一样。我的人际关系一直不怎么样。你看我回国已 20 多天了，至今很少给人打电话。经常被人误认为傲慢，其实乃天性如此。

岔开说句题外的话，我非常欣赏莫伊尔（A.Moir）和杰塞尔（D.Jessel）写的一本书 *Brain Sex*（中译本名为《脑内乾坤》），大讲男女性格和能力的天生差异，这本书出版时可能是女权主义高潮期，作者逆潮流而动，很不简单。但我觉得有道理，而且与常识、经验吻合，虽不完全对。故借此机会向读者介绍，虽然它不是讲血型而是讲男女差异的。

总之，先天对人有重要影响，不应忽视。这正与我强调注重个性潜力有关。当然，后天关系也极大，例如父亲家教很严，吃饭时祖母未上桌坐下，未动筷子，我们便不能动筷子吃，所以从小便习惯于克制自己。这些可能都是造成性格

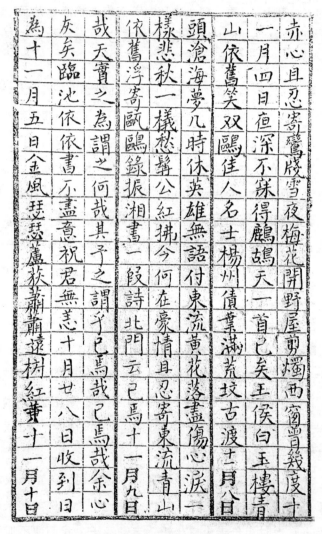

赤心且忍寄鸞戕雪夜梅花開野屋剪燭西窗當目幾度十一月四日這深不寐得鷓鴣天一首已矣王侯白玉樓青山依舊笑双鷗佳人名士楊州債葉滿荒坟古渡十月八日頭滄海夢几時休英雄無語付東流黄花落盡傷心淚一樣悲秋一樣愁鬢公紅拂今何在豪情且忍寄東流青山依舊浮寄甌鷗錄振湘畫一段詩北門云已矣十一月九日哉天寶之為謂之何哉其子之謂乎已焉哉已焉哉余心灰矣臨池依依書不盡意祝君無恙十月廿八日收到日為十一月五日金風瑟瑟蘆荻蕭蕭遠樹紅葉十一月十日

李泽厚少年时期的小楷作业

抑郁的原因。

**梅**：您的这些感伤与伤痛，甚至是压抑，是不是与"爱上了自己的表姐，她倔强、冰冷而美丽"，您却长期不能表白有很大的关系。或者说它是您少年时期忧伤的一个重要原因。

**李**：不说这些，不说这些。（又深思不语）

**梅**：似乎您至今对那份没有果实的情爱仍难以忘怀？是因为少年纯情，还是后所不及？

**李**：不说，以后永远不再说。

**梅**：您嘴上不说，可是在您的书里，凡是"杜鹃花里觅童年"的文章每每都会提到她，她现在在哪里？

**李**：以后文章里也不会再提到她。

**梅**：这个不完美的青少年时代，对您后来从事美学研究有什么影响？

**李**：这很难说，可能没什么影响。我常讲，生命、生活和人都充满着许多偶然性，经常一个偶然的机遇，便可以影响、制约、决定相当一段时期甚至整个一生的发展前途。虽然命运是由自己去创造，但如何创造、结果如何，都并不是先天、后天的某个或某种因素所能决定的。

至于我为什么会对哲学、美学有这么大的兴趣，大概也与自己的个性、气质、经历等有关吧，也不一定。

## 失败感很强，成功感少

**梅**：1949年您在已经有了乡村小学教师的工作之后，又考入北京大学哲学系读书。在经历了失学失业后，这份工作来之不易，而且放弃了这份工作就意味着生活上又要捉襟见肘，那为什么一定要再上大学呢？

**李**：穷不在乎，就是想上大学。因为家里没钱，我当时（1945年）虽考上湖南最好的高中（湖南省立一中，朱镕基的母校）却不能入学，而是上了学费、杂费，连膳食费都不收的省立第一师范，即毛泽东的母校。那时师范毕业不发文凭，必须两年后才发。即要求担任小学教师至少两年，但工作得自己找，我没找到（当时人们怀疑我是共产党，那时我思想相当左）。但我在师范读书时便决心考大学，学校没英语课，我就自己学。还想造假文凭去考。

**梅**：上世纪50年代美学问题论战使您成了名，当时是什么样的一个背景？

**李**：那是因为批判朱光潜先生，当时朱先生自己和许多人都写了不少文章，因为我本来就对哲学、艺术史、文学、心理学有兴趣，刚入大学时读了好些美学书。记得一年级时还和同学们自发地讨论过美学，并逐渐积累了一些想法，于是我也就写了一篇文章，主要是提出了自己正面的看法。我当时觉得要真批判，就必须有正面的主张。我觉得揭出别人的错误并不难，更重要的是应该能针对这些问题提出一些新意见新看法，这些看法现在看来我认为基本还是正确的。

在参加美学讨论之前，我已经发了好几篇文章，当时中国的文、史、哲领域全国一共只有三四个学术刊物，大都是一些大教授们才有机会在上面发表文章，我居然也发了文章。当时我只是"实习研究员"（相当于大学的助教），好些人非常惊奇。当时北大有个朋友告诉我，邓广铭教授（北京大学历史系教授，著名学者）看了《光明日报·文学遗产》上我写的关于古代抒情诗的文章时，问好些人："这个人是哪里的？"给我印象极深。1987年我去新加坡，当时新加坡国立大学中文系系主任林徐典介绍我时还说及这篇文章。我当时脸红了，因为文章实在太幼稚。但也可见，那时我的文章影响还蛮大的。50年代我就收到过称我为教授的外国学者的来信。

所以1956年遇上美学大讨论，我就很自然地参加进去了……

**梅**：然后就一举成名了。

**李**：所谓"成名"对我并没有带来好处，既没有提薪提级，也没有分配住房，还是挤在三人共住一室的集体宿舍里，而且使人侧目而视，心里并不舒服。

**梅**：还记得您最初成名时的感受吗？

**李**：我这个人不太爱张扬。我刚说过，我是 A 型血，失败感很强，成功感少，自我感觉并不良好。我发表文章不大和人说，

27 岁的李泽厚（1957 年秋），已成为"美学三派"之一

包括当时（50 年代）东德、苏联或翻译或提及我的文章，单位里没有任何人知道。苏联的汉学家头头齐赫文斯基著作中提及了我，还给我寄来了书，他们也都不知道。这样，"文革"时就没有人"揭发"，我没有因这些事挨批，你看多好。不然说你与"苏修"有来往勾结，那还了得。

**梅**：那时是不是也可以说是名利双收了？

**李**：啊，那个时候我很富裕，我记得很清楚，1956 年冬我在《哲学研究》《历史研究》各发了一篇长文，一共拿到 1000 块钱。

**梅**：50 年代的 1000 块钱，比 80 年代的万元户还厉害吧！

**李**：确实 1000 元在当时是非常大的数字，而且我还是单身。

**梅**：钻石王老五。（笑）美学对于一个普通人来说，与他的工作、生活有多大的关系？

**李**："美学"这个词是从日本传过来的。本来 Aesthetics 原意是"感觉学"的意思。日本人翻译成"美学"后被中国人接受过来，我以为用在中国是合适的。中国人讲的美学范围，包括我自己，比西方美学范围要广得多，是广义的美学，它不止于感觉愉快，还可以包括人的精神境界、"禅悦"、"天乐"等等，其中甚至可以包括某些神秘经验，如某种"天人合一"的感觉体认。因此在理论层次上，它的地位就很高，不仅仅是感觉学的问题了，这是从学术方面来看。

从日常生活的角度看，它也是比较广泛的。比如上世纪70到80年代之间，持续了很久的"美学热"，热到那个程度，这在古今中外都是少见的。那个时候很多理工院校都开了美学课，工厂也请人去讲美学等等，这个现象可以说是当年社会苏醒的象征。10年"文革"时期，报刊中"美"字不能出现，讲"美"就是资产阶级。"文革"后，喇叭裤、披肩发到底美不美？！买家具什物到底哪种好看，哪种不好看？人们在满足了温饱之后，就有了精神上的追求。那么，到底什么是美，什么是丑，人们很想知道。当时的美学热是有它的社会根源的。一方面人们（例如文艺界）从以前教条的、极"左"的禁锢中冲脱出来，另一方面物质生活的发展使人们更注意生活的美的方面。在当年中国，美学与人们生活息息相关，并不是空谈或学院争论而已。

为什么会有持续几年的"美学热"，这其实是一个很好的博士论文题，可惜至今没人做。这题目比当今许多美学博士论文题有价值有意义得多。

## 只想给人一点启发

**梅**：《美的历程》在青年学生中颇有影响，您当时被誉为青年导师，这事您知道吗？当时写的时候想到过会如此受欢迎吗？

**李**：写的时候觉得这本书有意义。因为每章每节在当时都是特意"标新立异"，是会有影响的，它与一直流行并长期占据统治地位的观点、看法、思想完全不同。包括写法，至今我也不知道是否有人将文学、艺术、历史这样"杂凑一锅"煮的。可以再提一句的是，现在看来那本书里似乎是常识性的东西，在当时都是非比寻常的。但没想到能这么持久。

**梅**：您曾经说"我写书就是要给人以启示的"，您想给人们什么启示？

**李**：我的书不是原原本本地讲一套知识，只是想对读者有一点，嗯，启示谈不到，启发而已。我希望能找到一些时代所需要的东西，能够抓住一些有价值的东西提供给青年人。只要有一句话能够给人以启迪，能够引发人们去思考，我也就感到欣慰和满足了。

**梅**：我觉得有许多东西您并没有直接点透，还在里面做了埋伏，每看一遍，就会有新的发现……

**李**：你说得对，我在许多书里是埋了好些东西，没有展开或畅快地说，点到为止吧，并没有详细铺开，包括《美的历程》《中国古代思想史论》等等，也包括最近的《历史本体论》。我本可以把它写成几十万字，但现在十几万字就打发掉了，《历史本体论》才 7 万字。一则我比较懒，写那么多字我觉得费劲，不太必要；二则铺开也无非是多引些材料，仔细论证一番而已。也许这更符合所谓的学术规范，但我想让读者自己去思考，留下更多的发现和发展的空间，这不也好吗？我觉得做到这一点就足够了。现在有的已经被发现了，有的到现在还没有人发现……

**梅**：像埃及法老的墓，吸引那么多的人探险，总希望会有新的宝物、秘密被发现。这个比喻有点夸张。

**李**：这太夸张了。没发现也没关系，迟早会被注意到；如果一直没有，那就算了。但真理早晚有人发现，科学上不常有重新发现的事情吗？这次和你谈这么多，真有点自我感觉过分良好了，就此打住为好。

## 名利是副产品

**梅**：刚才您提到"巨额"稿费，我想在当今学界，您可算得上是大款了。

**李**：我算什么大款？跟企业家没法比，简直是零和无限大比。而且也没法跟许多作家、艺术家、书法家、画家等等相比，差得太远了。

**梅**：我没说企业家、作家，我说的是学术界。

**李**：那也有可能吧，但只局限在非常狭窄的我这一代人的文史哲的小小范围内。但 50 年代我曾定下一条规矩：不为稿费写文章。我不愿意在政治或经济的压力下屈服。五十余年至今我倒一直没有违反。我的收入在国外是教书，在国内是版税。但我觉得有的老书印得太多，有点滥了。但我无法控制，因为我已签了委托书，一切由代理人全权处理。但有一点要说明的是，这几年我这些老书中错字极为严重，这些也与我不愿也无法看校样有关。我对此心中一直感到不安，特别是对那些热诚的读者们，借此机会表达一下我的歉意。特别是广西师大彩图本的《美学四讲》《华夏美学》的配图，与我完全无关。那图与文是脱节的。

**梅**：学者给人的印象基本上是学问很多钱不多，像您这样既是大家又是大款的不太多，在这一点上您是不是挺得意？

**李**：50 年代我曾说过，一本书（不是专指我的）能够有 20 年的生命力，它就很了不起了。刚才你说我的书现在仍然有人在看、在读，反正还在重印。这已经多少年了？有的 20 多年了，有的 15 年以上，还有不少人看，我当然很高兴，比较得意。特别是面对那些一再骂我"过时""落伍""脱离现实"的新派教授或非教授们。

**梅**：您所有的书都算在一起，大概的发行数是多少？

李泽厚的四部文集：《李泽厚集》《李泽厚对话集》《李泽厚论著集》《李泽厚十年集》

**李**：这我不知道。

**梅**：您著书的数量不多，发行量不少。这是大多数作者梦寐以求的。您的哪一本书发行量最大？为什么？

**李**：还是《美的历程》吧。其实有好几本书比《美的历程》

更重要，至少对我自己是如此。

**梅**：哪些书?

**李**：比如《批判哲学的批判》《中国古代思想史论》《己卯五说》《历史本体论》。而《华夏美学》《美学四讲》的理论价值也并不亚于《美的历程》。

**梅**：《美的历程》可以算是您的代表作吗?

**李**：（笑）我的代表作还没写出来呢!

**梅**：那最满意的是哪一个?

**李**：也没有最满意的。真的，我这既不是谦虚，也不是自夸，好像故弄玄虚地说有重要的著作要出来。我不是跟你讲过我是 A 型血嘛，对自己就总是不满意。

**梅**：《美的历程》可谓"一本万利"，本来就是无心插柳，反倒尽享其成，名利双收。

**李**：在反名利的毛泽东时代，我说过，"名利是副产品"。名利是需要的，但只是副产品，正产品是发现真理的愉快。今天我仍如此认为。所以我说爱因斯坦最愉快的时候不是领诺贝尔奖的时候，而是完成相对论的时候，他本人与真理合为一体，那多么兴奋多么愉快! 任何名利能比得上吗? 但为了生活，一定的钱还是需要的。所以我们家没为钱发过愁，我太太从来不想钱的事，她至今不会计算，这一点略堪自慰。当然我们家多年来一直很节省，包括我儿子现在仍如此，非常节约，从不乱花钱。

## 自我封闭，醉心孤独

**梅**：呵，我正不知道怎样才能让您谈谈爱情，您自己主动先扯上来了。那我们不能放过这个话题。

**李**：不谈爱情，不谈爱情。谈太太怎么就是爱情？家庭、太太都不只是爱情，我常说夫妻恩。夫妻之间互有恩惠，长期扶持体贴，相互帮助，有大恩在焉，岂止爱情而已。

**梅**：那就更要谈谈家庭和爱情了，我还想写成独家报道呢，不是为了哗众取宠，制作噱头。我只是想知道您一生历经坎坷，那么爱情在这其中扮演了什么角色，或是给了您什么力量。

**李**：(戒备心有所放松，边想边说) 爱情嘛，快乐、安慰和凄怆。

**梅**：凄怆？什么意思？

**李**：现在不谈，以后有机会再说吧。

**梅**：看来独家披露是别人的了。那您挨整的时候，师母是什么态度？

**李**：她当然对我极好。我也不让她知道我挨整，包括"文革"的大字报等等，我住在她的单位宿舍，20多年她大概才去过我单位两次左右。她也从来不看我或批我的文章，不问这些事的。

**梅**：她没看过那些批您的文章？

**李**：没有。

**梅**：那她真是太幸福了。

**李**：她是搞舞蹈的，也包括她从不看我的文章，所以她不知道这些。我也从来不跟她说。

**梅**：那你跟谁说呢，人在失意的时候总想找个人倾诉。

**李**：我从来不喜欢向人倾诉，包括朋友在内，大概从小认为那是一种软弱。我不太愿意主动说话的。"不暴露思想""不靠拢组织""不接近群众"，这"三不"一直是我的罪状，现在看来"三不"没什么，当时却是严重问题。所以老要我"改造思想""下放锻炼""劳动改造"，但也一直改不了。

**梅**：我记得您在书中曾写道："'文化大革命'的时候，我经常是上午开各种各样的批斗会、学习会、小组会，下午就一个人到地坛公园散步，想一些自己愿意想的问题。"由此可见一斑。那您有点自闭症倾向，自我封闭。并不是他人使您孤独，是您自己自愿孤独……

**李**：对，我的确自我封闭，醉心孤独。我散步总是一个人，从不带孩子或太太。要是在现在这个年代，我大概就不结婚了。那时年龄大了不结婚，就要承担各种压力；再说结婚也有结婚的好处，要不你总得住挤得很的集体宿舍，那么大年纪了，书也多了，很不方便。后来我在煤炭文工团的宿舍当了20多年的家属。单位里什么事都没我的份。那时候有各种票证，买家具、买自行车等等都要票，我什么票都没去要过。总务科的科长（一个老头，对我很好）说，都像李泽厚这样，总务科就可以撤了……因为我只领工资和稿纸。1986年才分给我住房。

**梅**：人常说一个成功的男人背后总会有一个伟大的女人。师母是不是也为了您的事业而放弃了自己的事业，每日相夫教子？

**李**：她因为是搞舞蹈的，艺术年龄比较短。她又喜欢做家务这些

上世纪80年代，李泽厚在美国

事，她是一个极爱干净的人，每天不停地擦，一般人认为挺干净的了，那离她的标准还差得远呢。我说她有洁癖……（笑）我也比较爱干净，但我成家以后就可以不动手了。但我一般不接受女性"牺牲"说，说放弃了事业做家务就是"牺牲"？家务，特别是抚育儿女是女性最大的快乐和事业，这事业一点也不低于男性任何"伟大"的事业。

**梅**：不敢苟同。如果说"生产"是女性义不容辞的"事业"，而抚育儿女就不一定只是女性的"事业"了。这回会有女性与您

论战了。

**李**：（笑）当然，我并不反对，而且肯定会有一小部分女性去做"事业"，而且从中得到快乐和幸福。她们所付出的艰辛和代价比男性要大得多，如此而已。

**梅**：下次"大专辩论会"，我们给它建议个辩题：女性干"事业"的利与弊。我有一个朋友，她眼中的哲学家或者说是思想家，都是一些高深莫测的人，她说这些人一天到晚冥思苦想的就那么几件事，多枯燥啊。师母是不是也有这种感觉？

**李**：我从不冥思苦想。我也好玩，我跳舞、打桥牌、爬山、游古迹等等，不久前我还想去蹦极，太太和朋友拦着我不让我去。

**梅**：蹦极？！您？！70多岁？！

**李**：怎么不可以？前两天我路过王府井，利生门前有个火箭蹦极……（先生说得绘声绘色，手舞足蹈，哪里像老学究，纯粹是顽童一个。忽然又记起先生一趣事。某天在先生家看到先生的一张照片，照片上的先生怀抱至少两个酒瓶子，其中一个是茅台酒瓶，手里还高举着一个不知是酒瓶还是酒杯的东西，人喝得有点歪。先生自题"酒鬼一个"，后又在上面加了一个"小"字——小酒鬼一个，然后还一本正经地对我说："酒量不够大，说'老''大'都显得太不谦虚了。"）

# 不让儿子学文科

**梅**：您儿子也从事人文学科吗？

**李**：没有。在他没有生下来之前就决定了他不搞文科。第一是因为文科很难，举个例子：理科是有教科书的，它是一个台阶一个台阶地往上上。比如微积分，你只要念一本标准的教科书就够了。文科则不行。特别是大学，它没有什么教科书可念的，所谓"教科书"都只能是参考书，文学史、史学概论、哲学史……只念一种"教科书"行吗？绝对不行，文科要读很多很多书。好比是泡在一个坛子里，泡过了，就成了腌酸菜；泡不够就是生菜，你要泡得恰到好处不容易；况且什么是正好也很难说，很难把握。所以文科要出真正的大成绩，不是件容易的事，当然做个教授、写点文章并不难。理工科想做出较大成就也不容易，尽管比读文科要更紧张、繁忙，但相对来说比文科单纯、容易，客观的学术标准和价值比较确定。

**梅**：您又树了新的"论敌"。（笑）

**李**：第二点，当时还有社会条件问题。我儿子出生的时候是 70 年代初，50 年代起搞文科在中国难有前途，而且危险。文科与政治连在一起，动不动就挨各种批判，搞不好就会引火烧身。我们这代人不就如此吗？！那何必呢？！即使你有很大才能，即使你搞出成果，到哪里去发表呢？不让你发表。而且整天下放劳动，我常常记起《人民日报》的社论，题目就是《哲学工作者到农村去滚一身泥巴》，听说是康生叫人写的，把文科的人赶下乡去。我们这代人最好的时光都在下放劳动。我算了一下，从50年代上学起，便搞各种运动，加上干校等等，我最好的20多年耽误了。理科就会好一些。因此无论从学科本身来说，或从客观条件和环境来说，这两点就决定了生下来不管是男是女，（我）都不会让他（她）学文科。从小我就培养他注重数学，教他2+2=4、4+4=……他一直作文不好，说，没话说，一篇作文三四句话就没有了。我说没关系，写不出就不要勉强了。这是我有意引导的。现在看来，仅就其个性来说，这个决定也是对的。

另外还有一点，就是理科不管怎样，还是实实在在在做点事，文科除有些考据、注疏、整理外，许多时候就只是空论，有些还是"代圣贤立言"，随着政治指挥棒旋转。即使写几篇像样的文章、出个小名也没多大意思，很难得到人生的满足。

**梅**：不对吧，一部好的作品可以激励几代人呢。

**李**：也就是说，当时文科很难出好作品，而且我并没有一概而论，我没有劝所有人都去学理科，我只是给我儿子打个保险系数，并且注意了他的性格、才能的特征，使他能够安全地生存、生活，而且尽可能得到人生的满足。

**梅**：您的孩子都学理科？

**李**：我只有一个儿子。我本来是很想要两个孩子的，但太太坚决不要，我听从，当然至今遗憾。

**梅**：您那时候并不要求一孩化嘛。

**李**：我太太年轻时吃过很多苦，帮人带孩子，所以以后非常烦孩子……

**梅**：历尽沧桑的一代人。您的书大部分都是国内首印的，是吗？我看到一份资料，您在上面说："我愿意在大陆发表东西，尽管台湾地区也可以出，但我还是愿意在大陆发，不让在大陆发，干脆就懒得写。"这是为什么？

**李**：很简单，比较起来，他们（港、台）人太少了，读者太少了。

**梅**：就这理由啊！

**李**：对，就这一个理由。


## 从没有落叶归根的愿望


**梅**：您退休以后客居美国，当时为什么做了客居他乡的选择？

**李**：我不是退休以后，是退休以前去的。

**梅**：您在美国主要做什么？教书？

**李**：不是主要是教书，是唯一。

**梅**：您基本上每年都回国看看，您是回国观光，还是有什么割舍不下的情感？

**李**：我说过，马克思讲人是社会关系的总和，从情感讲有一定道理。每次回国，总有好些相识不相识的人来约我或找我聊天，古今中外，天南地北，无拘无束，经济、政治、世俗、学术，什么都谈，能得到许多交流、了解和相互沟通的人际快乐，尽管意见可能不同。这是在异乡他国难得的，这其实也就是具体的所谓的"乡情""故土之思"。

**梅**：这么多年身在异乡为异客，有落叶归根的愿望吗？

**李**：如果你是说一定要死在中国才叫落叶归根，我没这愿望。死在哪里都无所谓，也许飞机失事最好，因为基本无肉体痛苦，精神紧张也是极短时间，那就更不知道死在哪里了。

**梅**：不说这些不吉利的话。我是说一般人老了，都会怀旧。

**李**：我不在乎这些的，我从不讳言死，你不信，可以问我太太。这么老了，应该可以随时迎接死亡，尽管也可惜还有好些事情远未做完，但总会有人来做的。飞机失事的唯一缺点是可能成为一条新闻。我说过，我想我死，应该是除家人外，没人知道，没人悼念，绝对的静悄悄……

**梅**：本性不移，孤独到死。您说"历史会给我一个比较客观的评价"，您觉得历史会给您一个什么样的评价，或者说您希望得到一个什么样的评价？

**李**：我希望历史会给我一个公正的评价。

**梅**：这叫什么回答呀，太狡猾了。

**李**：是狡猾。

**梅**：最后一个问题，请您谈谈您的人生感悟。

**李**：至今未悟，只有一些感慨而已。

**梅**：确实狡猾。

（原载《传记文学》2004年8月）

## 【附】李泽厚16岁习作两篇

### 反东坡晁错论

东坡先生以为晁错之死，实其所以自取，而罪不在景帝；呜呼！尽之矣。然我未之信。

夫景帝之时，中央失权，诸侯坐大，骄恣跋扈，横暴不臣，国有倾覆之危，帝有不测之患，而奸佞小人，满朝尸立，上下一体，苟且偷安；天下之危，无以过于此时者矣。然有豪杰者起，毅然排众议，立主张，欲挽家国于危亡，救君父于不测，敢言敢断，独立兀行；奈人主不明，奸言赞忌，而最后致以身殉之，此所以千古之下犹令人景仰而痛惜者也。豪杰者何？晁错者是。故错之死，人主景帝之罪也。

何以言之？使帝英明，见海内局势危殆，则不待错上书而后行，错既上书，倘以为不然，则应立斥其非，不用其谋略；既以其为君为国，深以其为然，则应再三思虑，而后畀以重任，俾行其谋略，而不复疑之；今景帝心既许之，而彷徨以犹豫，涓涓以迟疑，故错所事咸为掣肘，而袁盎之谋得以进，帝复不察奸谋，而遽斩错，错既斩，又复悔之。是朝三暮四，为人愚弄而不自知也。噫！昏庸若是之人主，又安有贤良之不遭其斩者耶？

若夫错之不自将而使天子将也，实所以为天下大势计也，何则？使错以文人而兼武将，资历浅薄，不谙兵事，则三军将士未必受命；且吴楚七国也，为帝之宗室，错以外姓倡议削其地，使未得从容备员而后举叛，且其将士民人也，以为使其不能安其业者，错也。故众矢之的，咸集于错；而错之将士也，亦以为欲其别父母，弃妻子，舍性命于沙场者，错为之也，故众士之怨恨，亦皆集于错，军心若是，则大势已去，而天子奸臣掣肘于内，诸军将士不受命于外，一鼓战之，败绩必矣；败则增敌之气势，故错自将，匪独无功，而且有害。若帝之自将也，则示天子之意如斯，庶人将士皆心服而欲为君而死，则威势浩荡，军心以振，而名正言顺，天人同归，即吴楚之师，亦有所畏惧，惧则军心馁矣，破之易耳。而帝不达此，以小人之腹测错，以为错欲置之险地，故斩之。错含冤以死。呜呼，错之死，谁之过欤？

魏征有言："非独君择臣也，臣亦择君矣。"鲁人不用孔子，孔子行；故大丈夫行事，宜再三择之而后可，非聪明睿智之主，则不能舒我之才，而合则留，不合则去，又何复惓惓于此哉？虽然，错实有所不得已者：其固知景帝为无能也，而所以铤而走险，舍性命于不顾，实所以欲解家国于危亡者也，而景帝遽斩之，千古

之下犹使忠臣义士英雄豪杰深为痛惜也。呜呼！错之死，是帝之过也，又乌能以为错自取者耶！（中华民国卅五年五月十二日送出）

老师批语：辩苏之失，词圆理沛，若苏复生，亦当心许。

## 夏池听蛙

楚地风华色，芳草发南国。黄昏烟满堤，日落江川黑。初夏草塘夜，风逐银波折。水光蓝比天，滔滔蛙唱月。我独来池边，蛙声殊未歇。我欲追往事，蛙声固突兀。物不平则鸣，蛙不得亦发。其声嗟嗟然，问蛙何所说。其言殊可畏，可悲亦可咽。去年此时节，兽蹄满湖粤。腥气遍山湖，民人咸悲切。志士亦何壮，横刀向天阙。铁血洗创痕，断骨沙场白。胜利属华夏，民人殊喜悦。明年驱寇去，我亦为鼓喝。人人庆新春，家家祝大捷。归来从此好，民人都泪噎。岂意新岁到，荒年亦复来。民人咸沉郁，家家争蕨薇。朱门酒肉臭，路有饿死孩。富者固宴乐，穷者填沟壑。剖腹尽青草，盗贼岂可恶。嗟汝蠢人类，其豆还相虐。民生不复顾，掠地争城郭。自号灵中长，蛙也不可若。我自乐怡怡，池塘任欢跃。嗟汝造悲剧，蛙也不可若。言竟剪翼去，返其安乐窟。其言高且远，我心殊羞勃。欲以告诫之，寻之不可得。四顾悄无人，鬼火时明灭。（中华民国卅五年六月八日送交）

老师批语：讽喻时事，深越动人有此逸才，盍多窥唐宋之书。

# 忆香港

　　上午接再复为《明报月刊》约稿的电话，夜半收总编辑耀明兄的约稿传真，好像应该为香港说几句新年吉利话。但除了祝福经济恢复和发展外，我实在想不出什么好话来说，毕竟离开已两年多，许多情况即使不淡忘，也是很不了解了。

　　但是，我经常回忆起香港。

　　十多年来，我来往香港有好些次。每次，主人和朋友们都热情招待和宴请，使我至今心怀感谢。香港美食名不虚传，香港购物令人愉快。使我更回味的，是香港那灯红酒绿与水色山光浑然整体的美丽。

　　记得那一年在"中大"会友楼，大玻璃窗面对大海，狭长、安静的公路蜿蜒海岸。隔着玻璃窗，风和日暖，万顷无波，令人心旷神怡，煞是好看。夜晚暴雨，急风嘶啸，树木摇晃，骇浪如奔，在几近墨黑和有些紧张的氛围中，路灯高悬发光，酒绿灯红的宏伟建筑明灿如常，开着亮灯却难见身形的车辆依然疾驶而过……，这似乎更使人心满意足而感触良多。可惜我不是文学家，写不出这一幅幅自然兼城市的壮丽风景。会友楼有本题字册，上面有好些客人题词，记得还有张灏兄的一页。我当晚写了一副对联在册子上：

> 极目江山窗外万顷波涛如奔肺腑
> 回头家国胸中十方块垒欲透云天

那是 1995 年。我由穗过港，被邀讲演，便重申了正遭严厉批判的"西体中用"，心中大概很有堆块垒闷气。当时香港尚未回归，所以有"回头家国"。日月不居，"块垒"尚未消除，而倏忽竟又十年。

忆香港，我当然更会想起在"城大"的愉快生活和舒适环境：简洁实用的房室建筑、巧致幽深的后山设计、温文尔雅的文化中心、近在咫尺的购物商场。夏日黄昏，我坐在尖沙咀阶梯大道上享受着海风、晚霞和对岸建筑，其中据说曾惹人不快、钢刀似的插入群体的那座，对我显示着分外的明快和特殊。冬天晚上，我坐在电车上层从西到东无目的地闲逛观览，比较安静的小铺面和喧嚣之极的闹市街交替呈现。香港有这摇摇摆摆的老电车，有车水马龙的新公路，有安宁平静草木繁盛的西式小公园，有香烟缭绕极其俗套的大仙庙。这大概就是香港的智慧：在小块土地上弯弯曲曲，尽量包容；看似山穷水尽，却又柳暗花明。

人们说，人老了，易怀旧。香港并非我的故旧，却仍然令人常常怀想。是什么原因呢？这我倒真是很不清楚了。

（原载《明报月刊》2005 年 1 月号）

# 蒲公英

又到了拔蒲公英的季节。

蒲公英给我最早的印象，是吴凡那幅小女孩吹蒲公英的画，还是非常年轻的时候看到的，至今印象犹存。可见，蒲公英给我的感觉很好。

但在美国后院要拔除的蒲公英，却是开得遍地的灿烂小黄花。这小野花鲜亮、普通、幼小，它一片片地漫布开来，尽管毫无章法，可以说是乱开一气，却使整个庭院显出一片金黄。我觉得挺好，并不难看。不过按美国住家的规矩，却必须铲除。我至今也不了解为何定要铲除的道理，总之要拔掉就是了。于是乎拔。用手、用小铲、大铲、专门制造的铲来拔。大大出我意料的是，这小黄花的根非常坚韧，它长且粗，特别是非常的长。要把它连根铲除或拔出，非常不容易，而且是拔不胜拔。经常是累了大半天，似乎清除了一小片，第二天，就在那块认为已被根除的土地上，迎着阳光，小黄花又照样地茁壮地灿烂地开了起来，一点办法也没有。

最后只好雇请专业人员大洒药水予以消灭，反正现代人类的科技发达。

这蒲公英的难拔使我想起五十年代下放劳动时的田间除草。除草劳动种类很多，我特别记起的是，像拔蒲公英一样，拔那长在庄稼中的野草。那野草倒不开花，但像恶霸似的躺在地面，四肢放肆伸开，长得又肥又壮。老乡说它们夺取庄稼的水分和养料，必须拔除。但拔除也不容易，虽说没拔蒲公英这么难，却也要长久蹲下身去，好费一番气力。因此在这劳动中，我很憎恶这些难以拔除却又必须拔除的野草。记得当年暗中思索：人们，当然包括我自己，都读过许多歌颂野草的诗文篇章，从白居易的"离离原上草"到鲁迅著名的野草散文集，都在赞颂野草那顽强的生命力，却从没想过这顽强的生命力恰好是庄稼和农家的死对头。所以我当时想，那些诗文和自己的喜爱确乎是由于没有干过农作耕耘，因之与"劳动人民的思想情感"距离甚远的缘故。我非出自农家，又素不爱劳动，属于当时应下放劳动以改造思想的标准对象，对野草的爱憎不正好证明了这一点吗？

但是，我一面除野草，也信服上述理论，活也干得不错；一面我又仍然喜爱那"春风吹又生"和鲁迅的野草文章。我欣然接受"拥护劳动人民便应改造思想"的严密逻辑，却又依然不愿体力劳动，不愿改造和"改造"不好。我虽从未在思想检讨会上以野草作例，证说自己改造之痛苦艰难，却的确感到我这脑子里是有矛盾有问题的。正如当年一再宣讲"知识分子最没知识"的经典论证是韭（菜）与麦（苗）不辨，似乎很有道理，因为我的确辨不清。但又立即想到，爱因斯坦可能也分辨不清，为什么必须人人都要分辨得清呢？当然，我并不敢说，心中嘀咕而已。

由蒲公英而想起拔野草，如今一切往矣，俱成陈迹。且回到这目前的拔蒲公英吧。除了难拔之外，它最最使我惊异的是，小黄花过不了多久就变成了圆圆的小白球。在一些郊野，它们还成了大白球。它们高耸、笔直，不摇不摆，但如果你手指稍稍一触，它便顿时粉碎。它们是失去了生命最后岁月的僵尸。它们没有树叶陪衬，没有一丝绿色，就是赤裸裸的狰狞的大白球，彼此比肩挺立在一块、一排、一片。它们与那小黄花似乎毫无干系，完全异类。这使我非常惊骇，这怎么可能呢？怎么可爱的、美丽的、天真烂漫的小黄花竟变成了如此凶悍、绝望、疯狂的大白球了呢？太不可理解了。难道时间一过，岁月一长，就会如此么？就必须如此么？

我散步归来，天色渐黑，四野悄然，就那些白团团的大圆球顽强地竖立在那里。面对它们，我却一点也没有岁月流逝的感伤，只感到一种莫名的、真正的恐惧。"繁华如梦总无凭，人间何处问多情。"可怕的大白球代替了诗样的小黄花，你于是永远也找不回那失去的柔情和美意。

（原载《明报月刊》2007 年 1 月号）

# 悼念 Laura

突然得到信息，Laura 过世了，才 46 岁。我已 82 岁，也在生病，为什么是她而不是我死呢？没话能表达我此时的心情。

二十多年前，她 19 岁，到北京上大学一年级，冒冒失失地找到我家来聊天。那么简单、幼稚而又自尊、自信、自我感觉良好，高大、壮实，虽然漂亮却一点也不像上海姑娘。她来过几次，也写过几次信，我回了信。那时我是"名人"，她说因此受到老师、同学的流言蜚语甚至嘲笑责问，她不理睬。后来，干脆回上海去。后来，就没联系。

前几年，突然由我教过书的学校转来了她的信，原来只身来到了美国，奋斗了 20 年。于是再次见面，再次通话和电邮，去年还和她夫妇、再复夫妇等朋友一起乘邮轮看玛雅古迹。她兴致很高，说收获很大。这几年，几乎每隔三两周，她总要来电话聊天，一聊就是一两个小时，仍然是那么单纯、直率、自信、进取、自我感觉非常良好。我经常开玩笑，把人分为自我感觉良好、过分良好、不好、过分不好、没自我感觉五类，自己属于不好或过分不好一类，于是便总容易嘲弄良好和过分良好一类，她也就常常成了我取笑和告诫的对象。这次据她丈夫说，发病前竟毫无征兆，身体感觉一直很好，前三天还游泳，但一发病便诊断为肺癌四期并有脑转移，两个月后更异常痛苦地辞世。这对我的确是太突然、太难以相信了。怎么这样一个奋发有为、自信极强、活泼泼的生命一下子就永远没有了呢？这使我很自责，为什么嘲讽她自我感觉良好呢？

在我枯寂、单调、老年兼异国的岁月里，Laura 的电话是一道靓丽的光彩，但她并不知道每次我都嫌她"烦"，每次也大都是她讲我听。与好些女生不同，Laura 对生活遭遇、人际关系等似乎兴趣不大，一谈便是在我看来乃大而无当的宏观问题：中美关系、文化优劣、理论是非……都是一般女生少有兴趣的题目。女生一般喜欢啰嗦，Laura 倒不例外，一讲就是大抒己见，滔滔不绝。我时而打断，时而嘲笑，她毫不在意，继续讲，有时我就放下听筒，让她独白，自己干别的事，一二十分钟不发声，于是她急了，问："为什么不讲话？"我简单回复后，她又不断地讲，最后终于说，"真不好意思讲这么多"，但下次电话依然如故。今天这一切突然成为过去了。当时嫌她烦，今天再也找不到这"烦"了，再也听不到那热情洋溢、严肃认真的"啰嗦"了。这道靓丽的光彩，永远没有了，我到哪里再去找这"啰嗦"呢？回想起来，真是悲从中来，不可断绝。

　　Laura 不是我的女朋友，却是虽不很熟但待我很好的女性朋友，我们之间的真诚是心心相印的，讲话素来直来直往、平等自由。Laura 在女性中非常理性，喜欢讲理，大概也因为此，我更像对待年轻男性朋友一样，总是非常严格甚至苛刻地对她反驳、刁难、质疑、责问，不算粗暴，却也过分的简单、干脆、毫不客气，而她每次说不过我时总要停顿一下，然后说"那也是"，表示同意、服气和让步。我现在真后悔为什么要那么"较真"，那么鼓励少而挑剔多，那么苛严而不多做些同情的理解和详细一点的解说？别人肯定不会这样子，我为什么不能更温情一些呢？如今，又到哪里去找她那幼稚、执着、喜爱说理而我本可以温柔一些的讨论呢？

　　Laura 多次和我商讨她的工作方向。我说："搞文艺创作，不合适，你太理性，概念思维会干扰你；搞理论，也不合适，你太感性，不能进入抽象思维，你是 A－B 血型。"总之我既开玩笑，又是挑毛病。反复交谈后，她似乎重视我这"太理性"的教条看法，最终选定了视觉设计，似乎两边都照顾到了。她非常高兴、满意和雄心勃勃，不断告诉我她虽然非常艰苦却一帆风顺，最近又学到了和创出了什么。我完全外行，没法发表意见。只愿她不断成长和成功。怎么能够设想，就在这成长和成功的起步时，她便没有了呢？多少的辛苦都白费，这太不公平了。

　　Laura 三月份还和我聊天。四月一日电邮说病了，大夫让休息，没说什么病。五月二十五日电邮说，等她这个疗程后再告诉我病的"来龙去脉",并寄来两张精心挑选的近照:依然光彩夺目,十分美丽。我却懵懵懂懂,一点也没发觉这就是告别的意思。我便傻等着,等着,一直等着,结果等来的是她六月十九日去世的消息,她丈夫说她让死后才告诉我。为什么呢?仍是自尊心?不像;怕我担忧?不像;要报复我?不像;淡定高傲地离世?也不像。那到底为什么呢?为什么呢?不然,我总可以在她走前向她说最后几句,她临终头脑清晰,是能够明白我说的话的。如今,我又到哪里去说呢?太不公平了。

世上不公平的事本来就多,不料如斯暮岁还要遇到这非常残酷的一次。既不能说,也只能写这几句了。我已封笔多年,这次是破例了,也只有这一次的破例了。

2012 年 7 月

(原载《明报月刊》2012 年第 12 期)

# 怀伟勋

九月初在波士顿一次闲谈中，偶然听说傅伟勋兄得了癌病，使我大吃一惊，顿时心一沉，很不愉快。闪出的第一个念头：我还欠他的文债；第二个念头："斯人也而有斯疾也"，他不应该也不可能得什么癌症。记得当时的心情恍惚，再三问人，结果都说是真的。怎么办呢？……人生总要遭遇各种紧张和不幸，自己不也常陷在恐癌症的阴影中么？上周PSA（诊断有否前列腺癌的化验报告）就还没寄来。

伟勋是我自认为在"美籍华人"中最要好的朋友之一。所谓"之一"，也并非还有许多，其实也就是二三人中之一罢了。他大概不会这么认为。因为他交游广阔，好朋友也很多，远不像我这般秉性孤僻，不爱交际。我和伟勋交往也不多，这几年连通信也断了，而见面屈指数来，也不过几次而已。

记得第一次见面，是十年前在夏威夷朱子讨论会上。一见如故，痛饮畅叙，弄到过半夜方休。第二天我昏昏然走上讲台，他却根本没与会，睡大觉去了。

从那以后，我们几乎是每聚必饮，每饮必醉或半醉。伟勋酒量并不大，却特别喜欢闹酒，尤其人多的时候。我就特别喜欢他闹。当他酒酣耳热，口没遮拦，乘兴骂座时；当他唾沫四溅、高谈阔论或胡说八道时，那机警又热情，那既有小孩般的天真无邪（即使是议论邪行邪念），却仍不失教授学者的修养、风度……总使我非常欣赏、非常高兴，觉得特别痛快。伟勋总使人感到快乐，这太不容易了。

为什么呢？我想大概至少我们这一代中的许多知识分子，平常受到的各种束缚——东方的、西方的、传统的、"革命的"……太多太重了，受到的各种人情世故、利害计较的束缚太多太重了。现代生活本已索然无味，人际情感已薄如片纸，人们的悲欢并不相通；而各种"处世之道"则使得人们各个戴上其假面具，或被迫或主动地做种种周旋和应付。层层心防，种种顾忌，谨言慎行，矫揉造作。虚伪、做作、架子、傲慢、言不由衷，比比皆是，并且习以为常，以为这就是正常的生活和自己的生命。也许，只有在家庭中、在爱情中、在旅游大自然和欣赏艺术中，能得到某种自由和补偿。但那毕竟是脱开或逃避广阔人际关系的自由。

如今，却有这么一位没做作没架子没虚伪的朋友，不守常规，不拘礼法，凭着酒兴便可以在各种聚会上指点江山，评议人物，没遮拦地随意论说，顿时间使人感到一片忠诚，无欺童叟，过瘾痛快；顿时间使人感到天马行空，脱去束缚。我从小讨厌"世事洞明皆学问，人情练达即文章"这副对联，平日只好关起门来，不去"练达"。如今打开门来，自己也可以直抒胸臆地乱说一通，不必忌讳什么，而海阔天空竟也可以得来如此之容易，即使一时片刻也罢，怎能不高兴而回味良多？别人的感受我不清楚，至少对我是如此。而我是很珍视这一点的。人生本寂寞，又能有几回这样的欢聚和闹酒呢？又有几位能像伟勋这样快人快语呢？

于是，我想起了包遵信和孙长江。他们两位也是喜欢饮酒、健谈、善闹的。尽管各有不同风格，但交谈都能使人感到其直爽忠诚的一面，只是没有伟勋这么豪放和快乐罢了。只要有伟勋和他们在，席上就不会有寂寞，聚谈就更会有兴味，人间就留住了欢欣……长江告诉我，他去看望伟勋了，而且两人还喝了酒，可见伟勋仍然很快乐很乐观。但毕竟人太少了，什么时候能有机会和这些老朋友们再一同聚首再饮再闹呢？什么时候能再听听他们那热情又聪明的胡说八道和"言谈微中"呢？

伟勋是台湾籍人，生长在台湾，受的是日本和美国的教育，英文、日文和德文都很好，写过西方哲学史的大学教材，教的课好像是世界宗教。他那综合中西提出十个生命层次的看法也很有意思很有价值。尽管他读的多是洋书，喝的多是洋酒，但给我感觉最深的却仍然是他的中国味道。这完全不是谦谦君子和新儒家的味道，而是那有生命活力展示"性情中人"的中国文化。当前，海峡两岸的中国文化谈论得正欢，而所谓"文化中国"这概念也炒得很热了，甚至热得不知所云。但是，似乎很多人并不记得正是傅伟勋最早提出这个语词来沟通两岸的文化、学术的，他大概是在台湾报刊上正式和正面介绍大陆学术情况的第一人。

但直到今天，我还没给他打电话和写信。怕他骂我、催我：我欠他的文债太重。1988 年他几度邀我为他和韦政通兄合作主编的《世界哲学家丛书》写本谭嗣同或康有为或其他人，我没应承。1991 年及今年又多次约我写本自传，放在他所主编的某丛书中，并以特高稿酬打动我。我当时情不可却地含含糊糊地答应了下来，但合同一直放在抽屉里，没有签。结果，不出所料，几次提笔都失败了，我不想写自己，回忆使人痛苦，老写不下去。

于是，代替电话和写信，今天我写了这篇怀念文章来问候他。但不知他看后是否高兴？不过，不高兴也不要紧，下次喝酒时骂我一通就行了。"天凉秋未已，君子意何如？"我衷心祝愿他的病情得到控制，而且慢慢好起来。

1992 年 11 月 7 日于 Madison

（原载《明报月刊》1992 年第 12 期）

# 重视武侠小说的文学地位

## ——悼金庸先生

金庸先生仙逝，耀明兄要我也写几句，但我没有什么好说的。他高寿，他离世安详，他生活幸福，有华人处即有金庸迷，世所罕有，人生如此，应该十分完满了，所以我无话可说。

我不是金庸迷，他的小说也只读过一部半，一部是《连城诀》（中篇），觉得极好，过瘾，吸引人，记得是等汽车时赶紧读毕的，另一部是著名的《射雕英雄传》，我看了一大半，没能读完，所以我没资格也无法谈论。

在香港时，他请我还有好些人吃过饭，我记得和他太太赌酒，喝了许多，其他几乎全不记得了。但有件事却至今未忘，九十年代初我出国，单枪匹马，赤手空拳打天下，得一美国客座教席，虽努力教学，但并不稳定，路过香港时，他知道我的情况，便邀我去其家，赠我六千美金。这当然是好意，但我心想如此巨人，出手为何如此小气，当时我还正接济国内堂妹，寄出工资中的三千美元，我既应约登门拜访，岂能以六千元作乞丐对待，于是婉言而坚决地谢绝了。他当时很感惊讶。聊天后，我告辞时，他一直非常客气地送我至其山上别墅的大门以外。此事除同往的耀明兄和再复知道外，我未向任何人提过，因对他对我均属小事，不足言及，今日赞歌漫天、备极哀荣之际，既无话可说，就说出来，算作不合调的悼念吧，因虽出手不够大方，但他毕竟是一番好意呀。

我仍然尊敬这位长我六岁的名人，他几次请饭我都到了，有国内朋友寄来某省报纸报道他称赞我的思想史论，我看了也很高兴。

我也一直认为，虽然我不是他的粉丝，但他那十多册极为成功、影响巨大的武侠小说，应该在正统文学领域内占有重要席位。今日似乎把它们排斥在正宗文艺或严肃文学范围之外，实际是一种陈规陋习，正如以前士大夫们把小说《红楼梦》等也排斥在古典诗文的正宗之外一样。武侠小说和侦探小说都应属文学正宗，爱读福尔摩斯探案的人恐怕超过读托尔斯泰，读金庸也恐怕远超读老舍、茅盾、张爱玲，这里不是讲艺术成就，而是就应否属于文学来说，便该更正是非，破除偏见。因为任何文学均应以对人们的精神、心灵有影响起作用为标准。武侠小说以其突破常规地超乎日常生活的框架轨迹，刀光剑影，快意恩仇，引人入胜地进入另一个世界，展示和宣泄现代平淡凡庸日常生活中所不可能宣泄的情感、思想、意识、观念。其悲欢离合的奇巧故事，其比武出剑的恩恩仇仇，哀怨悲愉，交错复杂，却总能惬人意，感人心，发人思，在想象中打破这实在太单调同质的现实生活，又岂不快哉。无怪乎在美国的华人科学家和人文学者们，也一样爱读金庸，成为金迷。

据说维根斯坦喜读侦探小说，侦探小说如前提及，也像武侠小说一样，不入文学正宗，我想趁此机会说两句，提倡一下。我觉得中国传统特别是近现代非常缺乏这一部类的成功作品，这是否与中国人不习惯不喜欢严谨的逻辑思维有关？八十年代我说中国传统重技术轻科学，从而也就忽视严密推理的重要性。四大发明均是技术，医、农、兵、艺也基本是技术。中国学人也多偏于丰富多样的情感抒求，少于冷静严格的逻辑思索，这是否可借今日沉痛悼念武侠小说大师金庸之际，也可提及期望中国出现同样级别的侦探小说的大师呢？这好像已经说过两次了，再重复一下，而且离题了，就此打住。

再祝金庸先生一路走好。

2018 年 11 月 10 日

（原载《明报月刊》2018 年 12 月号）

【编者附记】悼文刊出后，所记金庸赠款一事，曾在网络上招来不少非议。2020 年，在记者的追问下，李泽厚讲了事情的原委："金庸资助一位朋友三万美金，没用完，退回六千美金给他。他就要把这六千美金给我，这更像施舍嘛。……我不想为了这六千块而背负上人情债。我坚决不要他的钱。……那是 90 年代，有人算了一笔账，说六千美金可以在中国买房，我笑笑而已。后来他们要把写金庸的文章收入纪念集里面，问我的意见。我说，一个字不改。问了两次，我都这样说。没什么好改的。他身边的很多人都说，金庸对钱特别看得重，斤斤计较。这也不算什么大过。……他也不是一毛不拔，他知道好些人说他吝啬，他也不大在乎。关于金庸这篇文章，本来我是不想写的，朋友再三让我写，但除了赞扬外，我没什么具体事情，就顺便讲了。……老实讲，我这个人的确太不懂人情世故了。中国有句老话——'批判会上无好人，追悼会上无坏人。'……我不大注意这些，违背了大家的礼仪习惯，所以挨骂也就'活该'了。"（《南方人物周刊》2020 年第 20 期）

# 书院忆往

　　记得曾经说过，上世纪八十年代北京三大民间学术团体，即"走向未来丛书""文化：中国与世界""中国文化书院"，我都参与而未深入。其中最后一个因常有"雅聚"，交往较密，相见略多，各种报道也常常以汤一介、庞朴、李泽厚三人名字连在一起出现。但实际上我却根本没与闻或过问任何大小"院务"，包括鲁军先生闹分裂那件书院特大事故，我当时也未闻未问不知不晓，后来从同住一楼上下庞朴兄处，才略悉一二。总之我是各处被邀列名，从不管事。但我倒清晰记得，汤一介兄在许多年后大概是这个世纪的回忆文中，谈到书院的初创期最得力于鲁军、孙长江、庞朴三人，我觉得十分公允。如实道来，不念旧恶，颇难得也，当时鲁军是公开宣布将汤一介等人开除出书院的，虽然后来失败了。

　　我因不与闻书院事务，所能记起的事也就很少，我在书院只讲演两次，一次是讲中国智慧，有如广告所公布；一次是讲西体中用，两次的提纲后来铺衍成文发表了。印象最深的是，当时著名清华大学建筑系吴良镛教授，居然不计自己的身份地位，以普通学员报名来院听讲，使我大为惊讶，这在国外并不稀罕，但在论资排辈的敝中华却极为难得。这使我暗自佩服，认为颇值自己学习。另外，还记得1986年一次与梁漱溟赴院，往返同车，梁在车上对我说，《光明日报》记者将他所说的"孔颜乐处"竟误记为"苦言乐处"发表了，颇为不满和恼怒，认为有损他的思想和声誉。后来又听说，他对《人民日报》报道中将他的名字置于冯友兰之后（见该报道）也很不高兴。冯比梁只小两岁，却是梁的学生，资历、操守也不如梁。梁素律己甚严，当时我想，即使圣人也难免有脾气啊。

我一直尊敬梁先生，当时他可以上台讲演，他那念念不忘的出书却仍大不易，恐怕要八十年代中期才入佳境。1982年夏威夷召开的国际朱子大会，邀请了他和冯友兰，当局允许冯却不许梁出国与会，其实梁是颇想去的。当时大家因怕犯政治错误，对他总有点敬而远之的味道，记得一次北海聚餐我特意找他合影时，一些人都面露惊讶，但很快便好几个年轻人也上来和他一一合影了，此情此景此意，今日读者大概是很难理解了。

谈及北海与书院，我记得在北海仿膳请饭甚多，当然都在房间里。只一次很特殊，在对岸临水的五龙亭上，大概也在1986年，波光湖影，夕阳西下，大家围坐一二圆桌，汤、庞好像都在场，反正孙长江兄是参加了的，李中华、魏常海诸兄当然也在，记得

上世纪 80 年代李泽厚（中）参加中国文化书院活动，左为刘梦溪

孙与王守常、鲁军等和我闹得最后，相互用碗赌白酒，一口干，不记得这次是否宴请傅伟勋兄，如傅在就更热闹了。当时真乃大好年月，痛饮畅叙，豪谈阔论，意气如虹，弄得相当之久，月上树梢方散，这次我也喝得太多，醉醺醺地回家了。

这个"北海五龙亭上饮"早已消失得无影无踪，却令我多次想起，并与陈与义的一首词总联在一起："忆昔午桥桥上饮，坐中多是豪英。长沟流月去无声。杏花疏影里，吹笛到天明。二十余年如一梦，此身虽在堪惊。闲登小阁看新晴。古今多少事，渔唱起三更。"

"忆昔午桥桥上饮"变成"忆昔五龙亭上饮"，虽没有杏花、吹笛和天明，但也闹得明月来相照了。而且，已不是"二十余年"，而是"三十余年"了。"古今多少事"也——过去，汤、庞和伟勋诸兄也已远去，确实是"此身虽在堪惊"。何况"此身"竟长留异域他乡，根本没有什么"三更渔唱"之类的中国话语，更没有那种豪饮狂谈了。时日如流，只不知当时年轻的守常诸位还能记起这些如烟似梦的琐细往事否？

[附]改纂陈词，留作纪念：忆昔五龙亭上饮，坐中多是豪英，波光湖影去无声，笑谈狂饮里，新月又微明。三十余年如一梦，此身虽在堪惊，闲从小院赏初晴，古今多少事，不随时序更。

（原载《书屋》2018 年第 12 期）

# 忆冯友兰

　　五十年代初我在北大读书时，基本是自学，很少去上课，用现在的学分和学时制的标准，我是没法毕业的。当时北大还有很多老先生在，我不喜欢交往，跟他们联系很少。那些老先生都是所谓的"旧知识分子"，被崇拜的不多，挨批判的倒不少。当时他们都在进行思想改造，在"学习""运动"中，所以好多课也都没有开。冯友兰的课，我就没有上过，当时还不让他开课，等他开课的时候我已经毕业了，所以我算不上他的学生。

　　但冯先生从我学生时代起便一直注意我，表彰我。刚上北大，我给冯先生看过我写的一个"孟子"文稿，是我当时的思想史札记之一。他很赞赏我。我提出一些不同意见。当时的观点是说大地主阶级、中小地主阶级，前者反动，后者进步。我就说为什么大地主阶级就一定反动，中小地主阶级一定进步呢？那也不一定。有时大地主阶级比中小地主阶级更进步。但这与当时的定论相悖，他不敢表态。我一开头读马克思的书读的是《法兰西阶级斗争》，这本历史书大家都不注意，我推荐给别人看，看看马克思是怎么讲历史的，与当时人们讲的包括老师和苏联专家讲的完全不一样。

毕业后我跟冯先生的联系多一点，记得冯先生很想让我做他的研究生，我不愿意。我觉得有导师反而受束缚。我不认为导师是必要条件。有没有导师并不重要。连自然科学家像爱因斯坦都可以没有什么导师，文科便更如此。我觉得重要的是应尽早尽快培养自己独立研究的能力。我在哲学所的时候，冯先生还多次想调我到中国哲学研究室。哲学所当时在中关村，离北大很近，我偶尔去北大，到冯先生那里去看他。那时我发表了不少关于中国近代思想史和美学的文章，稿费很多，买了一个留声机，电动的，但是唱片很不容易找，我从冯先生那里借了很多唱片。后来，哲学所从中关村搬到城里，和冯先生来往就少了，中间也曾经去看过他几次。我很少去看望他，冯先生对我的夸奖大都是别人不断转告给我的，我心中非常感激，那个时代很少有人夸奖我、鼓励我。我常用以告慰的是，几十年来我自觉没有参加对他的"批判"（实际是围攻、打击），尽管我对他的好些看法颇不赞成，尽管当时也有人要我写文章。

《孔子再评价》发表前，我将打印稿寄给冯先生，他很夸奖，来信说有"突破之功"，并建议可将题目改为《对儒家的再评价》。这篇文章的发表经历了一些曲折。当时还开了个会，于光远主持的，一些老先生，王明、容肇祖、张岱年等参加，他们说"唯物""唯心"

此文一字未提，阶级斗争也未提，大有问题。冯当时因"四人帮"问题受牵连，未能参加，但眼光毕竟比他同辈人高许多。

冯先生不搞美学，却是最早给予《美的历程》最高评价的人，他说这"是一部大书（应该说是几部大书），是一部中国美学和美术史，一部中国文学史，一部中国哲学史，一部中国文化史，这些不同的部门，你讲通了。死的历史，你讲活了"。（此信以《谈〈美的历程〉——给李泽厚的信》为题刊于《中国哲学》第 9 辑1983 年）点明了《历程》的影响和意义，我非常感谢他。胡绳也很喜欢这本书，他给我写信，特别欣赏我对苏轼的论述。此外，刘纲纪、章培恒等学者也都说了好话，但大多数学者则保持沉默。

我提出"西体中用"后，很多人不赞同，也遭到大量批判。1986 年冯先生给我写一副大字对联——"西学为体中学为用，刚日读史柔日读经"。冯先生的《新事论》我读过，他送我对联，我想到他的书。他是赞成我的。这副对联是冯先生主动（非应我要求）送我的，91 岁了，字还很有笔力。冯的女婿蔡仲德教授在一篇文章里说是我向冯先生求的字。不是这样的。我一辈子从不求人写字，也不求人画，尽管我认识的画家和书法家不少，我家里却没有什么收藏。事实是冯先生听说我提出"西体中用"的说法，很高兴，冯先生的女儿冯宗璞打电话给我，说她爸爸给我写了字，问要不要，我说那好极了，当然要，就去取来了。当然，求字也不坏，而且我去求字也符合情理，是一件好事情，但这件事确实不是那样。现在冯先生的这副字还挂在我的客厅里，在一篇文章里，我讲过冯友兰先生主动送字给我，当时冯先生还在世。

1982年台湾《中国论坛》举办的"当代新儒家与中国现代化"会议，将冯友兰排除在"当代新儒家"七人名单之外，主要理由：一是冯的政治人格（主要指"文革"中积极批孔）不符合儒家品德；二是以熊十力、梁漱溟、牟宗三等人为代表的"现代新儒家"均以活泼的生命或生命力作为儒学精髓，冯之纯逻辑的"理世界"的体系（《新理学》一书）有悖于此。对此，我是不赞同的。第一，学术与人格之某种分离乃自培根以来的现代世界性常见现象（是否应该如此属另一问题，我本人反对分离），海德格尔之例便很突出。尽管海氏之纳粹立场与其哲学恐不无深层联系（我作如是观），但海氏哲学之价值仍然大。冯之哲学地位当然完全无法与海氏相比拟，但冯之客观处境和心理状况却较海氏更为恶劣和复杂。一般而论，熊十力等其他新儒家的公德私谊也并非全无可议之处，有些情况较冯也只五十步百步之差。毕竟人非圣贤，孰能无过。现代新儒家虽然所崇所奉者为圣为贤，但他们本身到底还是更为复杂的现代人物。当然，包括《三松堂自序》的有关部分，我觉得仍大有自我掩饰的成分，并未"立其诚"，但比海德格尔的"遗书"还是要好得多。第二，如以主观心性论来界定"现代新儒家"，冯与熊、梁、牟以及唐君毅等确有根本不同，自可不必列入。不过此种界定过于狭窄，似乎"现代新儒学"便只是熊十力学派，而熊本人也并非专谈心性，从宇宙论到外王学，他也谈了不少，心性论者仍志在外王。梁漱溟也如此。因此这一界定似难成立。我所谓的"现代新儒学"含义不广不狭，较为确定，指的是"现代宋明理学"亦即 Modern Neo-Confucianism in the Song and Ming Dynasties（张君劢，张译的是"宋明理学"，"现代"是我加上的）的准确意义。所以，正如即使奉陆、王或胡（五峰）、刘（蕺山）为正宗，仍不能将程、朱开除出宋明理学一样，"现代新儒家"又何莫不然？熊、牟承续开拓了陆、王，冯则明确宣称自己是"接着程朱讲"的，事实也确乎如此。所以冯之属于"现代新儒家"，乃理所当然。我认为，真正构成现代新儒家的是熊（十力）、梁（漱溟）、冯（友兰）、牟（宗三）四人。（参见拙作《略论现代新儒家》1986 年）

冯友兰是现代中国已少见的名实相符的哲学家。三十多年前我说过，冯先生的贡献不在《新理学》，而在提出人"活得怎样"的"自然—功利—道德—天地"四境说的《新原人》（我认为这是冯的主要著作，冯晚年也有同样的说法）。冯从觉解、心性、才命、学养、生死各种角度对此四境作了说明、论证，并批评了将"天地境界"混同于"自然境界"的误解。我以为，这是承接中国古代哲学的一种贡献，冯所说哲学只在于提高人生境界的说法，是对宋明理学所作出的一种现代解释和继承。所以我将冯列入"现代新儒家"。此外，抽象继承法，我以为也是冯的一大贡献。

但由于冯的哲学是"接着"程、朱讲的柏拉图式的"理世界"体系，他讲的"天地境界"便受此体系基本观点的笼罩制约。尽管他的"天地境界"不是基督教的天启、神恩，而是宋明理学的"孔颜乐处"；尽管他也强调在日常生活中尽伦尽性就可以超越道德，达此境界，但由于缺乏"人活着""情本体""形式感"等现实支撑，便一方面，如冯所自承，进入神秘主义，并把这种较持续稳定的生活心境和人生境界与"瞬刻永恒"的感性神秘混为一谈；另一方面，由于没有物质性的本体论支撑，便很难使这"境界"具体落实到世间人际。冯不谈宗教，却不能以"美育代宗教"，不能张扬中国哲学特征的审美主义，特别是未能阐扬其与历史主义交融所形成的人的情感。中国审美主义的感情以深植历史性为"本体"，而非追求绝对的超验。同时，我以为这"四境"应任人选择，不必定出高下，强人所难。我还是"两种道德论"的观点。宗教性道德主要依靠情感教育，所以也才有"以美育代宗教"。

我最后一次见到冯先生是在医院，1990 年他以 95 岁高寿辞世。如今，我亦年近九旬，岁云暮矣，人已残年，来日不多，怅何如之。

2019 年

# 忆几位前辈美学家

　　我的个性是不爱交往。我不仅和美学家，和很多人都极少交往。但与朱光潜、蔡仪、宗白华、王朝闻等几位前辈美学家倒有过一些接触，朱光潜和蔡仪还是我的所谓"论敌"，在五六十年代的美学大讨论中我们相互激烈地批评过。

## 蔡　仪

　　在美学讨论中，我批评蔡仪是机械唯物主义，没有超出十八世纪法国唯物主义者的水平。他的书和文章，干巴巴的。但许多人不知道的是，我曾拜访过蔡仪先生。记得1957年初，我那篇《美的客观性和社会性——评朱光潜、蔡仪的美学观》刚刚在《人民日报》上发表，当时一些人想要蔡仪到哲学所来，我很赞成，我就去找他了。

　　蔡先生是老革命、老党员，是马克思主义者，年纪也比我大很多。我当时拜访他，他板着脸，很不高兴的样子，大概就因为我批评过他。实际上，我对蔡先生还是很尊敬的，毕竟我是晚辈。我说，我们现在群龙无首，希望他来。他说，你后来居上嘛。他以观点划界，包括他的学生。他有一种捍卫马克思主义的责任感，他认为我反对马克思主义，当然就对我不满意。

蔡先生一直批评我，特别是到了上世纪九十年代，简直是穷追猛打，那批得相当厉害，话讲得相当严苛。

## 朱 光 潜

我高中时就读过朱光潜的《谈美》《文艺心理学》等书。朱先生影响很大，第一次美学大讨论就是从他那里开始的。我发表在《哲学研究》上的第一篇美学文章《论美感、美和艺术——兼论朱光潜的唯心主义美学思想》（1956），就是在当时批判朱先生的高潮中写成的。印出油印稿后，我寄了一份给贺麟先生看。贺先生认为不错，便转给了朱先生。朱回信给贺说，他认为这是批评他文章中最好的一篇。贺把这信给我看了。当时我二十几岁，虽已发了几篇文章，但毕竟是言辞凶厉而知识浅薄的"毛孩子"。这篇文章的口气调门便也不低，被批评者却如此豁达大度，这相当触动了我，所以至今记得。当然，朱先生在一些文章中也动过气，也说过重话，但与有些人写文章来罗织罪状，夸大其词，总想一举搞垮别人，相去何止天壤？

朱光潜当时我是不是拜访过，记不清了。倒是"文革"中去看过几次。我们从不谈美学，谈的多是中外文学和哲学，聊陈与义的诗词，谈恩斯特·卡西尔……，虽绝口不涉及政治，但我当时那股强烈的愤懑之情总有意无意地表露了出来。有一次我把一首自己填的词拿给他看，记得他当时仔细斟酌了音韵，大概觉得还不错，并以"牢骚太盛防肠断"来安慰我、开导我。朱先生告诉我，他虽然七十多岁，每天仍坚持运动，经常绕未名湖散散步，并劝我也搞些运动。还告诉我，他每天必喝白酒一小盅，多年如此。我也是喜欢喝酒的，于是朱先生便用酒招待我，我们边喝边聊。有一两次我带了点好酒到他那里去聊天，我说，以后当妻子再干涉我喝酒时，我将以高龄的他作为挡箭牌，朱先生听了，莞尔一笑。朱先生送过我两大函线装的《五灯会元》，还有两本英文书，那是在 70 年代，现在都捐出去和送给别人了。记得大概是 1974 年，朱先生当时在翻译联合国文件，就是把外交文件的中文本翻译成英文或英译中，这在当时是重用他。他一点怨言都没有，我却颇为愤慨，完全是糟踏人才嘛。

"文革"后，朱先生很忙，以耄耋之年，编文集、选集、全集，应各种访问、邀请、讲学、开会，还要翻译维科……于是我没再去朱先生那里了。《谈美书简》出版后，朱先生曾送我一本，扉页上还题了首诗，记得最后两句是："长江后浪推前浪，翻新自有后来人。"

朱先生勤勤恳恳，数十年如一日地做了大量翻译荟萃工作，如《柏拉图文艺对话集》、《歌德谈话录》、黑格尔《美学》、莱辛《拉奥孔》、克罗齐《美学》、维科《新科学》等等，造福于中国现代美学，这是我非常敬佩而想努力学习的。但他自己的看法并不多，他自己也承认这一点，他亲口对我说过，他的著作中，就《诗论》比较有自己的见解。

在美学上，我跟朱光潜都讲"自然人化"，都讲"实践"，这就造成一种假象，似乎我的观点与朱先生的观点合流了，其实，我跟他的区别是很清楚的。概括来说即：我把物质生产看成是人类最基本的活动，把它与人的其他活动（如艺术实践活动）作了一定的区别。而朱先生却把物质生产活动与艺术生产活动混为一体。他是运用移情说来解释自然人化的，即认为自然是人的认识对象、情感对象，人认识了或情感表达了，对象也就人化了。这当然也可以说是一种"人化"，朱先生讲的"人化"是主观情感作用的成果。所以，朱先生八十年代出版的《谈美书简》《美学拾穗集》还是说美感产生美，没有美感就没有美。虽然朱先生在论述时前面加了个"实践"，但后面的论述基本还是原来的。我跟朱先生的分歧还是《美学三题议》（1962 年）中所谈的分歧。

还有，我更重视康德的美学，朱先生也许更重视黑格尔的美学。一般都认为马克思的美学继承的是黑格尔和费尔巴哈的美学，而我更重视的是康德—席勒—马克思这样一条线索。我以为席勒很接近马克思，当然他没有唯物史观（即实践观点）这个根本基础。

# 宗白华

宗白华是我 1957 年发表两篇美学论文之后，当时我已离开北大，才特地去看望他。现在依稀记得，好像是一个不大暖和的早春天气，我在未名湖畔一间楼上的斗室里见到了这位蔼然长者。谈了些什么，已完全模糊了。只一点至今印象仍鲜明如昨。这就是我文章中谈到艺术时说，"它（指艺术）可以是写作几十本书的题材"。对此，宗先生大为欣赏，这句话本身并没有很多意思，既非关我的文章论旨，也无若何特别之处，这有什么值得注意的地方呢？我当时颇觉费解，因之印象也就特深。后来，我逐渐明白了：宗先生之所以特别注意了这句话，大概是以他一生欣赏艺术的丰富经历，深深地感叹着这方面有许多文章可作。我并无多少意义的抽象议论，在宗先生那里却是有着深切内容的具体感受。

我从小最怕做客，一向懒于走动。和宗先生长谈，也就只那一次。后来我碰到过好几次，宗先生或一人，或与三四年轻人结伴，从城外坐公共汽车赶来，拿着手杖，兴致勃勃地参观各种展览会：绘画、书法、文物、陶瓷……

1949 年后对宗先生是不大公道的，五十年代只评了个三级教授。我读北大的时候，还不开美学。美学课是"文革"以后才有的。朱光潜当时也不在哲学系，而是在西语系教英诗。当时讲朱光潜大家都知道，讲宗白华很多人都不知道，包括搞美学的。在北大也没有什么影响。正如当年搞哲学的人不知道熊十力这个人一样。八十年代开第一次美学大会的时候，都没有邀请宗白华参加，而且连一个位置都没给他留。好在宗先生有一个特点，具有魏晋风度，不在乎。

八十年代宗先生出《美学散步》集子，出版社要我写序，原来我不答应，因为我年轻嘛，怎么能给一位老人写序。后来出版社一定要我写，那就写吧。宗白华的那些文章都是 1949 年以前散发在报刊上，没成集子。我当时看过一点，也很少。1949 年后他发表东西极少，就二三篇吧。在序文里，我提出"天行健，君子以自强不息"的儒家精神、以对待人生的审美态度为特色的庄子哲学，以及并不否弃生命的中国佛学——禅宗，加上屈骚传统，我以为，这就是中国美学的精英和灵魂。宗先生以诗人的锐敏，以近代人的感受，直观式地牢牢把握和强调了其中的前三者。我还比较了朱光潜与宗白华，记得冯友兰看后来信对我所讲的朱、宗同异，深有同感，说宗得晋人风度，尤可佩。

宗、朱两位先生，在我看来是不相上下的，现在宗白华的影响倒可能超过了朱光潜，引他的文章很多。《美学散步》讲了一些很好的东西，完全是从哲学角度讲的，是美学，不是文艺理论。

在写序的前后，包括书出版后，我也一直没去看过宗先生，事前事后也没征求过他的意见。表面的理由是宗老年纪太大了，有那么多人去找他，我就不必去打扰；实际的原因还是因为我懒，太懒于走动。只是以后开会时遇到他，也就是闲谈几句而已。

宗白华和朱光潜是同一年去世的。当我听到宗先生病危消息赶到北大校医院时，宗先生刚被抬进太平间。没能与他作最后的话别，只好在他遗体前深深三鞠躬。我写的《悼朱光潜先生》发在《人民日报》上，另一篇《悼宗白华先生》则未能刊出。

# 王 朝 闻

说起王朝闻先生，我们在六十年代一起共过事。当时编写《美学概论》，周扬点名要他当主编。为什么是他呢？因为朱光潜是党外人士，还是唯心主义的，不行。蔡仪嘛，周扬不喜欢他。真正对文艺作品有感觉的，那还是王朝闻，没有别人。他当主编，那是很自然的。

王朝闻先生开始依靠周来祥，后来依靠我，再后来就依靠刘纲纪。王朝闻自己并没有多少理论。他的特点是对艺术有很强的敏感。他的艺术评论文章是超过许多艺术评论家的。例如他的《一以当十》里的文章，讲这个东西、那个作品为什么好，总是能讲到点子上。他讲川剧怎么好，高腔怎么好，梆子怎么好，这要有非常充分和敏锐的艺术感觉才行。

当时参加《美学概论》编写组的，有李醒尘、周来祥、洪毅然、叶秀山、刘纲纪、田丁、杨辛、甘霖。还有袁振民、叶朗、曹景元等，他们参加时间短，我也记不全了。六十年代出租车少极了，我们坐公共汽车，有时王朝闻先生会请我们坐出租车。

他当时出了几本书，有不少稿费。只有他有能力坐出租车，我们都没有钱。

我提供了该书"审美意识"章的初稿，还负责写了一篇资料性的文章《美英现代美学述略》（后收入拙作《美学论集》）。《美学概论》当时已搞出了一个本子，但"文革"一来就冲掉了。正式出版是在八十年代初，但我已不与闻了。

2019 年

# 关于"美学译文丛书"

很高兴看到《读书》登出"美学译文丛书"广告。既挂名主编，想说明几句：

1. 我是这套丛书的发起人和责任承担者。这套书中两种的译文质量曾受到批评，甚至金戈铁马式的讨伐责骂。其中，有批评正确的地方，对此，我应承担一定责任。作为主编，我并没有审阅每部稿件，最多只是翻阅一下，好些未曾过目。除了懒惰之外，精力、时间和外语水平有限，都是原因，总之是失职，我谨在此向读者致歉。也因自知能力有限，我以后坚决谢绝了各种担任"主编"的邀约。但也要说明一点：这套书中的某几种并未征得我的同意（甚至我的助手滕守尧也不清楚），便被放进这套丛书中出版了，出版后并未给我，有的至今我也未见到。当然，这只是极少数。

2. 我倡议并着手这套书是在一九八〇年第一次全国美学会议前后，距今十四年有余。今天难以相信，编这种与政治毫无干系的丛书，在当时仍算冒某种严重风险，好些朋友劝我不要干。虽已黎明，霜风犹厉。回首当年，真不胜今昔。社会和读书界毕竟是难以逆转地向前大跨进了。

在当时艰难情况下，滕守尧不但与我分担风险，而且大量组稿、约稿、催稿、审稿、定稿以及与各出版社打交道办交涉，种种学术性的和事务性的繁复琐细的工作，全由他一人包揽。其实，他也并不善于打交道、搞人际关系，这点和我有点相似，而且他的时间、精力也毕竟有限，真是难为他了。我感到高兴的是，在这十来年好些有关美学、文艺理论、批评以及其他论著中，常常见到引用这些丛书中的材料。这说明，尽管有缺点、毛病，这套丛书毕竟还是有用的，有益于广大读者和作者们的；我坚持"有胜于无"的原则，虽多次被人严厉指责，可以无悔了。但这里我想说明的是，这主要是滕守尧的功劳，没有他，便不会有这套书。许多人不知道这一点，他也一直不吭声。我要他共署主编，他因顾虑客观环境，坚决不肯，这对我倒形成了"掠人之美"的心理负担，今天一吐为快。

3. 这套丛书原计划一百种，其中好些重要著作，如杜威的《艺术即经验》、杜夫海纳的《审美经验现象学》、阿多诺的《美学理论》以及海德格尔、维特根斯坦、贡布里希、本杰明等等有关论著，或因未找到译者，或因译者未完成译事，以致均付阙如。已出版的原作水平也参差不齐，有的质量颇差因某些原因勉强收入。所有这些，都是要请读者原谅的。这套丛书起步最早，但步伐最慢，我多次称之为艰难牛步，但也没法，我们太不善于办外交了。可庆的是，其后不久，由年轻学人主持的各种丛书大量出台，许多大家、名作迅速译成出版，三联在这方面做了重要工作。日月出矣，爝火自甘熄灭。"美学译文丛书"的工作数年前便已自行停止。这次登一个总广告以告别读者，并作说明如上。

1994 年 9 月

（原载《读书》1995 年第 8 期）

# 八十年代的几本书

"美学三书""思想史三论""康德书"和"主体性哲学论纲"是我七八十年代的主要著作，常有人问及各书情况，今简述如下。

## "外篇"和"内篇"

二十世纪八十年代，是一个苏醒的年代、启蒙的年代，是一个充满理想、激情和希望的年代，越往后看越会发现八十年代的可贵。

当时思想文化领域最先出现的是"美学热"。这是 1949 年以来中国大陆出现的第二次美学热，美学在当时充当了思想解放运动的重要一翼，或者说发挥了思想启蒙的作用，它符合当时社会进步的思潮，也是促进这个社会苏醒的符号。

当时中国社会从"文革"中刚刚过来，别的地方要突破是很难的，"两个凡是"还很严，各种是非标准还难于讨论，美学则相对自由，成为一个突破口，引领了时代潮流。美学的胜利是整个社会追求新的生活的胜利，所以波及、影响面很大很广。我说过，这个"美学热"是一个很好的博士论文题目，因为这是古今中外都没有过的事情。把这种事情放到特定的历史语境里面看，是很有意思的，很值得研究。

1980 年后，"美学热"进入高潮。到 1981 年，新时期的重要美学著作已大部分出齐，如朱光潜的《谈美书简》、蒋孔阳的《德国古典美学》、宗白华的《美学散步》和王朝闻主编的《美学概论》等等。

《美的历程》也是 1981 年出版的。这本书 1978 年开始写。写作的过程很快，大概只用了几个月，1979 年秋天交稿。但思考的时间很长。1957 年我在敦煌千佛寺待了整一个月，对每个洞穴都写了简记和感受。那年我还看了永乐宫、龙门、麦积山、西安博物馆、半坡等。故宫藏的名画如《清明上河图》等等早看过，还作了点笔记。中国文学读中学时便熟悉，一些看法早就有了。对中国历史我也较熟悉。中国历代的皇帝除元代外，当年我都能背下来；对中国历史上发生的大事和好些人物很清楚，对社会文化情况也较有了解。"从感伤文学到红楼梦"这一部分，在五十年代就已经思考了；"明清文艺思潮"的大部分内容，五十年代在我的一些文章中都已经谈过。"盛唐之音"这一部分，是六十年代开始思考的，那时候我下放到湖北，在农田劳动，忽然间张若虚的《春江花月夜》就在脑际浮现。当时大陆对《春江花月夜》是批判的，认为是颓废的文学，我觉得恰恰相反，它是"走向成熟期的青少年时代对人生、宇宙最初觉醒的'自我意识'"，是通向"盛唐之音"的反映。"青铜饕餮"是七十年代，也就是"文革"期间写的……，许多年断断续续的思考，许多年陆陆续续写下来的笔记，在短时间里汇集完成了《美的历程》。

这本书，每章每节都是我想出来的，在当时都是特意"标新立异"，很多提法、观点，都是以前没人谈过的。如"龙飞凤舞"，本来是现成词语，用来讲远古，却是我想出来的。"儒道互补"也是我自己想出来的词（正如后来我提出的"儒法互用"作为中国政治思想的一个基本概念或词语）。写的时候就觉得这本书有意义，会有影响。在材料运用上，有人说《历程》引的材料都是大路货，我当时是自觉这样去做的，我就是要引用大家非常熟悉的诗词、图片、材料，不去引那些大家不熟悉的，就是要在普通材料、大路货中，讲出另外的东西来。大路货你讲出一个新道道，就会觉得更亲切，有"点石成金"的效果。

《历程》是一部"审美趣味史"，是从外部对艺术史作些描述，但又并不是对艺术史作什么研究。有人把《历程》当作讲艺术史的专著，那就错了。它只是一本欣赏书。

书出版后，影响很大，销路很好。但也招来大量的批评、责难、攻击。有人嘲笑说：《美的历程》算什么，既不是文学史又不是艺术史，李泽厚这本书一锅煮，根本不该出版这种书。的确，《美的历程》说不清该算什么样的著作，专论？通史？散文？札记？……

在北京家中，和平里9区1号13号门一层（1963—1986）

都是，都不是。但这也正是它的特点所在。

1987年我到新加坡东亚哲学研究所讲学，在那里我完成并出版了《华夏美学》（1988年）。这本书在搞《中国古代思想史论》时已经写了一半，是和《美的历程》配套的，在构思上也是交错的。这是我一开始便承诺的谈中国美学的"内外篇"，"内篇"（《华夏美学》）讲美的观念，"外篇"（《美的历程》）讲趣味流变。

我更重视这个"内篇"。因为它更为重要，涉及的哲学问题比《历程》要多，这可能是由于自己偏爱哲学的缘故吧。书中提出中国美学仍以儒学为主流，这是颇有异于许多中外论著的。这些论著大都承认儒家在政治、伦理等领域内是主流，但在艺术、美学中，却力主应以道家为主干。本书未能苟同这一流行看法。其次，更为重要的是，本书强调了中国文化传统和文学艺术，既非模拟，也非表现，而是以陶冶情感、塑造人性为主题，也就是强调内在自然的人化和人的自然化。这种哲学—美学思想对今日和未来，对设想更为健康更为愉悦的社会生活和人生境地，希望仍有参考价值。

书的结语部分明确提出了"情本体"思想："什么是本体？本体是最后的实在、一切的根源。……这本体只能是人。……这个人性也就是心理本体，……心理本体的重要内涵是人性情感。……这个似乎是普遍性的情感积淀和本体结构，却又恰恰只存于个体对'此在'的主动把握中，在人生奋力中，在战斗情怀中，在爱情火焰中，在巨大乡愁中，在离伤别恨中，在人世苍凉和孤独中，在大自然山水花鸟、风霜雪月的或赏心悦目或淡淡哀愁或悲喜双遣的直感观照中，当然也在艺术对这些人生之味的浓缩中。去把握、去感受、去珍惜它们吧！"

## 告别美学

在新加坡，我还完成了《美学四讲》（1989 年），我的美学观点主要在这本书里。之前，1980 年我曾出版过《美学论集》，收录了我五六十年代的美学论文，还有几篇七十年代末的。《美学论集》一出来，刘再复第一个说："你是有体系的。"我当时听了印象很深，因为还没有人这么说过，只我自己心里知道。

《美学四讲》由四次演讲记录稿加以调整连贯，予以修改补充，裁剪贴之而成，一应读者要求"系统"，二践出版《美学引论》之早年承诺。基本观点没有变化，如对美

写《华夏美学》时的李泽厚

和美感的基本看法，如对那两派（朱、蔡）的看法。在书中，对美学是什么、美是什么、美感是什么、艺术是什么这四个问题作了一些基本的说明，还是讲哲学美学。其中吸取了一些现代的成果，像分析哲学、格式塔的心理学等等。对存在主义、弗洛伊德，我在书里都作了哪些赞同哪些不赞同的说明。香港版的书店做广告说，它"回应了现时流行的中外各美学流派"。2010年《诺顿理论和批评选集》（*Norton Anthology of Theory and*

1984 年，钱学森读了李泽厚的美学文章后，来和平里 9 区 1 号院李泽厚家，左右为李氏夫妇（摄影者为钱的随行人员）

*Criticism*）第二版收的就是《四讲》第四章第二节"形式层与原始积淀"。

当然，没有变化，是说基本观点没有变化，但就美在我的思想中的地位而言，就美学在我的理论结构中的位置而言，那是有变化的，因为后来我的美学思想成为我的哲学思想的一部分。这种变化与我后来研究康德哲学和中国古代思想史有关系。再有美学的地位问题。因为中国没有宗教，没有什么东西能够代替宗教的那个境界，所以我把美学提得很高。还有关于形式美的问题。五十年代我把它说成是自然美，但在《四讲》里面，我认为形式美也不是自然美，而是社会实践的结果，这是把基本观点贯彻更彻底一点。

1980 年游峨眉山，自左至右：杨辛、李泽厚、胡经之

我在书的结尾讲："于是，回到人本身吧，回到人的本体、感性和偶然吧。从而，也就回到现实的日常生活（everyday life）中来吧！不要再受任何形上观念的控制支配，主动来迎接、组合和打破这积淀吧。……于是，情感本体万岁，新感性万岁，人类万岁。"这即是"情本体"思想。

《四讲》以后，我就告别美学了。我只是在哲学上概括一些美学问题，没做具体的实证的研究。我讲过，要么做艺术社会学研究，要么做审美心理学研究，但我自己不打算搞，所以就告别美学，弄别的东西了。

八十年代出版的这三本美学书，后来被人们冠以"美学三书"名，不断重印，并都译成英文，有的还译为德文、日文、韩文等。

这里，还可顺便讲一下八十年代我做的三件事，都是主动做的，都与美学有关：

一是主编《美学》杂志。因为开本较大、每期字数多、影响大，人们称之为"大美学"，一年一期或两期。挂的名是哲学所美学研究室与上海文艺出版社合办，实际没有什么编辑部，就我一个人在干，从策划到组稿到审稿到发稿。我那时只看质量，不看人，无名小卒，只要文章好，我都用。大名人的文章，倒不一定。"大美学"当时大家的反映还是比较好的。"大美学"从创刊到停刊，历时八年，出版七期。后来感觉文章太一般化，而要深入下去，也不是短期可以做到的，于是就停办了。

还有，就是出了一套"美学译文丛书"。是我和我的学生滕守尧共同主编的，原计划出一百种，实出五十种。那套丛书是在所有丛书里最早的，但进度却是最慢的。我感到高兴的是，好些有关美学、文艺理论、批评以及其他论著中，常常见到引用这些丛书中的材料。这说明，尽管有缺点、毛病，这套丛书毕竟还是有用的。

第三件事，是与刘纲纪先生主编《中国美学史》。1978年哲学所成立美学室时，我提议集体编写一部多卷本的《中国美学史》，因为古今中外似乎还没有这种书。后来，我又请刘纲纪共同担任主编，出版社起初不赞同，经我说服同意了。此书由我与刘商定内容、观点、章目、形式，由刘执笔写成，我通读定稿。因是刘执笔写成的，所以我始终不把这部书列入我的著作中，尽管我提供了某些基本观点。我认为《中国美学史》是一部哲学兼历史之作，是知识性的书，许多部分是为了解释材料、分析材料，与《美的历程》有所不同。

## 当时尤以《近代》影响最大

八十年代颇为热闹，"美学热"之后，又出现了"文化热"。从广义上说，"文化热"里头也包括了"美学热"，或者说"美学热"是"文化热"的前奏或一部分。八十年代中期产生了三大民间文化机构："走向未来丛书""文化：中国与世界""中国文化书院"，可以说是"文化热"的标志。我和这三个文化机构都有联系，但都未深入参与。既是"中国文化书院"的成员,也是"走向未来"丛书的编委。《文化:中国与世界》创刊前和我讨论过,这个名字还是我最后和他们确定的,但我没参加他们的活动。

我写了"思想史三论"。

最早的是《中国近代思想史论》,1979 年出版,与《批判》同年,但晚几个月。收的十篇文章,实际写于两个不同时期。三篇《研究》(1958 年以《康有为谭嗣同思想研究》由上海人民出版社出版。这次略有增改)和孙中山文写成、发表于五十年代"大跃进"运动之前,其他各篇写成和发表于七十年代"文革"之后。尽管二者合成此书时作了一些统一修改,但毕竟各自带有时代的不同印痕。写于五十年代的大体坐而论道,从容不迫,分析较细,材料较全,一些人如王元化先生就很喜欢。而写于七十年代的文章,则又失之过粗,基本是些提纲性的东西,但搞现代思想史的金冲及先生,当时却跟我说:你最近的几篇文章,比过去好。

我的好几篇近代思想史文章发在黎澍主编的《历史研究》上。黎澍思想解放得很早。他对我的文章特别喜欢。我的《二十世纪初资产阶级革命派思想论纲》他就是作为刊物头条登出来的。我的文章极少作头条,所以这篇(就是提出"救亡压倒启蒙"的这一篇)记得特清楚,也挺高兴。

现在看来,《近代》就是很普通的一本书,但在当时却颇为轰动,在"思想史三论"中影响最大,此已难为今人理解了。出版者曾亲口说，假如差半年这本书就出不来了。当时人们思想似一片茫然，这书通过近代思想人物的论述，提出了一些看法，其中好些的确是有所指而发，算是起了开风气之先的作用。我吃惊地听到一些作家、艺术家说，这本书影响了他们的创作。记得获奖小说《拂晓前的

上世纪 80 年代的李泽厚

葬礼》的作者还到过我家，说论太平天国文，对他创作小说有启发和具体的指导意义。

当然，我也并不认为此书已经彻底"过时"，它的好些历史观察和价值描述至今仍然有意义，其中的确有意蕴含了后来在《现代》等书中展开以及至今尚未展开的好些思想、观点、看法。如《论严复》（1978 年）曾提出"法国式"与"英国式"之分。我赞成英国式的改良，不赞成法国式的、暴风骤雨式的大革命。这些看法现在看起来平淡无味，但记得当时写时，还不免心有余悸。不止这一处，这本书好些地方，相当含蓄，点到为止，

不多发挥。

## 青年学人批评我"倒退"了

从五十年代开始，我在研究中国近代思想史时，也在考虑中国哲学史上的一些问题，对中国古代思想也形成了一些看法，如庄子反异化等观点就酝酿成熟在自己六七十年代大读西方存在主义时期。

我的第一篇古代思想史文章是写于 1976—1978 年、1980年发表的《孔子再评价》。我在日本讲《孔子再评价》（当时尚未发表），他们一个个都在认真记要点，印象极深，使我有受宠若惊的感觉，因为他们都是日本一些最大的学者。这里还有个插曲，黎澍主编的《中国社会科学》本来要将《孔子再评价》和顾准的文章一起发在创刊号上的，有人反对，就没发成。后来在胡乔木的支持下，发在第二期上。顾准的遗文后来就一直没在那刊物上发出来。

《孔子再评价》这篇文章发表之初，很多人不以为然；但是情况很快也就改观了，也变得比较能够接受了。我的"情本体"可以说源起于此文，我还把巫术和礼仪连在一起讲。至今看来，还是这篇最有影响和最为重要。

《中国社会科学》还发表了我的《宋明理学片论》（1982 年）、《秦汉思想简议》（1984 年）、《漫述庄禅》（1985 年）。谈庄禅文发表后，钱学森先生给我写了一封信，说我"立了功！"，钱将此文收入他主编的《关于思维科学》一书中。

1985年我将八十年代陆续发表的有关古代思想的文章汇集出版了《中国古代思想史论》，这本书试图改变一下几十年来中国哲学史只是简单地分割、罗列成唯物主义与唯心主义的斗争史的陈陈相因的面貌。我想通过对中国古代思想的粗线条的宏观鸟瞰，来探讨一下中国民族的文化心理结构问题，去深入探究沉积在人们心理结构中的文化传统，去探究古代思想对形成、塑造、影响本民族诸性格特征（国民性、民族性）亦即心理结构和思维模式的关系。希望这种研究能略有新意。

《古代》上下数千年，十几万字就打发掉了，十分简陋。但结果居然还强如人意，在海内外的反应都不坏，不断被人提及甚至还受到赞赏。我自己也比较喜欢这一本。书中提出的一些观念和看法，如"乐感文化""实用理性""兵家辩证法""文化心理结构""审美的天地境界"等等，我至今以为是相当重要的。我希望在未来的世纪里，中国文化传统在东西方人文世界进行真正深入的对话中，能有自己的立场和贡献。因此，此书之作，似乎比《近》《现》二本，便有更深一层的目标和含义了。

由于《古代》对传统文化作了相当多的肯定，与新儒家有相近的地方，当时不少青年学子认为这背离了《近代》反传统的批判精神，说我"转向"了、"倒退"了。那时正是反传统的高潮，有人就说："孔子死了。李泽厚老了。中国传统文化早该后继无人！"

李泽厚同志：

昨天收到《中国社会科学》1985年1期, 得拜读尊著《漫述庄禅》, 深受启迪, 非常高兴!

看来西方国家继承西腊一派传统, 只强调抽象思维, 说什么思维就只有抽象思维, 语言是思维的基础。但我国却有另一派"庄禅派", 强调又一个极端, 只有形象思维, 甚至排斥语言文字。为了批评前者, 举出后者, 作为我国先哲对人类文明的贡献是大为必要的。您立了功!

我们现在搞思维科学要综合两者。

我现在正为上海人民出版社搞《思维科学文集》, 拟将《漫述庄禅》收入。请您默许。您如不同意, 再告我。　　此致

敬礼!

钱学森
1985.1.25

钱学森读《漫述庄禅》致函李泽厚（1985年1月25日）："您立了功！"

# 请听北京街头书摊小贩吆喝声

## "李泽厚、弗洛伊德、托夫勒……"

新华社北京12月13日电 （记者吴锦才）李泽厚、弗洛伊德、托夫勒……这些作家的名字从首都街头书摊小贩的口中吆喝出来，听来好拗口，但是书贩们确实在重新考虑自己的摊子上该摆点什么。

人们一度习惯将这些书贩与金庸、梁羽生、琼瑶等港台通俗文学作家的名字连在一起。这类作家的书如今仍占据书摊上较大的地盘。然而书摆得住往往是由于销售不畅。书贩们发现前些时他们对"琼瑶热"、"金庸热"的估计过于乐观了。现在武侠、言情小说的销售已开始冷下来，一些学术性强的著作转而成为热销书。近凡个月销得快的书籍有《宽容》、《海明威谈创作》、《中国古代思想史论》、《美学的历史》等。

北京街头的小书摊对畅销书屡有加价出售的现象，但这些小书摊又以翻阅自由、营业时间长等方便的服务赢得顾客。冬夜街头，路灯下书摊前人头攒聚的景象到处可见。

1986 年 12 月 14 日《人民日报》的报道

（《中国》1986 年第 10 期）于是，我被视为保守、陈旧，成为被某些青年特别"选择"出来的批判对象。

## 《现代》匆匆交稿

1987 年我出版了《中国现代思想史论》。按自己原来的计划，这本书最早在 1990 年写成。但我当时感觉风向会变，我怕搞得太慢出不了，这一点当时也和一些朋友说过，于是便在 1986 年就匆匆交稿。

《现代》一书里我最看重的文章是《试谈马克思主义在中国》（1988 年出过单行本），胡乔木曾当面跟我讲："你对毛泽东的评述，经纬度很准。"我认为我讲到位了，但人家不识货，那没办法，总是要么被人骂，要么不吭声。另一篇我重视的是《略论现代新儒家》，算是大陆学人第一次概括性评述了现代新

# 青年一代的美学领袖与哲学灵魂

## ——李泽厚印象

·李黎·

记得在一次交谈中，我谈到：不应当以年龄来绝对地划分中年或青年评论家，因为有的人虽年龄只有二十几岁，但思想层次与知识结构却已老化，实际上属于上一代人，而相反有些人已年逾半百，但知识结构与思想锋芒却与青年一代相通，甚至往往引导与启发着青年一代，比如李泽厚就是。当时，中年评论家雷达接过话题说道："那当然，李泽厚是青年一代的思想库。"

雷达君的话引起了当时在场诸君的一致共鸣。独特的理论道路，独特的知识结构与独立不移的人格精神使李泽厚得以在相对平淡的中国大陆五十年代、六十年代知识分子——他的同代人中间超然而立，并成为七十年代、八十年代中国智识青年们实际上的理论领袖。

李泽厚先生五十年代中毕业于北京大学哲学系，之后一直在中国社会科学院哲学研究所从事研究工作。在发生于五十年代中期到六十年代初期的美学论争中，他以敏锐的思想锋芒与良好的哲学素养脱颖而出，提出了自己关于从人类社会历史发展的实践去探索美的根源的主张，与朱光潜、蔡仪两位美学界先辈成为中国大陆学术界三足鼎立的三个主要美学流派。

与许多青年学子结识李泽厚先生的情况相仿，我与李先生相识也因于求教而登门。一九八〇年秋，我的同窗好友袁济喜君，因研究与写作《魏晋美学史纲》中的一些问题想去请教李先生，约我与另外一名同窗管士光君一道前往。当时，李泽厚先生早已是名董学术界的第一流学者，而我们还只是大学本科三年级的学生，且谁都从未见过李先生。

儒家，其中也批评了正火红的牟宗三，时在新加坡，一位韩国老教授说，这是篇非常好的导论。但这两篇在大陆却没引起学界任何反响。

根本没料到的是，《启蒙与救亡的双重变奏》文倒成了该书影响最大的一篇，而且持续至今。这篇文章是 1985 年 8 月在庐山开完中国哲学史会议回来后写的，是应《北京社会科学》杂志之约，为纪念"文革"结束十周年而作。写得很快，两三天就写完了。写的时候段落都没有分，可说一气呵成。先交给《北京社会科学》杂志，但被压了好久，未敢刊用，退给了我，后来才发表在民办刊物《走向未来》创刊号上（1986 年 8 月）。大家都以为"救亡压倒启蒙"是在《现代》里提出来的，其实早在 1979 年的《近代》书里就提出来了，连"压倒"这两个字也有了，只是当时不能展开罢了。还有人讲，"救亡压倒启蒙"是我挪用了他人（美国学者舒衡哲）的观点，这就很可笑也很无聊，书都在那里，自己去判断嘛。

《现代》出版后，有人说：你看，李泽厚又回来了，回到《近代》的立场上了。也有人说，三本思想史论正好是"正—反—合"。我觉得挺好玩的。

《现代》一书之被接受，甚至为某些青年所偏爱，可能主要是当时在"文化热"的高潮中，人们（特别是青年一代）对未来中国的走向有巨大的关怀。反思过去使他们对《现代》一书中所提出的"救亡压倒启蒙""马克思主义的中国化""西体中用"等等观点、看法，发生了极大兴趣，于是此书不胫而走，也成了"三论"中争议最大的一本。

我这三本思想史论，从内容上看，可能有试图从"文化心理结构"角度去处理由孔夫子到毛泽东这样一条似有似无、尚未定型的线索外，其他无论是问题、风格、体例和处理方式等都各不相同。但总览全书，毕竟可以看到从古到今的中国思想史一些最重要的问题和人物，都或论述到了，或接触到了。

## "评"更加重要

《美的历程》在我所有著作中影响最大最广，至今仍在不断重印。其实八十年代我出的最重要的是"康德书"——《批判哲学的批判：康德述评》（1979）。

五十年代初上大学时我就读过康德《判断力批判》，虽然难啃，但却似乎给自己的思维和以后的研究，留下了深刻印痕，并使我下决心以后一定要研究康德的"第一批判"。

"康德书"的一些基本命题，在"文革"前就有了。在五六十年代的美学大讨论中，我就在考虑应研究理性的东西是怎样表现在感性中，社会的东西怎样表现在个体中，历史的东西怎样表现在心理中。后来我就造了"积淀"这个词。六十年代我写的《积淀论论纲》（《六十年代残稿》），开始了自己的哲学论述，它实际上是"康德书"的前奏。

1979 年秋，49 岁的李泽厚于北京十渡，《中国近代思想史论》、"康德书"已出版

"康德书"写于"文革"时期。当时在干校，连看马列也受批评，要读其他书就更困难了。我在行装中偷偷放了本英文版"人人丛书"的康德的《纯粹理性批判》，不很厚，但很"经看"。我还带了一个很不打眼的笔记本，我发现读康德的书可以提出一些自己的看法，就写了很多笔记，实际上是在写《批判哲学的批判》的初稿。

1972 年从干校回来后，在家里我便利用干校时的笔记正式写了起来。1976 年发生地震，我住在"地震棚"里，条件很差，但我倒感觉很充实，因为我的写作已接近尾声了。在"地震棚"里，我写完了《批判哲学的批判》。

最初拟定的书名是《康德新解》，因为当时政治情况，未能采用。中文版书名一直是《批判哲学的批判——康德述评》。（英译本将《康德新解》又改为《康德新探》）何谓"新解"？即在叙述、介绍、解说和评论康德哲学的过程中，初步表达了自己的"主体性实践哲学"思想。所以，尽管"述"在篇幅上大过于"评"，但后者（"评"）倒是我当时更重要的目的所在：以马克思为基础，重新提出康德的问题，然后再向前走。这是《批判》一书所相当明白讲出过的主题，有趣的是，一直没人注意。

书出版后，很多人大吃一惊，因为我在所里从来不讲我研究的这些东西，也从来不去申报什么课题，人家从来没想到我会写这样的书，大家只知道我是搞美学和中国近代思想史的，而且我不懂德文。这本书很受欢迎，初版印了三万册，很快买光。当时的年轻人至今还对我说，他们知道什么是哲学，是自读这本书始。说法似颇夸张，查来倒也平实。只要稍事翻阅 1949 年以来大陆出版的所谓哲学和哲学史著作，便可知晓。

但当时"凡是"气氛仍浓，虽心怀异数，却不能大事声张，只字里行间略显消息，好些思想还没有充分展开，许多地方只是点到一下、暗示一下而已。至今为止，我仍然认为那里面还有很多重要的思想没被人发现。

美国华裔学者王浩（世界著名数理逻辑学家）看了《批判》，

很喜欢。他曾当面说:从《批判》里已经能看出一个新的哲学体系。几十年也只有他说过这话,印象至深。当时心中暗想,毕竟有识货的。

"康德书"最早是交给商务印书馆,但商务印书馆拖了很长时间没有动静,我一气之下,就把它抽回来交给人民出版社,很快就出了。一下子反应很好。后来商务馆的负责人到我家,说很后悔没出,想约请我写本关于黑格尔的书,我没有写,但心里动了一下。我想真要写出来,也不会太差。

## "主体性哲学论纲"

八十年代我还写了几篇"主体性哲学论纲",篇幅很小,但这些提纲和《批判》"评"的部分,却是我八十年代全部著作中最为重要的部分。后来把它们汇编为《我的哲学提纲》一书。

这些论纲是《批判》的概括和发展,明确提出了自己的哲学思想,影响也很大。本世纪出版的《历史本体论》《实用理性与乐感文化》《人类学历史本体论》等也不过是《批判》和这些论纲的补充、扩展与完善。

其中写于 1979 年的《康德哲学与建立主体性论纲》我是故意发表在一个很不显眼的、许多人写的《论康德黑格尔哲学》文集(上海人民出版社,1981 年)里,原来只想有少数人注意就行了,不料很快许多青年学人便发现了,当时就有一个上海的学生写了一泽厚同志：

　　接到《论纲》，我一口气读完，得到启发不少。你提出了中华民族的历史任务，而你已为此任务起头走了交了第一本考卷。任重道远，但是发展正确的。欣慰之至。

　　我的那篇文章是现在重写的《中国哲学史新编》全书绪论。本拟未誊抄应送你看，现在你先看了，那我更好。你之所谓"建立主体性"者，即如我之所谓"能"。我之所谓"内外合一"即自人性息理性。我不知道黑格尔的意思是否亦是如此，姑借用这个名词了也。

　　我觉得你、我的看法大致相同或相似，细部上或有不同。最好了解珠望同归，一致百虑。

　　　　　　　匆祝
　　　　　　　　　　冯友兰 一月五日

1981年1月冯友兰读《康德哲学与建立主体性论纲》致信李泽厚，称《论纲》"交了第一本考卷"

篇文章，说这是崭新发展、里程碑等等，我赶紧回信说，你不能
这样讲。

《关于主体性的第三个提纲》（1985 年）、《第四提纲》（1989 年）
明确提出了"情本体"思想，《第四提纲》有一节的标题就是："于
是提出了建构心理本体特别是情感本体"。有人以为我的"情本体"
是本世纪才提出的，其实，早在《孔子再评价》以及《华夏美学》
《美学四讲》，包括这几篇论纲中，"情本体"就有了。只是当时的
确没有特别多作论证，到了《论实用理性与乐感文化》（2004 年）
才真正展开。

八十年代还可一提的书，是 1986 年北京三联出的《走我自己
的路》。这本书我称之为"乱七八糟"集，大小论著、散文、杂文、
演讲记录、记者访谈，应有尽有。但它存录了那十多年来我的一
些感触、感慨、经历和故事。"走我自己的路"这个书名曾引起麻烦，
它本是我一篇文章的标题，刊出后一位标榜人道主义的善良领导
跑到我家对我的妻子说："怎么能用这个标题？这还了得！"我妻
子以为大祸临头，我当时在国外，也不知道出了什么乱子。这本
书很多人愿意甚至喜欢看，似颇有影响。记得香港一位记者采访
我时说，她最喜欢《走我自己的路》和《美的历程》。

我在一篇文章中说过，自己主要兴趣仍在哲学，当年报考北
大，哲学系是第一志愿。"美学三书""思想史三论""康德书"等，
题目似乎很散，其实却清晰地指向了一个共同的方向：构建"人
类学历史本体论"（亦称"主体性实践哲学"或"历史本体论"）。

这些书似乎也成了我的"代表作"，到现在还不断被人评述、提及，还不断在重印。不过，我认为，相比之下，我七十岁以后写的书，比如《人类学历史本体论》《由巫到礼　释礼归仁》《伦理学新说述要》等，可能更加重要、更有价值，只是当代人不会理解。

　　这即是八十年代几本书的大致情况。

2019 年

# 给美国学生讲中国哲学

## 最爱听的三个题目

**刘绪源**(简称"刘"):李先生,你在美国大学里教了那么多年书,讲的又是中国学问,这里该有很多有趣的事吧?美国学生最爱听你讲什么?

**李泽厚**(简称"李"):在美国大学里讲中国思想史时,学生最爱听的,一是"阴阳五行";二是《庄子》中的"鱼的故事"和"蝴蝶的故事",前者即庄子与惠施辩论"子非鱼,安知鱼之乐?"——逻辑推理与直观移情,谁"可靠"?庄周梦蝶还是蝶梦庄周,到底谁真实?提出的是人生意义何在?三是"见山还是山,见水还是水",三重境界说。我与西方的理性思维作对比,他们听下来,感到新鲜和有益。

世俗眼光是"见山是山,见水是水";宗教是"见山不是山,见水不是水",在第二层,认为俗世是不重要的,不美好的,在灵魂上把这一层去掉，才是美好的，天国在另一世界。禅宗和儒家的思维又回到第三层，"见山还是山，见水还是水"，而又不是原来的山水，在有限中见无限，在世俗中得超越，这对他们似乎也是闻所未闻，觉得有意思。

"阴阳五行"也是这个道理，他们的思维是上帝跟魔鬼势不两立，但中国的思维不是上帝跟魔鬼，阴和阳不是哪个好哪个不好，而是可以相互渗透和补充，阴中有阳，阳中有阴，同一个人对你来说是阳，对他来说就是阴，非常灵活。不是一边是绝对圣洁一边是绝对邪恶。我把五行画了相生相克的图，我说这就是你们常讲的反馈系统，又形象又复杂，他们感到好玩极了。

庄子和惠施的辩论，按照逻辑，是惠施赢了。本来，鱼怎么叫快乐，这在分析哲学看来，是讲不通的。它只是一种审美的移情、心境的表达。从我的教学中，他们看到中国的语言方式、思维方式和他们的不同，这使他们很感惊异和兴趣。我讲过多次：当年一个学生问我，你们中国人不信上帝，为什么能延续这么久？我一直把此"问"看作一个重要的大问题。

另外，我把中国儒家的诚、孝、悌、学、义、仁、忠、敬等等，和《圣经》中的主、爱、信、罪、得救、忍受、盼望、全知全能，和古希腊哲学的实体、存在、理式、原子等等，进行比对，这也受欢迎。因为这些范畴带着不同文化的基本特色，可以较快看出中西的同异。这其实也是一个非常重要的大问题，当时我只能随便讲讲，其实值得深究。现在那么多博士论文，没有一个做这种研究，奇怪吧？毫无意义的论文倒有不少。

## 不喜欢教书

**刘**：在美国，面对一群外国学生，用英语讲中国哲学，这要经过很认真的准备吧？

**李**：当然，开始那几年，精力都花在备课和讲课上。《论语今读》就是那时的讲稿，出版时又作了修改、订正。

在美国上课，心里还是紧张的，心理负担很重。主要是怕美国学生提问。你知道，美国学生爱提问，你没讲完他们就问，我怕听不懂他们的问题。讲是主动的，不行的话，我可以换一种方式换一些词汇讲；听是被动的，听不懂就是听不懂。但还好，只有一次两次，没听懂。我一问，他再一讲，懂了。还碰到过两个学生到我办公室跟我争分数，说我打分打低了，我坚持，没有改，也把他们说服了。

**刘**：你在美国大学开哪些课？

**李**：我在美国一年开三门课，中国思想史（分古代和现代）、美学，也开过几次《论语》。或者上学期开两门，下学期开一门；或者相反；或者开两门课再加一门研究生讨论课。总之，一个正教授每年上三门课，一般都是这样。

美国大学有对教授的考核，系里搞，老师不在场，由系里向学生发问卷，提一些问题，问这个老师怎么样。我是很晚才知道的，不过，很好，学生对我的评价很高。有个菲律宾学生还说，我是她"最喜欢的老师"，因为每次听课都有收获，而且传授知识多，逻辑性强。

我所在的科罗拉多学院和斯瓦斯摩（Swarthmore）学院是私立学校，学费很贵，学生富有，教师待遇也好。我说我学陈寅恪，他晚年给傅斯年信里说"不求名，只图利"，哪里钱多就去哪里。大家都知道，访问教授（Visiting Professor）与访问学者（Visiting Scholar）不同，前者要正式开课，后者无此义务；前者钱多，后者少，差距可以很大。我在国内没开过课，开始在美国讲课时，很兴奋，热情很高，很认真负责，学生也说我是一个 Serious Teacher（认真的老师）。但我发现几年下来后，兴趣大减，因为讲课许多内容是重复的，重复两次就没兴趣了，不是越讲越多，而是越讲越少，以至不大愿讲。我非常佩服那些教了一辈子书的老师，真是诲人不倦，我没那种精神。所以钱积得差不多，就干脆不教了。

有名校和一些场合、会议用高价请我讲演或作 Keynote Speech（主旨演讲），我都婉谢了。我一直是个不喜欢讲课也不喜欢讲演的人，从 80 年代至今，从大陆到香港、台湾，再到美国，都如此，婉谢了许多邀约，也得罪了不少人。这点要请大家原谅。

**刘**：你的讲课，和你平时的研究，和你的文章论著一样，着重点大都在中国与西方的不同之处，你是从对比中，从比较研究中，找出中国哲学、中国思想的独特性，包括它们的优势和弱点。你谈的"中国哲学登场"，应该说就是建立在这样的基础上的。

**李**：有人说过，钱锺书专讲中西的"同"，李某却专讲中西的"异"，很不满意。这使我记起，汤用彤好像说过：中国接受佛学，第一阶段是求同，第二阶段是别异，第三阶段是合同异以达到更高的同。我的确是在别异，我以为，只有这样，才能有更高的"同"，那才是"大同"。汤的话我记不准确了，只是大意。

（原载《文汇报》2012 年 4 月 19 日）

# 有点啼笑皆非

**默　沉**：昨天寄给您的"世纪中国"网站上转载李幼蒸先生的《忆往叙实：八十年代初与李泽厚谈孔子》一文，看过了吗，不知有何感想？

**李泽厚**：我感到有点啼笑皆非。至少有关我那部分的"叙实"便非常不实。例如他说："其后一二十年来，李氏以海外各地汉学系为中心，推进自己的孔学研究和教学。"这一重要的概括性的"叙实"和定位，便很不符实。我在海外以科罗拉多学院时间最长，有五六年，是在哲学系，没讲什么孔学。威斯康辛大学我是在历史系，密歇根大学我是在人文研究所，都既不在东亚系（即李所谓的汉学系），也没有什么"推进孔学研究和教学"，更不是什么"为中心"和边缘。包括斯瓦斯摩学院比较语言和文学系、德国图宾根大学汉学系在内，我在所有这些学校开的课是以访问教授和客席（即访问）讲座教授身份，用英语讲授从远古中国到现代的一般思想史和美学，虽然也开了两次《论语》课，但也只是一般讲解，并非什么孔学，也没和教授们讨论过孔学。我不是李所说的"富布莱特高级访问学者"，在哈佛的讲题也非孔子哲学。我觉得奇怪的是，李为什么硬要把我说成专门在搞孔学。

我也从未用过李幼蒸的任何翻译和材料（向来我用材料包括打印稿都作注明，有各书为证）。而他那译文和文章的发表过程，也完全不是他讲的那么回事。我至今还说，好些译文不如原文好懂，但并非针对李译专门说过。李的自我感觉异常良好，文章却并不甚佳，但我未因此"企图"不发李文，还拒绝过一些反对意见。我当时曾委托滕守尧组织翻译和陆续出版了数十种现代美学重要著作，那些译文我未审阅，以"利用别人资料"，我有什么必要偏偏定要"利用"和"阻挠"李的译作和文章呢？我如果要阻挠或打击他，根本不必使用他讲的那种伎俩，事实上我从未做也未"企图"做任何对不起李的事。上述所有这些，都是很容易去核实的，有些当事人还在。

李说他还有百十篇与"国际学者""直接接触的印象回忆分析"，但他这种"推测""心术"的"回忆分析"，能有百分之几的可信度呢？例如，他"推测"我"如此愤怒"的"心迹"竟然是："他对我自和他分手后 20 多年来与他非常不同的学术发展方向感觉不佳。"但我根本不知道他 20 多年来搞了些什么。李怀着某种心理，"推测"别人"心迹"，通过三件小事的想象大做文章，却说自己是搞"孔孟学"，这未免有点滑稽。

使我感慨的是，我自认直道待人，也帮过一些"不得意"的人的忙（其中包括多次建议杜任之重用李等等），到头来，却落得个我乃一两面派小人的"叙实"和嘲讽，真是人心险恶，可怕之至。但不实也不只是李了，例如不久前，邢小群"记述"郑惠讲我的话（郑是好人，但我和他不熟，一共见过两次面，也无其他任何联系），也属不实，已有人提出异议（见《明报月刊》）。其他不属实的口头传闻就更多了，或无中生有，或极度夸张，有的离奇到难以想象的地步。但我没有什么办法，只好一律不予理睬。

在 1999 年《己卯五说》的"后记"中，我倒发了一通牢骚，其中主要就是针对当时一位朋友转告我李幼蒸先生在美国说我的大量坏话，但我没有点李的名。一位朋友告诫我，积毁销骨，说我如果一直不作任何反应，那些话就会被认为是事实。所以这次才作此回应。但我实在没有能力和兴趣对付这种事情。人生愁恨何能免，只好关门自读书。我之所以长期以来极少与人交往和只与极少数人交往，也不喜欢到处开会、讲演等等，这正是一个重要原因。"与人奋斗"，其苦无穷。因此，我在这里要再次声明一下，我仍将关起门来，一切不予理会，以后再有这种种"叙实"或评议，我便不作回答了。但愿读者不轻信就好。

另外一点使我感触的是，我不理解李幼蒸先生大肆指责他人、极力夸扬自己，说自己的外文、见解和人格如何高超、优越，自己的书"在电影理论界产生不少影响"，如何被邀参加国际会议等等，但为何硬要把我拉上，并作为标题。他的标题是说他和我谈孔子，但这"叙实"中却"叙"不出谈孔子的任何一点实质性的内容。老实讲，我根本想不起 80 年代初我和他谈过什么孔子和孔学。

就此打住罢。他的其他许多议论和"叙实"，如说我的"特点"是"对外不吝主张，内心却并不自信"，是"政、学两栖学者"，"我个人对李氏从'文革'前对魏晋玄学的兴趣转到'文革'后对孔子的兴趣，原因何在也不无兴趣"，意思大概是说我"投机"吧，如此等等，我就不逐一评说了，读者自有明鉴。

我现在自庆的是，幸亏 1982 年后即与李无任何来往，否则还不知会被他"叙实"成什么样子，真是侥幸得很哪。我倒觉得最值得留意，甚至可做客观研究、似乎具有某种典型意义的，是李在此文中所呈现出的那种奇怪的心态。

# 杂 记

那么，什么是或者到底有没有长久价值或真正标准呢？我却感觉人至少我自己总为历史所限定，不仅思想，而且情感。那过去了却又依然存在的千丝万缕的记忆、感触、情境，总纠缠、萦绕、渗透着当下，很难超然。

# 思想与学问

"思想家淡出，学问家凸显"，是 1993 年我给香港的《二十一世纪》（总第 23 期）杂志"三言两语"栏目写的三百字左右中的一句话，并非什么正式文章。后来很多人引用，但并不知道是我提的。用了一段时间以后才找到源头，原来在我这里。

我提出这个看法本是对当时现象的一种描述，并没作价值判断，没有说这是好是坏。当时的情况是，1989 年后，流行钻故纸堆，避开政治思想，风靡一时的是"回到乾（乾隆）嘉（嘉庆）""乾嘉才是学问正统，学术就是考证，其他一律均狗屁""只有学问家，没有什么思想家"等等；同时，陈寅恪、王国维、钱锺书被抬得极高，一些人对胡适、鲁迅、陈独秀这批人的评价和研究也就没多大兴趣了。对此，我是不大赞同的。当然，这种现象有其客观原因。

但我的那说法却被误读，以为我反对搞学问。王元化先生在上海就提出：要做有思想的学问家和有学问的思想家。但我认为，这讲法意义不大，有哪个真正的思想家没有学问作根底，又有哪个学问家没有一定的思想呢？难道陈寅恪、王国维他们没有思想了？难道鲁迅、胡适他们一点学问也没有？王元化的话恰恰把当时那重要的现象给掩盖了。正如以前我的一些朋友也是著名的学者如周策纵、傅伟勋提"中西互为体用""中学为体，西学也为体"等等，来反对我的"西体中用"，看来很正确、公允、全面，其实没有意义，等于什么话也没有说。但王元化这句话后来却被认为是定论，认为这才是全面的、公允的、正确的提法。一位朋友说，实际上王的这句是"正确的废话"。

即使抛开上世纪九十年代初的具体情况来一般说，陈寅恪、王国维、钱锺书仍然很不同于胡适、鲁迅、陈独秀。尽管陈独秀的小学做得很好，胡适也搞过考证，鲁迅《中国小说史略》也证明了他有学问，但他们毕竟不是以这些学问、而是以他们思想的广泛和巨大影响而闻名的，尽管陈、胡的著作今日看来是如此的幼稚，尽管鲁迅也并无系统的思想理论。但是鲁迅通过文学作品使他那情感成分极重的"思想"极为广泛而长久地影响了广大青年。胡适也不用说，尽管他的学问不大，也谈不上什么独特的思想，但他坚持宣传的自由主义和宽容仍很重要，至今也一直影响和吸引着人们。（顺便说一句，现在把胡适捧成国学大师，我觉得非常好笑，其实他的学问当时根本被人看不上。）可见，胡、鲁、陈在思想史上的地位，比王、陈、钱要重要，尽管在学术史上也许相反。

**李泽厚当选巴黎国际哲学院院士**

本报北京3月8日讯　著名学者、中国社会科学院哲学所研究员李泽厚日前复信巴黎国际哲学院，同意当选为该院正式成员（即院士）。

这是继冯友兰在30年代当选后，进入巴黎国际哲学院的第二名中国学者。

巴黎国际哲学院成立于1937年，宗旨是"使世界哲学界的优秀代表人物""加强学术观点的交流"，设有院士席位115名。现有的110名院士均为世界著名的哲学家。李泽厚是在1988年8月英国布莱顿会议上当选为院士的。　　　　（华　新）

《人民日报》1989年3月8日的报道

可见，这两批人之间有差别或很大的差别，"思想"和"学问"也有显著的不同。而"有学问的思想家和有思想的学问家"的说法，一下把这种不同拉平了。

不同时代需要不同的人，同一时代也需要不同的人，这样才有意义。任何时代都需要思想家与学问家这两种人，不必一定要比个高低上下。我向来反对连基本的知识也没有，就去建构空中楼阁的思想体系和所谓的"思想家"，我素来希望年轻学人先对具体问题作微观的实证研究。我在八十年代说过，中国在现代化的进程中需要大量的专家，自然科学、社会科学是这样，人文学科也是这样，我们需要有胡塞尔专家、海德格尔专家、董仲舒专家、朱熹专家以至哲学史家、史学家等等。总之，各种各样专家的大量涌现，是时代的需要。但认为只有考据、微观、实证才是真功夫，"思想"则既不能称为学问，对社会也并无用途；而且似乎谈思想、搞宏观是件非常容易的事，既不需要下扎实功夫，反可以名利双收，因此颇为鄙薄，这却是不对的。

学问家与思想家各有所长，各有其用，互相均不可替代。学问家固然需要基础扎实，厚积薄发，在知识结构上，思想家读书也许不如学问家精专，但在广博上则常有过之。思想家必须具有广阔视野和强有力的综合把握能力，才能从大千世界中抓住某些关键或重点，提出问题，或尖锐或深刻，反射出时代心音，从而才能震撼人心而成为思想家。可见所要求于思想家的这种种能力便是不可多得，而光有能力，没有足够的学识也还是不行。这也就是为什么那么多的宏观论著，那么多想当思想家的人中，却只有极少数论著和人物能成为真正的思想论著或思想家的原因。古往今来的学问家何止千数，而大思想家又有多少？即使"小"却能真正长久广泛影响人们的思想家恐怕也为数不多吧？其次，思想家不仅需要广阔的智力资源，在情感、意志、品格方面也有更多要求。人格中对历史和现实的承担意识和悲悯情怀，便常常是其创造性工作的原动力。学问家的工作一定程度上可以被电脑之类的机器所代替，思想家的工作则不可能。再次，真正的大学问家又多少具备某些思想家的品格。这就是说他们的著作不仅有其专业学术领域内的价值，而且有时超出其专业，具有某种更广泛的"思想"意义。王国维的历史研究所采取的近代方法与他对西方哲学的兴趣有关，并渗透了他对人生的思索，具有思想史的某种意义。陈寅恪之所以能够"较乾嘉诸老，更上一层楼"，也在于他有充满时代特色的自己的文化感受、思索和判断，陈著以"思想"（观点、方法）而非以"材料"胜。但他们仍然是学问家而非思想家。最后，就社会作用或历史意义说，思想家与学问家也是大不一样的。设想一下现代中国如果没有鲁迅、胡适、陈独秀，情况会有怎样的不同？如果没有王国维、陈寅恪、钱锺书呢，情况又是怎样？

当然，如同学问家有大小一样，思想家也有大小之分，两者都有各种层次的差异和等级。此外，也还有两者各种不同程度和形态的混合或突显，如所谓刺猬与狐狸，等等。

中国需要有大批（人数多多益善）从事各种专业研究的大小专家，同时，也需要有一些（也许数量不必过大）年轻人去勇敢地创造大小"思想"。

2017 年

# 漫说康有为

"冠盖满京华，斯人独憔悴。"在他那一代人中，近十余年来热点研究的思想人物是严复和梁启超，推崇褒扬，无以复加，也旁及章太炎等人。相形之下，这位"领袖"却相当寂寥，评价似乎也每况愈下。什么原因呢？是因为他的学理水平（中学弱于章太炎，西学远逊严复）？是他那造假"作风"（《戊戌奏稿》、"衣带诏"等等）？还是别的什么缘由？

作为政治家的康有为，特别是戊戌维新那一段时期，他是非常拙劣的、愚蠢的，结果导致彻底的失败。早如当年王照、严复等人所指出，他急躁冒进，"间离两宫"，未能省时忖势，周详谋虑，在战略、策略上的大失误，把本有成功希望的变法维新弄砸了。康负有历史责任，他并没有把他的改良主义用心落实在现实政治实践的具体步骤和部署中。

但作为思想家的康有为，他却仍应有崇高地位。回顾百年以来，在观念原创性之强、之早，思想构造之系统完整，对当时影响之巨大，以及开整个时代风气等各个方面，康都远非严复、梁启超或其他任何人所可比拟。他与现代保守主义思想源头的张之洞、激进主义思想源头的谭嗣同，鼎足而三，是中国自由主义的思想源头，至今具有意义。

他是"西体中用"的先驱。《大同书》强调现代工业生产，重视社会经济生活，并舍孔子于不顾，"去家界为天民"，将个人的自由、独立作为未来社会的根本。这是人类学的眼光，并非依据某一文化传统。而在策略上，康则大摇孔子旗号，强调"公羊三世"，循序渐进，是反对革命的改良主义者。这不同于谭嗣同以"平等"为第一要义，"誓杀尽天下君主，使流血满地球"，也不同于张之洞以"教忠""正权"为归宿，坚持君主专制的"中体西用"。

包括戊戌后，康拒绝与孙中山联手反满，主张保皇，也是这种改良主张的体现。重要的是，它本有一定的现实可能性。谁能料到光绪、慈禧同时死去？如果光绪活着（这本非常可能），康被召回（这也相当可能），厉行新政，辛亥革命便不一定发生，也不会有以后的军阀混战和其他种种，中国不就完全是另一番景象了吗？

然而，历史就这么偶然。我不以为这里有什么"规律""必然"，也不相信什么"必然通过偶然而出现"。当然，也不是一切均偶然。有些历史事件必然性多一些（如成立革命党，要求推翻满清），有些偶然性多一些（如辛亥革命成功），历史要研究的正是这种"偶然"

与"必然"比例和结构的复杂关系，即其中必然性、偶然性的各种因素如何组接配置，造成了如此这般的历史事件。特别是在军事史、政治史方面。经济史、思想史的"必然性"则要明显得多，这也可能是今日研究康有为的意义所在。

今日想指出的是，康有为的"西体中用"思想的严重缺陷。他缺少了"转换性创造"这一重要观念。他没认识"中用"不是策略，不是用完就扔的手段，而应成为某种对世界具有重大贡献的新事物的创造。即由"中用"所创造出的"西体"，不止于符合普通性的国际现代化准则或原理，而且将为此国际现代化（也就是今日的全球化吧）增添新的具有世界普遍性的东西。无论在经济上、政治上或文化上。例如，家庭未必须废，"公养""公教"未必可行，而以家庭血缘情感纽带为核心的儒家教义和由此而"充之四海"的仁爱情怀，如果去掉千年蒙上的尘垢污染和加以改造，未必不可以具有世界普遍性，未必不可以不亚于基督教而具有广泛的伦理和美学的价值。

康有为在"骨子里"是西化普遍性论者，却矛盾地处在救亡图存而又十分保守落后的中国环境中，他只好以坚定的传统护卫者的面目出现。包括前后期总想立孔学为国教，成为本土宗教，表面上是维护传统，骨子里仍是学西方，学基督教。而这，却恰恰不符合儒学精神。儒学或儒家不需要设立如基督教、伊斯兰教那样的特定宗教组织，而且只要不否定和扔弃祖先，容许人们信奉别的宗教，可以与儒家并行不悖，并无损儒家自己的强大宗教

性功能。(详见拙文《"说巫史传统"补》)

康有为的"废家"(大同思想)"立教"(现实实践),说明他的"西体中用"未得"中用"三昧,没认识"转换性的创造"之特别重要,未真正吃透"工夫即本体"的中国传统。所以,他虽是中国自由派的源头,却须要批判和超越他,自由主义才可以在中国开花结果。这一点至今也仍有现实意义。今日不还有好些学者主张立孔学为国教么?当然这些人大多是"中体西用"论者。

从而,康有为的这些故事,不是值得再次提出引人思索的么?

(原载《明报月刊》2006年5月号)

# 关于严复与梁启超

关于严复、梁启超二人的思想，当另有专文论述，这里只是将他们在思想史上的地位的特点作一个最简略的说明。

## 启迪了好几代的爱国志士

严复在中国近代思想史上的代表性的重要地位及其特点就在于：与林乐知、傅兰雅等人以及当时官办的译书局的译书完全不同，他是最早地将西方资产阶级古典政治经济学说和自然科学、哲学的理论知识介绍过来的第一个人。从而严复在中国近代翻译史上开创了一个新纪元，使广大的中国知识分子第一次真正打开了眼界，看到了知识的广阔图景：除了中国的封建经典的道理以外，世界上还有着多么丰富深刻新颖可喜的思想宝藏。

严复对西方资产阶级学术思想的系统介绍，及时满足了当时人们进一步寻找真理、学习西方的迫切要求。从此，人们就不必再去从那些《汽机问答》《格致汇编》等自然科学或工艺技术的课本中，也不必再去从那些《泰西新史揽要》《政法类典》之类的单纯的政法史地的记述译作中，来费尽心思地学习研究、揣摩推测西方资本主义的道理和情况了。（在这以前，许多人正是这样去学习和了解的，甚至康有为、谭嗣同等人建立自己的思想体系也只得如此。）这样，中国近代先进人士向西方寻求真理的行程便踏进了一个崭新的深入的阶段。

这一事实是很重要的。从最简单的"船坚炮利"的《海国图志》前进到"藏富于民"和"开议院以通下情"的《筹洋刍议》《盛世危言》，再前进到有着朴素简单的资产阶级民权平等理论思想的《大同书》《仁学》，而最后进到真正系统复杂的资产阶级古典经济政治的科学学说的《原富》《法意》等，这就是中国近代先进者不断向西方寻求真理以拯救祖国的几十年的艰辛的历史过程，同时也是一个从感性到理性、从具体到抽象、从形式到内容、从现象到本质的整个认识不断深化的思维逻辑过程。在这里，历史过程与逻辑过程的统一和一致，鲜明地显示了中国近代思想发展的深刻的内在规律性。

比起《原富》《法意》来，《天演论》是影响更为巨大的译作。本来，套用着生物学的自然规律的社会达尔文主义是西方资产阶级欺压、剥削殖民地民族的强权逻辑。但是，在中国民族的危亡关头，严复痛心地介绍了"物竞天择""适者生存"的科学的自然铁则，并认为也适用于人类，就反而是给当时人们一个猛烈的刺激。

它逻辑地指示给人们的是：中国人民必须团结起来努力奋斗才能救亡图存，才能不被"淘汰"。《天演论》煽起了广大知识分子的热情，引导他们走向革命救国的道路。当时革命民主派的政论曾公正地指出过："自严氏之书出，而物竞天择之理，厘然当于人心，中国民气为之一变。即所谓言合群言排外言排满者，固为风潮激发者多，而严氏之功盖亦匪细。"（《民报》第贰号，《述侯官严氏最近政见》）

所以，应该看到，严氏的译品（它们大都出版在戊戌以后，《天演论》正式出版于戊戌年而大量风行则在戊戌以后）与其说是为改良派变法运动服务，实际上还不如说，它不管作者主观意图如何，而已作了正兴起的资产阶级、小资产阶级革命派的思想食粮。而革命派虽对严氏某些译作如斯宾塞的《社会通诠》有反对意见（参看章太炎《社会通诠商兑》），但与对康、梁不同，基本上仍采取了尊重的态度，并且还认为严氏"未尝以排满为非"，"其对于民族国民主义，实表同情"，"严氏民族主义至译《法意》而益披露"……（《民报》第贰号）事实上，严氏所译书在启发人们的资产阶级的民族、民主观念上，的确产生了长远的影响，启迪和教养了好几代的爱国志士。

## 启蒙宣传家

梁启超在中国近代思想史上的先进地位（其以后思想变化，

这里暂略），有与严复近似之处。梁氏是众所公认的当时影响最大最有名的政论家、宣传鼓动家。

《时务报》时期，梁氏的政论已风闻一时，在变法运动中起了重要的宣传作用。但梁氏所以更加出名，对中国知识分子影响更大，却主要还是戊戌政变后到 1903 年前梁氏在日本创办《清议报》《新民丛报》，撰写了一系列介绍鼓吹资产阶级社会政治文化道德思想的文章的缘故。梁氏在这一时期中，根据自己当时如饥似渴地吸取和了解的西方的思想学说，结合中国的局势情况，通过他特有的流畅明白"笔端常带感情"的文学语言表达出来，就反比严氏谨严的翻译，更易为人了解、喜爱和接受。虽在清廷严禁下，但《新民丛报》仍暗中畅销国内。

也应该注意的是，与严复相似，尽管梁氏很快便走上坚决反对革命的改良派阵营，但在 1903 年前的短促时期中，梁氏的许多论著客观上却起了促使人们去仇恨清朝政府、倾向革命的进步影响。梁氏当时在许多文章中激烈地揭发"逆后贼臣"的清朝政府剥削人民"腹我脂、削我膏、剥我肤、吮吸我血以供满洲逆党之骄奢淫逸"（《论刚毅筹款事》）的深重罪恶，指出帝国主义勾结利用清朝政府，"使役满洲政府之力以压制吾民"（《瓜分危言》）的阴险手段，呐喊着"必取数千年横暴混浊之政体破坏而齑粉之，使数千万如虎如狼如蝗如螟如蝮之官吏，失其社鼠城狐之凭借"（《新民说》），号召人们去"破坏""暗杀"；"不破坏之建设未有能建者也"（同上）。与此同时，梁氏向广大的青年知识分子灌输鼓吹着新鲜的资产阶级社会道德观念。如在脍炙人口的《新民说》中，就鼓吹要"新国"必先"新民"，人们必须具有资产阶级爱国思想和独立自由的奋斗精神，要人们去"爱国""利群"，并人人"自护其权利"，"勿为古人之奴隶"，"勿为世俗之奴隶"，而大力发挥冒险勇敢的进取意志，宣传了一整套在当时还不失其先进性质的朝气勃勃的资产阶级社会意识和精神状貌。这样，就违反着梁氏"欲导民以民权也，则不可不骇以革命……吾欲实行者在此，则其所昌言者在彼"（《敬告我同业诸君》）的主观意愿，而倒真正为广大青年知识分子安排了一块由不满清朝政府、由欲作"新民"而走向革命的思想跳板。这不是很自然的么？既要热爱祖国勇敢进取，而清朝政府又是那样的横暴腐败，结论也就很清楚了。虽然梁氏本人没有也不能作出这样的激进结论，但真正怀有爱国心情进步志向的读者自己是会作出来的。

中国近代思想的一个重要特征，是因为社会变动的迅速，它必须在极短的时间内走完西方资产阶级思想几百年来发展成熟的道路的全程。从温和的自由主义到激进的革命民主主义的交替，是一个十分急促短暂的过程。它是那样的神速变迁和错综复杂，以致一方面根本不能有足够的时间和条件，来酝酿成熟一些较完整深刻的哲学政治的思想体系；而另一方面，人们也常常是早晨刚从封建古书堆里惊醒过来，接受了梁启超式的资产阶级思想的洗礼，而晚上却已不得不完全倾倒在反对梁启超的激进的革命思想中去了。也正因为这样，改良派就反而作了影响广泛的传播资产阶级新生思想的第一批人，占据了最早的中国近代启蒙思想家的位置。所以，严复的译书以及梁启超的《新民说》，都对当时及稍后的人们起了发聋振聩的最初的资产阶级启蒙主义的作用。

1958 年

# 关于胡适与鲁迅

两年前，一位年轻朋友编纪念文集，约我写篇《胡适与鲁迅》的文章。当时怦然心动，心想多么好的题目，正好可以努力学学伯林评说俄国思想家那种既流畅又深刻的文体。但后来始终没有提笔，除了懒惰外，自己感到精力不济，而且还要拨时间来重读胡、鲁好些著作，不大愿意，于是也就打消了这个念头。

不久前，再复说及李慎之文章中的胡、鲁比较。李文大意是说以前尊鲁，今日反省，胡更具有启蒙价值，鲁的褊急、狭隘，即不宽容的革命情怀，反而"误导"了不少读者。我以为这种说法有一定道理，也很有代表性。近年来不已有好些批评鲁迅的大小文章么？在许多问题上，鲁迅的确失误。极端反中医、毒骂梅兰芳，便是著名例证；由于个性多疑、敏感，他犯了好些大小过错。但是，由此而大肆贬责鲁迅，甚至成为某种时尚，不知怎的，我总觉得不大对劲，想来辩护一下。虽已无力写长文，短话还可以讲几句。

1949 年以后，鲁迅不幸被戴上了许多高帽，包括封他为哲学家、道德家、教育家、美术家等等，其中最主要也最重要的是三帽：即革命家、思想家和文学家。我和再复说，除了那些不相干的帽子外，七八十年代我们已经取掉了鲁迅"革命家"的帽子，今天我觉得要再取掉一顶，即认为鲁迅就是文学家，是具有巨大思想深度的文学家，但并不是什么思想家。不要把"思想家"的帽子罩在他头上，他不会舒服，对大家也没好处。他那些似乎说理的大小杂文甚至书信，其实都是充满情感的文学作品，而并不是什么思想著作。文学主要是刺激、感发、引动、影响人的情感，而并非真正的说理和逻辑的论证。这样似乎更好说明一些问题，不是鲁迅"误导"，而是读者的误读、误用，把本只作用于或引发你的情感因素的观点、议论、说法、"思想"当成了理性判断，用来作为考察、估量的依据和原则，运用在思考里、行动中，于是便出现了偏差和谬误。如有些读者"误读""误用"，即以"革命""批判""彻底""坚决"为荣，以"改良""继承""折中""调和"为辱，结果就如李慎之所说的那样。

文学家不能负这个责任。我常以为，文学家可以极端地表达情感，只要能感染读者，便是成功。但文学作品煽起你的情感，却并不能告诉你究竟如何在生活中去判断、思考和行动。读文学作品，老实说，应该注意这一点，不要为其所宣扬的观点、思想、信念所迷惑。情感，即使是"健康""真诚""崇高"的情感，也仍然需要理智的反省或自觉，经由自己的理性判断，才能有益于生活和人生。

你读陀思妥耶夫斯基，可以心魂震撼，热泪盈眶，但你能在思想上接受和行动上遵循陀的那套宗教信仰和道德说教吗？这正如信服鲁迅而不会拒观京戏、不看中医一样。尽管今日有人封陀为存在主义的鼻祖，但我以为陀并不是思想家而只是文学家，伟大的文学家。鲁迅亦然。虽然鲁也许封不上像陀那一级的"伟大"头衔。

文学家与思想家并无高下之分，虽本身有大小之别。如果比较的话，鲁是大的文学家，而胡适是小的思想家，也许连小思想家也够不上。但即使够不上，胡适对中国却是非常需要和非常重要的，就社会功能、作用，例如从直接传播民主精神、自由思想、平等理念等等说吧，也许比文学家或大文学家还更重要。当年别林斯基、赫尔岑、车尔尼雪夫斯基也许就比陀思妥耶夫斯基更重要；但就情感感染的长远意义说，却又远远不及了。今日读胡，仍觉其宽容平易、合理可用，值得尊敬处甚多。但读鲁却更使人感发兴起，忧怒无端。事情总是这样多方面而复杂的。

我这种铁杆尊鲁的议论，定会有人嘲讽驳斥，说是割裂情感与思想等等，但我不想多辩。请权当谬论一篇，观而弃之可也。

（原载《明报月刊》2001 年 12 月号）

# 读周作人的杂感

　　周作人的散文十余年来在大陆风行，好些学人赞不绝口。我还是初中时念过一些，当时很不喜欢。我想这大概是少年偏见，近日闲来无事，便决心再读一番。奇怪的是，读后仍然不喜欢。

　　就技巧说，就中国散文追求的境界说，周文确乎炉火纯青，达到了很高水平。你看他信手拈来，描写那些草木花鸟、起居饮食、栗子、苋菜、爆竹、萤火、苏州的糕点、绍兴的石板路……，或联结儿时记忆，或作些议论点评，不衫不履，平淡道来，却可以使人喜怒全消，身心融化在这琐琐碎碎却又一尘不染的"闲适""悠远"中而兴味盎然，舒服之至。这真是对日常平凡生活最杰出的艺术观照。"当时只道是寻常"，如此平凡琐细，在艺术中却可以成为耐人咀嚼的此在的真实、人生的哲理。不过，我转眼一想，又觉得在这方面，中国传统中早有高手，周文似乎并没超出多少。难怪有研究者认为，周文的最高造诣正是那些他摘抄明人笔记的篇什。但他如此善于抄摘缀饰，也算是难得的功夫。

我少时的不喜欢，倒完全是环境的缘故。在百姓饿饭、军人喋血、烽火漫天的年代，平凡人的确难有这种奢侈的闲适心境，自然不会喜欢。据考证，周的某一不食人间烟火的闲适名篇便写于日本皇军进驻京城之际。这不由得使我想起鲁迅说的"从血泊中寻出闲适来"（《病后杂谈》），真乃闲适之极便成了汉奸，陪同日本军官参加检阅。但是，时移世变，如今衣食无忧，承平岁月，特别在商业化不断升温的喧嚣中，周文高情雅致，清远淡逸，大可以调节心理，调剂生活，使人获得某种精神享受，自然要受到相当欢迎。这恐怕到将来还会如此的。

有意思的是，周本人其实更重视其散文中的"思想"。他多次这么说过："我一直不相信自己能写好文章，如或偶有所取，那么所可取者也当在于思想而不是文章。总之，我是不会做所谓纯文学的。"（《苦口甘口自序》）周的确在其散文中不断宣扬启蒙：要求尊重妇女、儿童、个性，指责礼教、道学、八股、韩愈，同时也嘲左派、讥普罗、讽鲁迅；1949 年以后还骂"曾剃头"（曾国藩）、"蒋二秃"（蒋介石），讲"祖国的伟大""为人民服务"等等，表达了他的真假"思想"。不过说实在的，人们似乎并不重视这些，主要仍然是欣赏和称道其文章，也就是他所讲他"不会做的纯文学"。

历史竟是这样，像波涛似的将某些人一下子推入谷底，一下子又抬上浪尖。那么，什么是或者到底有没有长久价值或真正标准呢？我却感觉人至少我自己总为历史所限定，不仅思想，而且情感。那过去了却又依然存在的千丝万缕的记忆、感触、情境，总纠缠、萦绕、渗透着当下，很难超然。我可以称道周作人的文学技巧甚至艺术成就，但就是很难亲近或接受他。这大概与自己性急、气躁、无法闲适的个性相关。我仍然喜欢鲁迅，喜欢陶潜、阮籍，也喜欢苏东坡、张岱，就是很难喜欢周作人。我总感觉他做作；但那是一种多么高超的做作啊。

（原载《明报月刊》2002 年 6 月号）

# 闲话中国现代诸作家

## 最喜欢的作家

我是顽固的挺鲁派。从初中到今日，始终如此。我最近特别高兴读到一些极不相同的人如吴冠中、周汝昌、徐梵澄、顾随等都从不同方面认同鲁迅而不认同周作人、胡适。这些人都是认真的艺术家和学问家，并非左翼作家和激进派，却都崇尚鲁迅。鲁迅不仅思想好、人品好，文章也最好。

我崇尚鲁迅，觉得他远超其他作家，包括超过张爱玲、沈从文等，当然也是郭沫若、茅盾、老舍、巴金等无法可比的。鲁迅具有他人所没有的巨大的思想深度，又用自己创造的独特文体，把思想化作情感迸射出来，确实非同凡响。把张爱玲说成比鲁迅更高，实在可笑。艺术鉴赏涉及审美对象诸多因素的把握和综合性的"判断"，不能只看文字技巧。张爱玲学《红楼梦》的细致功夫的确不错，但其境界、精神、美学含量等等，与鲁迅相去太远了。（她那位胡兰成，无论人或文，都是我最讨厌的）要论文字，陀思妥耶夫斯基恐怕不如屠格涅夫，但他的思想力度所推动的整体文学艺术水平却远非屠格涅夫可比。陀思妥耶夫斯基的伟大正在于他那种叩问灵魂、震撼人心的巨大思想情感力量。

就以鲁迅来说，我也只喜欢他的散文诗《野草》和一部分小说，例如《孤独者》《在酒楼上》等等，年轻时读了很受震撼。极强烈的情感包裹沉淀在极严峻冷静的写实中，出之以中国气派的简洁凝练，构成了鲁迅特有美学风格。它使人玩味无穷，一唱三叹；低回流连，不能去云。《朝花夕拾》也写得好，也很喜欢。《肥皂》《离婚》之类就不行。他的杂文有不可否认的文学价值，很厉害。我不喜欢他的《故事新编》，我觉得《故事新编》基本上是失败的。《铸剑》是《故事新编》中写得最好的，可说是唯一成功的，写作年代也较早，与其他各篇不同。

我不喜欢滑稽戏，包括不喜欢相声，总之，这也许与我的性格有关，只是个人的审美爱好罢了。留给我印象最深的还是深刻的作品。鲁迅的《孤独者》之所以震撼我，就是因为深刻，比《伤逝》深刻。《孤独者》主人公魏连殳那种梦醒之后无路可走的大苦闷化作深夜中凄惨的狼嗥，让人闻之震撼不已，何等孤独，何等寂寞，又何等意味深长，那是极其炽热的声音，却是非常冷静的笔墨。两者相加，才能有这效果。读后给人的美学感受，并不是低沉、消极或颓废；相反，它燃起的是深重的悲哀和强烈的愤慨。

我并不喜欢鲁迅那些太剧烈的东西，那些东西相当尖刻，例如骂梅兰芳为"梅毒"，男人爱看是因为扮女人，女人爱看是因为男子扮，的确尖刻，但失公允，这只是一例而已。虽然读起来很过瘾，可是没有久远意义。

鲁迅在发掘古典传统和现代心灵的惊人深度上，几乎前无古人，后少来者。贬视庸俗，抨击传统，勇猛入世，呼唤超人，不但是鲁迅一生不断揭露和痛斥国民性麻木的思想武器（从《示众》到《铲共大观》《太平歌诀》），而且也是他的孤独和悲凉的生活依据（从《孤独者》到《铸剑》到晚年的一些心境）。而且，这种孤独悲凉感由于与他对整个人生荒谬的形上感受中的孤独、悲凉纠缠融合在一起，才更使它具有了那强有力的深刻度和生命力。鲁迅也因此而成为中国近现代真正最先获有现代意识的思想家和文学家。我讲过，鲁迅的总特色是"提倡启蒙，超越启蒙"，鲁迅不同于中国现代作家，也不同于西方的作家、思想家，全在这八个字之中。可惜鲁迅被庸人和政客捧坏了。鲁迅被抬得那么高，是在解放后，解放前只有一部分人崇敬他，但不是解放后的捧法。

除了鲁迅，我小时候还喜欢冰心。这仍然是少年时代的感受，因为以后就几乎没有再读冰心了。她的《繁星》《春水》《寄小读者》，我小时候都喜欢，可惜我从来和她未见过面，不是没有机会，我这个人就是懒于交往，性格弱点，没有办法。冰心的作品第一次以脱去传统框架的心态，用纯然娇弱的赤裸童心，敏感着世界和人生，使人善良，使人和残暴、邪恶划清界限，这就足够了。在冰心的单纯里，恰恰关联着埋藏在人类心灵深处的最重要最不可缺少的东西，在这个非常限定的意义上，她是深刻的。鲁迅和冰心对人生都有一种真诚的关切，只是关切的形态不同。

## 最不喜欢的作家

我不喜欢周作人，特别对现在有些研究者把周作人捧得那么高很反感。鲁迅那么多作品让我留下那么深刻的印象，周作人则没有一篇。周作人的知识性散文，连学问也谈不上，只是"雅趣"而已。我不喜欢周作人，归根结蒂还是不喜欢他的整体创作境界太旧，功夫下了不少，但境界与明末作品相去不远。境界正是由思想深度和情感力度所组成的。而思想和情感尽管如何超脱、超越、超绝，仍总有其历史和现实的根基。周作人大节已亏，当汉奸，影响太坏，而且是他主动选择做的。从整体做人上便无境界可言。人们喜欢把二周（周树人、周作人）相提并论，我不以为然。

在中国现代作家中，我一直不喜欢两个人，一是刚刚说过的周作人，还有一个就是郭沫若。一个（周）太消极，一个（郭）太积极。我从来就讨厌郭沫若和创造社，我从不喜欢大喊大叫的风格，创造社的喊叫既粗鲁又空洞。《女神》的喊叫与那个时代的呐喊之声还和谐，但我还是不喜欢。他那"天狗"要吞没一切，要吞没太阳，吞没月亮，我觉得太空洞，并不感到如何有力量。我对郭的某些（也只是某些）历史著作，如《青铜时代》中的一些文章以及某些甲骨考证很喜欢，可以看出他的确很聪明。

我不喜欢大喊大叫的作家和作品，但并不等于我就非常喜欢完全不喊不叫的作品。例如周作人，他倒不叫唤，很安静地品茶和谈龙说虎，但我也很不喜欢。

## 老舍、茅盾、巴金等

我一直也不大喜欢老舍。老舍多数作品流于油滑，甚至连他的最著名的《骆驼祥子》也不喜欢，看了这部作品，使人心灰意懒。我记得是十几岁时读的，和鲁迅一比，高下立见。我不否认他的某些成功的作品，《茶馆》的前半部相当成功，后面就不行了。但从总体上我不太喜欢。我很早注意到胡风对老舍的批评，胡风一点也不喜欢老舍。我读鲁迅，总是得到力量；读老舍，效果正相反。也许我这个人不行，总需要有力量补充自己。

文学界把茅盾的《子夜》这部书捧得那么高，奇怪。《子夜》是政治意识形态的形象表述，它想在书中表达对当时中国社会最新的认识和回答中国社会的出路，然而，认识一旦压倒情感，文学性就削弱了。茅盾不满意冰心，正是不满意冰心没有改造中国社会的革命意识，只关注超越意识形态的“普遍”心灵。可是，如果人类心灵没有美好的积淀，能有美好的未来吗？老实说，要看茅盾的作品还是看他的《霜叶红于二月花》等。我以为《动摇》

就比《子夜》好，当然这可能是我的偏见。《子夜》有一些片段很好，但整体不行。

巴金有热情，当时许多青年走向延安，走上反封建之路，并不是读了《共产党宣言》，而是读了巴金的作品。但他的作品热情有余，美感不足，可以说是缺少艺术形式。

还有把非常复杂的社会现象和人性现象，简化为两种阶级的符号式的人物决一死战。思想简单，艺术粗糙。《暴风骤雨》尽管粗糙，还有片段的真实感，而《太阳照在桑干河上》却连片段的真实感也没有。但在当时也许可以起革命的作用。

八十年代的文学很有生气，很有成就，起点比五四时代和以后高多了。


## 作家应保持敏锐和独特的感受

作家最好是保持一种敏感与朦胧的状态，能保持这种状态，才是天才。但是如何保持，为什么能保持，说说不清，难以捉摸。作家自己也不明白，这也就是我早就强调的"无意识"。作家不可太聪明，太聪明可能成不了大作家。太聪明了，什么都想到、想透，想得很周全、精细，对各种事情有太强、太清醒的判断力，这样反而会丢掉生活和思想情感中那些感性的、偶然的、独特的、最生动活泼的东西。扭曲自己的才能去适应社会，既要作品得名，又要生活得好，有名有利，但这在创作上却要付出巨大的代价。作家应该按自己的直感、"天性"、情感去创作。这种性格，才能把全部生命投入文学，才能把内心深处那些最丰富、最真诚的体验表达出来。这些东西才不会被理性的聪明所阻挠、所掩盖。

我觉得作家不必读文学理论，但可以读点历史、哲学等。读历史可以获得某种感受，增强文学深度；读哲学则可以增加智慧，获得高度。无论对历史还是对现实，都应当有敏锐和独特的感受，保持这种感受才有文学的新鲜。读文学理论的坏处是创作中会有意无意地用理论去整理感受，使感受的新鲜性、独特性丧失了。

当代作家有点浮躁，急于成功，少有面壁十年、潜心构制、不问风雨如何、只管耕耘不息的精神和气概。我希望我们的作家气魄能更大一些，不必太着眼于发表，不要急功近利，不要迁就一时的政策，不要迁就各种气候。真正有价值的文学作品是不怕被埋没的。

2017 年

# 关于钱锺书

钱锺书先生是大学问家，甚至可以说"前无古人，后无来者"。但也无须来者了。对他，我一直是很敬重的。

有人讲，钱的学问是"一地散钱——都有价值，但面值都不大"。但他的那些所谓"散钱"，许多还是价值很大，不可低估，有许多潜藏潜能的思想大可发掘。可惜他引书无数，强异为同，寻章觅句，多为附会，反而淹没主题，徒增炫学之感。他在可开掘思想的关键之处，却未能深"锥"下去。

这可举的例子很多。就拿《管锥编增订》（中华书局，1982年）的第一篇来说，你读读这下半段：

《诗·文王》以"无声无臭"形容"上天之载"之旨，亦《老子》反复所言"玄德"（第一〇、五一、六五章；参观一五章："古之善为道者，微妙玄通，深不可识"），王弼注谓"不知其主，出乎幽冥"者也（参观第一八章注："行术用明，……趣睹形见，物知避之";三六章注："器不可睹，而物各得其所，则国之利器也";四九章注："害之大也，莫大于用其明矣。……无所察焉，百姓何避?")。尊严上帝，屏息潜踪，静如鼠子，动若偷儿，用意盖同申、韩、鬼谷辈侈陈"圣人之道阴，在隐与匿"、"圣人贵夜行"耳（参观256—258页）。《韩非子·八经》曰："故明主之行制也天，其用人也鬼"，旧注谓如天之"不可测"，如鬼之"阴密"。《老子》第四一章称"道"曰："建德若偷"（参观严遵《道德指归论·上士闻道篇》："建德若偷，无所不成"），王弼注："偷、匹也"，义不可通，校改纷如，都未厌心，窃以为"匹"乃"匿"之讹。"偷"如《庄子·渔父》"偷拔其所欲谓之险"之"偷"，宜颖注："潜引人心中之欲。"《出曜经》卷一五《利养品》下称"息心"得"智慧解脱"曰："如鼠藏穴，潜隐习教。"夫证道得解，而曰"若偷""如鼠"，殆类"孤寡不穀，而王公以为称"（第四二章，又三九章）欤。

多精彩! 这段话把中国的"圣王"秘诀，他们最重要的手段和技巧是什么，全揭开了，讲到了关键。如果继续开掘下去，以钱锺书的学识本领，极易将帝王术各个方面的统治方略全盘托出而发人深省，可惜却戛然而止，转述其他。

特别是后来，人们把钱锺书抬到九天之上，他所有的东西好像都是不得了的，句句皆真理，成了学术神明，这我就颇不以为然了，不可理解了。钱锺书是"国学热"捧出来的符号。我只是对那种狂捧看不惯，钱本人也并不喜欢。严复说过，"中国夸多识，而西人尊新知"。大家对钱锺书的喜欢，出发点可能就是博雅，而不是他提出了多少重大的创见。当然，他还是有好些看法好些贡献的，但似乎并不非常突出。他读了那么多的书，却没有擦出一些灿烂的明珠来，永照千古，只得了许多零碎成果，太可惜了。所以我说他"买椟还珠"。我问过一些捧他如神明的人，文史哲三界里，到底钱锺书在文学史上，或者中国历史学上，或者中国哲学上，或者哲学一般上，作了什么非常重大的贡献？提出来一些什么重要的观点？发现了或解决了一些什么重要问题？像陈寅恪对中国中古史的研究，王国维殷周制度论、用甲骨文证殷本纪等二重证拟法等那样的。没有人回答我。

《谈艺录》钱锺书曾签赠我一册，我早就读过和一直保存的是解放前的版本。《谈艺录》其实比《管锥编》好，我的看法。《美的历程》引过《谈艺录》关于唐宋诗区别的观点。

夏志清的《中国现代小说史》极力推崇钱锺书。我认为钱的《围城》没什么特别了不起的，我是硬着头皮才看完的。我觉得电视剧比小说强。他卖弄英国人的小趣味，不仅不喜欢，还很不舒服，这当然也许是我的偏见。因为我对文艺有偏见。

我见过钱锺书，一次是在任继愈家里，他出门，我进门，还有一次是在大会上，就那两次。钱锺书给我写过信，我没有回信。不是我高傲到什么程度，那就可笑了，问题是我惶恐得很，不知道怎么回好。结果就拖拖拖，拖到后来就忘记这个事情了。当时我和刘纲纪把《中国美学史》寄给他，在书中我们对他那个谢赫六法断句的说法是大不同意的。

有一个小故事刘再复讲过，但语焉不详，刘出国后，钱曾说"宁为累臣，不作逋客"，刘电话告我，我当即回答说"宁为鸡口，不作牛后"。这两句话都出自《后汉书》，可惜钱大概没看到。

八十年代在答记者问时，我曾说过：不写五十年以前可写的东西，也不写五十年以后可写的东西，我只为我的时代而写。当时我心想的是钱锺书，他的一些书前后五十年写出和出版都可以，也许可以永垂不朽，但我没这种打算。

王国维、陈寅恪、钱锺书，是今天人们羡称的三大家。我以为，论读书多，资料多，恐王不如陈，陈不如钱；但论学术业绩，恐恰好相反。

2019 年

# 与周有光关于健康的对话

## 可能上帝把我忘了

**李泽厚**（简称"李"）：我叫李泽厚。

**周有光**（简称"周"）：你好，我是聋子。你写个名字，写个电话、单位，否则将来没办法联络了。（看到名字后）你大名鼎鼎呀，一向景仰。你的书我都看了，真是了不起啊！

**李**：你最近的书我都看了，我讲你是个奇迹。

**周**：我的不行，我的肤浅，你的深奥。

**李**：你牙齿好像很好？

**周**：我还有两个真牙，不喜欢假牙，就靠着两个真牙吃东西。

**李**：那了不得。

**周**：假牙不舒服。

**李**：真牙多久了？一直没坏？

**周**：我不行了，再有4个月我就108岁了，人不行了。

**李**：你要活 120 岁。

**周**：一个人过了 100 岁就自然退化，耳朵聋了，就要装助听器，眼睛瞎了，换了两个晶体，就跟好眼睛一样。

**李**：你能看清楚这个字就很不简单啊。

**周**：我什么都能看，因为换了晶体的呀。不然我耳聋目盲，科学是了不起的。

**李**：对对，所以你在书里大讲科学是对的。

**周**：否则一句话也不能讲了。

**李**：活到你这岁数就是奇迹，你的脑子还这么好。还能出书，真是奇迹。

**周**：不行了，人糊涂了，因为你看不出来，100 岁以后的衰退自己知道，人家看不出来。最糟糕就是记忆力衰退了，好多事情我本来知道的，就是一下子想不起来，一步步退化的，自然规律。

**李**：我 80 岁就已经在退化了。

**周**：你那个是退一点点，不算。100 岁以后退得快得不得了。我实际上已经离开世界了。

**李**：你能活到 100 岁是先天因素多，还是后天因素多？

**周**：退化是后天的，100 岁以前我比较好。100 岁，活到 100 岁人变成废物，有什么意思。

**李**：你能讲话，还能写书，就不是废物。

**周**：不行了，你表面上看我活着，实际上根本没有用了。

**李**：有用有用。你觉得饮食、运动、睡眠，这三个哪个最重要?

周：睡眠最重要，我之所以还有活动能力，就是每天睡得多，每天至少 10 个小时，有时还不止。睡眠睡得多和保护健康一个道理。

李：你现在吃东西怎么样?

周：什么都吃，只要软一点就行，少吃一点就是了，就靠两个真牙。

李：好啊好啊，很难得。内脏什么都好吗?

周：现在医生说我满身都是病，但没有重要的病，所以医生说我可以活到 108 岁。

李：不，你活到 120 岁没问题。

周：那不行，上帝不同意。你同意，上帝不同意。

李：上帝不同意活到 140 岁，哈哈哈，120 岁是同意的。

周：我说上帝太忙了，把我忘了。

## 科学是真了不起

李：你现在还能看看字，看看书吗?

周：什么都看，什么都能看。人工晶体装了，就跟好眼睛一样。听力不行。

李：很多人装了助听器都不行，你已经不错了。

周：我戴着助听器，但打电话就不行。我买了一个手机，可耳朵不灵不能打，就给保姆，保姆天天发短信，我问她怎么发，她说用拼音。我问她拼音谁教你的，她说我小时候学的拼音，就不用人教。

　　**李**：这就是你的功劳啊。

　　**周**：拼音推广了手机，手机推广了拼音，发挥作用了，现在没有人反对了，以前反对拼音的人多得不得了。

　　**李**：对对。你的转行是个大胜利，你不转行就麻烦了。你原来学经济的么，转到语言就好了。

　　**周**：那个是偶然的。1966 年开全国文字改革会议以后要把我调来，我说我是外行啊，领导说新工作大家都是外行，之后我就不搞经济了。

　　**李**：搞经济麻烦得很。

　　**周**：那个时候还要重视苏联的那套，实在有点不好干。

　　**李**：你现在客人很多吧?

　　**周**：常有人来。有的人带着名片来，就不用写在这个小本子上了。

　　**李**：我没有名片。你了不起啊，还要接待这么多客人。

　　**周**：我没有事情啊，我是无业游民啊，谁来我都欢迎的。

　　**李**：你的这个房子，住了好多年了吧?

　　**周**：住好多年了。有人问我愿意不愿意搬家，搬好的房子。我不搬了，新房子是好，但太远，这里方便。我年纪大了，住老房子没关系。这个房子是改革开放以后第一批造的，叫简易楼，

在《东方早报》原记者卢雁（右一）的陪同下，82 岁的李泽厚（右二）拜访 107 岁的周有光（左）

后来越造越好。

　　**李**：对，不要搬，老人换房子不好。

　　**周**：我说我不在乎破房子，我人都破了。

　　**李**：哈哈，你讲话还那么风趣。

　　**周**：现在就是靠科学，全靠助听器，这是新式助听器，老式的不行，听不清。

　　**李**：你眼睛晶体什么时候换的？

　　**周**：换了好多年了。中国从美国引进人工晶体，他们说我比毛泽东幸福，毛泽东那时候就没有这个。我们是第一批。当初我本来不知道这个新技术，后来学这个美国新技术的医生是我朋友的女儿，所以我最早就知道了这个技术，在同仁医院做的手术，做得很好，科学是真了不起。现在我看对面房间里的树，都看得很清楚。以前真眼睛都没这个假的好。

## 没有养生之道

**李**：现在能下楼吗?

**周**：保姆搀扶着，我能下楼，但只能走几步，有时候坐着轮椅下去走几步，还是要做运动。

**李**：你做什么运动?

**周**：就扶着这个架子做运动，小运动。上下楼是大运动。

**李**：你吃饭能吃多少?

**周**：吃的比较少，大半碗饭。三顿饭之外，还要吃一顿点心，还要吃水果。接近正常。荤素都吃，软一点就是。我还到外面的烤鸭店吃烤鸭，水饺店吃水饺。

**李**：还能看书，那不得了，能看多久?

**周**：每天看书，因为没有事情干嘛，又不能去看朋友，又不能参加活动。看书倒反而比人家看得多了。

**李**：血压也不高?

**周**：我就是血压不高，没有严重的毛病，还有最好的就是我没有很麻烦的糖尿病，所以医生说我满身都是病，但没有重要的病，所以可以活到 108 岁。

李：血脂也不高?

周：不高。和生命有关系的重要毛病都没有，但有很多小毛病。

李：那你有什么小毛病?

周：我会忽然全身发痒，皮肤发毛，看医生，医生弄错了，给我杀菌消毒的药；后来有人说我是因为毛囊缺少脂肪，不是细菌性的，擦点凡士林就行了；也有人建议我中医治疗，我说我不相信中医。

李：我看你超过 110 岁没问题。

周：电视里我还看到超过 100 岁的老太太在表演。我没有健康之道，可是人家老问我健康之道，我从年轻到年老，向来不喝酒，不抽烟，这恐怕是重要的。以前应酬，别人喝酒，我只喝啤酒，啤酒不是酒嘛。抽烟是最不好的。我买最好的烟是专门害朋友的。

李：你这辈子吃不吃中药?

周：我补药一概不吃，我不相信中医。

李：现在流行冬虫夏草，你吃不吃?

周：哦，不吃，从来不吃。

李：人参也不吃?

周：不吃。人家说西洋参好，我也不吃，什么都不吃。我吃酸奶，比补品还好，上午下午都吃。牛奶早上喝一大杯。我现在就是不能出去看朋友，也不能打电话，跟世界已经隔断了。

## 我是乐观主义者

**李**：这么多人来看你……

**周**：真不好意思，我不能出去看人家。现在每个人口袋里都有个手机。

**李**：我没有手机。

**周**：现在我们又换新的政府（领导）了。

**李**：是，中国恐怕要再过二三十年才能真正好，现在还只是经济发展……

**周**：改革开放能够开放一半已经是了不起了。中国你只要有好的政策，中国就有希望。可是有好的政策很困难。

**李**：对对，只能慢慢来。

**周**：对，有耐心就是了。

**李**：你经历的事情比我们更多。

**周**：是的，抗日战争是生死攸关，日本人一个炸弹炸在我旁边，把我人炸到阴沟里去了，我旁边的人都死了，我没有死。后来人家问我为什么没有死，我其实是掉到阴沟里去了，那是个壕沟啊，有人说我命大。还有个命大，新中国成立以后，我从美国回来，我在复旦大学教经济学，后来搞文字工作就调来北京了，这让我逃过一个反右运动，不然我没有命。上海从美国回来的经济学家一个个都是大右派，最起码坐牢 20 年，我都不知道，隔了三年，我才知道，我在复旦大学有一个非常好的博士生后来都自杀了。所以我一生逃过了许多困难，最大的就是这两个。

李：所以我刚才说你改行搞语言学是好事了。

周：是的，但是当时不知道。

李：这是很幸运的事。

周：变化是很大。最大的变化是苏联自己瓦解了。赫鲁晓夫到联合国脱下皮鞋敲桌子誓要埋葬帝国主义，结果自己被埋葬了，说明苏联这一套是行不通的。

李：所以你的记忆力很好啊，头脑很清晰。

周：有人说现在越南在改革，老挝就可能会跟上来。古巴的情形不是像宣扬的那么好啊，《新京报》上有两篇文章大家都不注意，我没事情所以关注了，两篇文章都讲古巴的情况很不好。报纸登出这样的文章也很不容易，跟过去讲法很不一样。

李：你的头脑清晰之至。

周：我的头脑已经落后了，已经不灵了。人家问我一些东西，我说我知道啊，但我要想想不起来了。

李：有的人头脑不清楚，他们不知道重要的问题在哪里。

周：我每个礼拜都能看到香港的东西，网上的消息也不少，还有笑话，好玩得很。

李：你是看到这 100 年了，变化好大啊，中国变得还不够。

周：这是时间问题，我是乐观主义者，我认为是一定会进步的。

李：对，挡不住。

周：我认为社会发展只有一条轨道，你跑出这条轨道了，还得重新跑到这条轨道上去，只是时间问题。所以我是乐观的。

李：你现在能看书还能想问题，很好啊。

周：我的天下小得不得了，一间破屋子……

李：但能知天下事。

周：很有意思的。你是了不起啊。

李：不敢当，不敢当。我们告辞了，半小时已经到了。活到120岁。

周：下次我来看你啊。

李：不不不，我来看你。

周：很高兴。谢谢你。

李：好，我们走了。

2012 年 9 月 23 日，录音和整理：卢雁

（原载《东方早报》新媒体创刊号）

# 【附】李泽厚：周有光先生 108 岁华诞贺词

　　一是祝贺周有光先生 108 岁诞辰，祝他长寿更长寿；二是今年曾见过周老，至今难忘。现在百岁高龄者不乏其人，但像周有光先生生命力如此旺盛，思想如此敏捷，恐怕是硕果仅存了。年事这么高了，还有这样旺盛的思想活力，还对世界、中国、人生具有这么高的热情与关怀，还在不断接受东西方的各种新信息，而且还能作明快的判断，实在令人钦佩。周老不为潮流而动，对任何尖锐的问题都保持清醒的头脑和独立的思想，尤其不简单。中国学界太多情绪，但情绪不是学问，不是真理，情绪没有价值。而周老的言论不带情绪，只有对历史负责的深邃思考。例如对于传统，极端者要么把传统踩入地下，要么捧上天空，现在的国学热就是把传统捧上天，但周老不为国学热所动，他提醒说，这不是进步的表现。对于民主也是如此，要么颂扬专制，要么鼓吹激进民主，独有周老既坚持民主，又提醒不能急，这便是理性。

2012 年 12 月

# 读黑格尔与康德

除了中学（主要是初中）时代读鲁迅的书影响自己甚大之外，大学初期（五十年代初）黑格尔的《小逻辑》《历史哲学·绪论》（记得还是王造时三十年代的译本）和康德的《判断力批判》，似乎给自己的思维和以后的研究，留下了深刻印痕。

记得初读这三本书时，虽然难啃，但读下来却有一种读其他书少有的惊喜交错的智力愉快。康德那么准确地一下子就抓住了审美现象的要害，胜过他人千言万语的繁复描述，这使我下决心以后一定要硬啃康德的"第一批判"。我感觉康德有一种他人少有、极擅于敏锐发现和准确把握事物（或问题）的独特本领，在认识论、伦理学、美学诸领域，莫不如此，这很值得思考、学习。

黑格尔那无情而有力的宏观抽象思维，则好像提供学人一种判断是非衡量事物的尖锐武器；读黑格尔之后，便很难再满足于任何表面的、描绘的、实证的论议和分析了。尽管我后来相当讨厌黑格尔式的诡辩和体系构建，也并不赞同康德的先验唯心主义，但我仍然觉得，他们两人给了我不少东西。他们给的不是论断，而是智慧；不是观点，而是眼界；不是知识，而是能力。这能力有长处有优点，当然也有短处有缺点，这里就不讲了。

（原载《明报月刊》1999 年 7 月号）

# 读《红楼梦》

## "悲凉之雾，遍被华林"

关于《红楼梦》，人们已经说过了千言万语，大概也还有万语千言要说。总之，无论是爱情主题说、政治小说说、色空观念说，都似乎没有很好地把握住具有深刻根基的感伤主义思潮在《红楼梦》里的升华。其实，正是这种思潮使《红楼梦》带有异彩。笼罩在宝黛爱情的欢乐、元妃省亲的豪华、暗示政治变故带来巨大惨痛之上的，不正是那如轻烟如梦幻、时而又如急管繁弦似的沉重哀伤和喟叹么？

因之，千言万语，却仍然是鲁迅几句话比较精粹："……颓运方至，变故渐多；宝玉在繁华丰厚中，且亦屡与'无常'觌面，……悲凉之雾，遍被华林；然呼吸而领会之者，独宝玉而已。"（《中国小说史略》）

这不正是上述人生空幻么？尽管号称"康乾盛世"，这个社会行程的回光返照毕竟经不住"内囊却也尽上来了"的内在腐朽，一切在富丽堂皇中，在笑语歌声中，在钟鸣鼎食、金玉装潢中，无声无息而不可救药地垮下来、烂下去，所能看到的正是这种种金玉其外败絮其中的糜烂、卑劣和腐朽，它的不可避免的没落败亡。《红楼梦》终于成了百读不厌的传统末世的百科全书。"极摹人情世态之岐，备写悲欢离合之致"，到这里达到了一个经历了正反合总体全程的最高度。与明代描写现实世俗的市民文艺截然不同，它是上层士大夫的文学，然而它所描写的世态人情、悲欢离合，却又是前者的无上升华。

## 充满着哲学气息

以《红楼梦》和《金瓶梅》相比，《红楼梦》就具有哲学智慧。如果抽掉哲学沉思和哲学氛围，《红楼梦》就会变成一般的话本小说、言情小说，就未必比《金瓶梅》高明。中国的话本小说和清末的谴责小说均缺乏这种哲学氛围和智慧，所以艺术境界难以与《红楼梦》相比。《金瓶梅》中的女性只是一些供男人玩乐的工具，尽管这对社会有揭露的作用，但没有深刻的思索。

《红楼梦》对人生，对个体生命有很深的感慨。它蕴含的是一种独特的对青春（美）的"瞬间与永恒"的思考。我一再讲哲学应当是研究人的命运的哲学。哲学思索命运，文学表达命运，特别是表达人对命运的感伤。生命意义，人生意识，人的情感本性，这不仅是哲学问题，也是文学永恒的主题，《红楼梦》对人的命运的伤感，使整个小说充满着哲学气息。

曹雪芹把人的真性情视为最后的实在，人的意义也蕴含其中，但这种实在遭到如此的重压，这样，人活的意义何在，为什么要活，有人想不清楚，就自杀，但人不会都去自杀，都有恋生之情、恋情之情；于是，就有大伤感。

这种叩问是哲学的叩问，但不是采取纯哲学的形式。陀思妥耶夫斯基倒是以文学形式提问了哲学问题，很深刻，尽管作家本人未必如此自觉意识到。你看，《红楼梦》中的人物命运息息相关，也不是外在的、强加的，不是游离的。《红楼梦》中，既有文学，又有哲学。

## 最能展示中国人的情感特色

我不知道你们看《红楼梦》有没有这个感觉，这部书不管你翻到哪一页，你都能看下去，这就奇怪啊！这就是细节在起作用。看《战争与和平》没有这感觉，有时还看不下去，尽管也是伟大作品。读陀思妥耶夫斯基也没有这感觉，尽管极厉害，读来像心灵受了一次清洗似的。这使我想起亚里士多德《诗学》中的"净化说"，与中国的审美感悟颇不相同。《红楼梦》最能展示中国人的情感特色，它让你在那些极端琐细的衣食住行和人情世故中，在种种交往活动、人际关系、人情冷暖中，去感受那人生的哀痛、悲伤和爱恋，去领略、享受和理解人生，它可以是一点也不寻常。就是那种趣味，让你体会到人生的细微和丰富，又熟悉又新鲜，真是百看不厌。

外国人看《红楼梦》就看不出什么味道来，因为真是太啰嗦了，简直引不起阅读兴趣。所以它在国外并不受欢迎，尽管有两三种译本。

这说明什么呢？这可能说明中国人和外国人的文化心理不完全一样。我们就在这生活的世界里体会人生的意义，体会生活过程中的各种各样的巨细变数，从这里获得感受、珍惜、眷恋、感伤、了悟。这情感就不仅仅是爱情。基督教的精义是认为这个世界太污秽，追求灵魂纯净的天国。从而相比之下，尘世间的这种种人情，价值不大。对鲁迅的作品也是这样，像《故乡》，他们读下来，没什么特别嘛，这有什么好？较难体会里边对世事苍凉的沉重感伤。所以中国人很热衷这个世界的日常生活，包括中国人吃饭。这是因为中国只有一个世界，很肯定这个日常生活的世界。在中国上古，饮食是祭礼中的重要部分，饮食有通鬼神的神圣性和神秘性，得非常仔细、考究。事死如事生，又与巫史传统的根源有关。

在《红楼梦》的日常描写背后，有着巨大的悲痛。正是这一点，外国人看不出来，欣赏不了。

我尝以为《红楼梦》应与《卡拉玛佐夫兄弟》对读。它们两美并峙，各领千秋。但能否取长补短、相互帮助？上帝以至高无上的地位给人生以目的、生命以价值，以及作出最后审判，比起在日常世俗、平凡生活本身中去建立或追求人生目标和生命价值，似要远为顺理成章和稳操胜券。但中华民族以广阔时空和延续不绝的生存事实，却又未必一定有此结论。究竟如何呢？愿提斯问，请教高人。

## 八十回加探佚成果境界高多了

对于《红楼梦》，我赞同周汝昌的看法。他考证得非常好，我认为在百年来《红楼梦》研究里，他是最有成绩的。

不仅考证，而且他的"探佚"很有成就。他强调如把《红楼梦》归结为宝黛爱情那就太简单了。他认为黛玉是沉塘自杀，死在宝钗结婚之前。我也觉得两宝的婚姻，因为是元春做主，没人能抗。姐姐的政治位势直接压倒个人，那给宝、黛、钗带来的是一种多么复杂、沉重的情感。周汝昌论证宝玉和湘云最终结为夫妇，不然你没法解释"因麒麟伏白首双星"；还有脂砚斋就是史湘云等等，我觉得都很有意思。周说此书写的不仅是爱情而是人情即人世间的各种感情。作者带着沉重的感伤来描述和珍惜人世间种种情感。一百二十回本写宝玉结婚的当天黛玉归天，具有戏剧性，可欣赏，但浅薄。

周汝昌的探佚把整个境界提高了，使之有了更深沉的人世沧桑感，展示了命运的不可捉摸，展现了色即是空，空即是色。这是大的政治变故给生活带来的颠覆性的变化，以后也不再可能有什么家道中兴了。所以我很同意可以有两种《红楼梦》，一个是一百二十回，一个是八十回加探佚成果。后者境界高多了，情节也更真实，更大气。但可惜原著散佚了，没有细节，只见大体轮廓，而且很不清晰，作为艺术作品有重大缺陷。

我感兴趣的除了艺术方面，也在考证、探佚。我对《红楼梦》，没有像对鲁迅那么熟，但对《红楼梦》的考证和探佚极有兴趣，尽管有些考证和探佚因未把握好"度"而失真，但还是有味道。我对《红楼梦》也有很多想法，我觉得真假宝玉，可能是两代人，把两代人和事混淆在一起写，似假还真，似真又假。当然其中的关键就是发生在乾隆朝的那件大案与曹家的关系，还没找出材料来。

所以可以澄清，说我对《红楼梦》不感兴趣，不对，我非常有兴趣。我感兴趣的主要还不是它的艺术方面，而是考证、探佚方面，但要是真进去了，一入侯门深似海，那就迷在里边出不来了，别的事都不能做了。所以我只是看人家考证，自己不进去。

2017 年

## 【附】周汝昌：红楼美学真理真师

　　我带有自传性的文字已然不少了，其中一个要点，就是要说明我是一名村童，不是什么书香门第；家无藏书，从小爱个书本儿却没书可翻，心中由怅惘而感到一种苦闷，甚至可以说是痛苦。我这名村童不知何故，没有与学术打交道的任何条件，却梦想自己能成为一个有点学识的人。因此，羡慕有学之人，偶尔碰到一篇与学术有关的文章，便如同得到一份美味佳肴一般，如饥似渴，爱不释手。

　　我生逢乱世，求学读书的历程可谓百般的坎坷困难。直到而立之年，这才真正地进入了一座有名的学府"燕园"。我的"治学"是从这儿才开始的。但是彼时燕园的名师已经都归"隐退"，要想治学，全凭个人摸索，没有真正的指导、引路可言。就是如此，居然也就"治"起"学"来，其结果是学外文而译成了陆机的名作《文赋》；同时，对《红楼梦》曹雪芹的研究已然进入了最关键的阶段——这更是盲人瞎马，没有任何指向，没有已定的理想目标……那时我的心情又增加了一份学术饥渴，就是想读名家论学的文章，可是所遇也不很多。

以上是说往事前尘。

今年我已是九十四岁之人，从七十年代两目损伤，读书之缘接近于零，而即使有了一点机会，"看"到的文章大多是以名词概念的堆砌为主要方式，加上一点形式逻辑的推理方法，往往是一条简单的直线，枯瘠死硬，毫无学术的生机命脉可言。

最近，我"听读"了李泽厚与刘绪源两位先生的问答文章（按：指《"红楼梦"与"乐感文化"》），这是一篇令人拭目之重要文章，看看他们二位的治学、论学，真是通俗而简明，热情而又恳切，他们用不多的篇幅，却告诉了我们如许丰富、透彻的治学、论学的典范示例，这真使我这个从小失学、慕学之人惊喜不已，引用我先师顾随先生爱说的话："欢喜赞叹，得未曾有！"这篇问答出现在不同报刊，我也反复"听读"了三次，真是受益无穷，尤其让我喜出望外的一点是，他们忽然触及了红学的问题，而且把我有些看法拿出来作为例子加以评议。他二位举出一连串的讨论课题，大致说来：如考证，如探佚，如爱情，如人情，如原著，如续书，如哲学、美学的评赏和体会，品格与评价……层层面面，几乎是"全方位"的广泛范围。

我就没有想到，李先生会对考证有很大的兴趣，他十分懂得考证是怎么回事。不是像有些人只是把"考证"当做一个名词，一个概念，并且当做一个可厌可畏的坏东西，我不禁又联想到季羡林先生说想推荐给读者若干种好书时，就列举了外国的三种考证书，说是兴趣无穷，获益甚深。看来李、刘两位虽不是什么考证家，却深深领会到考证这门学术的意义功能、美学价值，此其一。

其二，对于曹雪芹笔下的"情"字，到底是什么？李先生明确表示是指人的感情，不仅仅是男女之间的相爱"私情"（雪芹写湘云"从未将儿女私情略萦心上"）。而更加重要者，李先生郑重指出：《红楼梦》中的感情是东方人的感情特色，西方读者就不容易体会得出来。这种东方感情的背后隐藏着一种深深的悲感。这些重要而复杂的问题，出自李先生之口，显得那么自然、通俗、明白、顺势，给人以心胸畅然称快之感。

其三，李先生对红学考证而研究推论的探佚学，十分喜欢、欣赏，并给予评价，这就值得令人做一番深思了。

读李泽厚、刘绪源两位先生的问答文章，是一种令我心存感激的享受经历，同时还有一种语言表达的享受，就是"恳切"二字。语言的恳切情感是大学者、是仁人君子的美德。什么是"恳切"？"恳"就是真诚，"切"就是渗透。没有真实学问的假学者，往往没有与人为善的好心肠，他们的语言表达里就没有这种宝贵的"恳切"之美，"恳切"之情。

关于"恳切"，《红楼梦》七十八回里贾政评论宝玉的《姽婳将军词》时给了一点评语："虽然说了几句，到底不大恳切。""恳切"二字在经典文学名著中出现，而且运用到文化问题上的例子，以此为第一佳例。

"恳切"二字，这个普通的词语好像与学术和创作都没有十分直接的关系，而经过雪芹这么一用，我越品味越觉得它很重要。这儿我不妨举一个很简单的例子：我曾和启功先生讨论过《兰亭序》的问题，我们为此有几首小词唱和；启功先生的一首开头就说："禊帖入昭陵，定武欧临隔壁听。"启先生的诙谐风趣随处可见，他是批评历来把"定武兰亭"强派给欧阳询的看法，并加以讥讽，说是"隔壁"听来的说法，其实质就是指出这些人没有任何研究，就凭着人云亦云、道听途说而作出了大量"鹦鹉学舌"的论文。这种"隔壁"听来的话与"恳切"正为相反，所以不真又不深。而李泽厚先生评论王国维、陈寅恪、钱锺书三位大师时，那几句话如此简明，如此中肯，这才真够得上"恳切"二字。试问：不是真正深入作了学问的人，能够说出这样"恳切"的话来吗？

行文至此，我不禁胆子变得大起来，我想这样说：你如果想知道某人的那种大论文是真正的治学结晶呢，还是为了打扮自己的化妆品，你就须看他整个的文字和内容是"恳切"的呢，还是油滑的，那就不会辨认错误了。

我自己的"研红"的历程，大致是由史学考证入手，然后集中花费大力气，在纷纭错乱的不同文本中校定出一种比较接近真实的曹雪芹的原文手笔文本，不如此则无法对《红楼梦》进行真正的研究。这两个步骤基本上可以算做能够信赖。在此奠基工作之后，我才决定提出《红楼梦》是一部"中华文化小说"的崭新命题，此时已经到了八十年代的中期了。正像李泽厚先生说他自己的经历那样：《美的历程》问世后，受到的责备、批评非常严厉，但今天来看，那里边的新见解已然成为美学界的常识了。我能体会到这几句话里是包含着多少的感慨和诚信。我提出"《红楼梦》是中华文化小说"的命题之后，再进一步，我才逐步把自己的目标明确起来，即：我的愿望是把读《红楼梦》的那种无以形容的美加以研究体会、解说；若无这一步骤，那么我几十年来的"研红"工作就没有什么真正的意义可言了。

我的这个愿望初步地表现在《红楼艺术》的后记中，我说曹雪芹作书所追求的、保卫的真目标，应该是真、善、美——这样，虽然很浅薄、很幼稚，但已然表明我的路向是不太错误的。

如今，我幸运地读到李泽厚先生这一段"答问"，这才独坐于我的陋室里长长舒了一口气，自言自语地说：这回我才找到了真师和真理。诗曰：

　　　　考证功能探佚行，仁人不斥转嘉评。
　　　　高山流水琴何幸，霁月光风镜最明。
　　　　审美崇阶形而上，论红尊次十三经。
　　　　灯宵花市才收罢，又见禅师内照灯。

（原载天津《今晚报》2011 年 8 月 11 日）

# 简答对《美的历程》的批评

承王天兵先生电传陈传席先生对拙作《美的历程》(下简称《历程》)的严厉批评(见《陈传席文集》第5卷,河南美术出版社,2001年。原载1984年《美学评林》)给我。这批评我20年前已看过,当时发表在某刊物上,我一直未予回答。不知什么原因,这次王先生再三逼着我作答。他强调说,如不回答即属默认或无辞可对,属于"硬伤"。

于是勉力逐一简答如下:

一、"高峰"并不限于或特指艺术质量,也包括规模、数量、影响等而言。难道因有《诗经》、"楚辞",便不能说唐是诗的高峰吗?汉雕汉塑固极佳,麦积山石窟的秀骨清相、奉天寺本尊大佛也甚好,不宜一笔抹杀汉后雕塑。而就规模、影响、数量(至少现存作品)说,六朝和唐要高于汉。何况我在讲汉代雕塑时已强调说了,"汉代艺术那种蓬勃旺盛的生命,那种整体性的力量和气势是后代艺术所难以企及的"等等。何来"常识性错误"?

二、因屡遭误解，我曾多次澄清，《历程》并非艺术史著作，而只是一本欣赏书，而且是"鸟瞰式的观花"的"笼统"（见该书"结语"）粗略之作，因此便不可能作任何细部分析。我还特地一再说，"有人把《历程》当作艺术史的专著，那就完全错误了。……例如西汉和东汉也大不相同，我所做的只是鸟瞰式的美学描述。我以前强调说过，这种粗线条的鸟瞰，当然极不准确，所以也才需要各种具体的艺术史的专门研究"（《与高建平的对话》，《明报月刊》，1994）。你能在中国地图上找到故宫吗？你能在北京地图上找到角楼（故宫内，陈先生的研究专题）吗？不可能。《历程》也如此。宋、元便是概而言之，它包括宋初，也包括五代（五代一共 50 年，许多人活到宋初）。如按陈先生的讲法，《历程》至少要扩大 10 倍以上，但那也就不是该书了。而且，难道中国绘画艺术就只有两个高峰？明清绘画虽然我评价不高，但也可以有"高峰"，虽然《历程》未讲。讲艺术史则应该非常具体地讲形式、结构、笔墨、色彩、线条、布局等等的变迁、承继，像陈先生那样仅用"刚性""柔性"等抽象词语来立论"高峰"，倒不大像艺术史家了。

三、我讲六朝、唐的山水，主要根据敦煌壁画（审美欣赏必须依据作品）。相传为顾恺之的《洛神赋》《女史箴》摹本中的山水树木与敦煌大体一致，与我所征引唐代《历代名画记》描述也大体一致。我不能仅仅根据陈先生所引的画论中的某些记载，来作审美评说，来大讲当时山水如何如何。（陈先生文中所征引的画论我也读过，似还不及《历程》第九章开头引述的"峰岫峣嶷，云林森渺"八个字。隋展子虔《游春图》我接受专家考证乃后人伪作，见《历程》注。）因并无真迹可凭，我讲不出由它们的具体状貌情景所可获得的美感感受，便不好乱说。《历程》只是欣赏书，只能从作品立论。但我也充分考虑了上述画论中的一些记载，所以措辞多用不确定的"变化似乎不大""似应在中唐前后"等等，留有余地，等待艺术史家专门研究后的定论。当时并无定论，现在有否，我不知道。我离开这些领域，不看这方面的书、文，已20年了。遗憾的是，一些人（不止陈先生）在未弄清美学与艺术史颇有区分的状态下对《历程》作了许多这种猛烈抨击。

四、什么是"文人画"？这概念也有争议，并不清楚。将赵孟𫖯作为文人画的领袖，我持怀疑态度。即按陈先生所引"上接六朝隋唐之脉，下开元明神逸之门"，赵也只是"开门人"而已。赵仍有院画余风，似以青绿为主，很难说是成熟了的水墨"文人画"，更无论"领袖"矣。当然，我于此只是门外汉，上述看法只是一种意见（opinion。《历程》也并未谈赵）。至于刘松年的年代问题，对我毫不重要，我常和学生说，黑格尔的哲学史对一些哲学家便不顾时代先后而只依逻辑叙说，刘、李（无论刘是否完全活在南宋或刘应排在李后）从画风欣赏看是连接南北宋，到马、夏便全属南宋了。《历程》全书未依生卒年来排比论述人物，亦此意。

再回到"文人画"。说王维或苏轼、米芾是它的"正式确立"者，说这"都是最基本的事实，不好否认"。我却的确不敢凭几句《画论类编》的话便说得如此斩钉截铁。因为王、苏、米的真迹一直是有争议和怀疑的。我如果像陈先生那样艺高胆大，却又讲不出具体的欣赏感受，从美学说，那不更要被人骂为"大笑话"和"常识性错误"了吗？

而且，从六朝到北宋、从宗炳到北宋，相距也数百年，陈先生到底把文人画"确立"在何时呢？看来看去，我仍看不明白。

我完全同意陈先生所说："关于文人画，是一个复杂的问题，不要说李泽厚不懂，甚至连一些美术史家尚未弄清，要说清这个问题，那就非要另写文章不可。"看来，这个"复杂问题"只有陈先生一个人懂了，要等陈先生的专文或专著出来才行。我保证拜读。

五、关于画上题字（诗），这是一个老问题。《历程》出版不久，蔡仪主办的美学杂志便用整版封面刊登了一幅题有大字的赵佶的花鸟画，配合专文批判我犯了"常识性大错"。敏泽在1990年11月10日《人民日报》发表长文批我时，也大讲了这一点（其实《历程》第二版已将"没有"改为"少有"）。我写作时是根据（未直接标出）清人王槩等《学画浅说》："元以前多不用款，或隐之石隙，恐书不精，有伤画局耳。至倪云林，字法遒逸，或诗尾用跋，或跋后系诗。"清人钱杜《松壶画忆》："画之款识，唐人只小字藏树根石罅；

大约书不工者，多落纸背。至宋始有年月纪之，然犹是细楷一线，无书两行者。唯东坡款皆大行楷，或有跋语三五行，已开元人一派矣。"东坡真迹至今未有确认，现存大量宋画中，据人统计，"题字作诗"者甚少，屈指可数，比例极小。《历程》重视的是画配诗所产生的不同的审美感受以及此种审美趣味与时代、历史的关系，认为元人诗配画的审美趣味与文人画的"确立"大有关系，是饶有意味的审美现象。我之提出画上题诗与否的问题，正是也只是说明社会审美趣味的变化。这变化，我认为是在元代文人画大发展时期，而不在宋代。画上题诗现象当然是就一般情况而言的，《历程》并不在意有例外的存在，因为这些例外并不足以影响或动摇我的上述关于当时社会审美趣味变化的论断。在此次回答中，我愿强调提出趣味史与艺术史的同异问题，并明确"中国美学史外篇"（即《美的历程》）应为审美趣味史而非艺术史。

六、《历程》也确有错漏。如陈先生所举出的"孔雀登高必先举左"初版漏"先"字，"刘李马夏"漏"马夏"。还有陈先生所没举出的，如"征夫怀远路"，"远"误为"往"，"泥上偶然留指爪"，"指"误为"印"，以及第二版"黄黎洲"误为"黑黎州"、"郭沫若"误为"浅沫若"等等"常识性错误"。该书当年曾因此遭到许多凶狠攻击，被斥为"学术水平极低"、"无处不错"、"书名即错"、"错误有数百十处"、"不应出版此种书籍"等等，却又几乎没人具体指出哪些错误。所以陈先生能具体指明，我是很高兴的，尽管陈先生所举并非错误。陈先生一开篇就说，"《美的历程》一书在理论上的正误我们姑且不说，单是那些属于基本史实的常识性错误就够触目惊心了，但详尽地指出其每一个史实上的错误那是足够我们写一本厚书的。"陈先生的篇末结语说，"这本书中理论上的错误以及史实上更麻烦的错误，我们还是有责任再指出来的。否则便会贻误青年。"可惜我等了20年，也始终未看到这"厚书"，未看到陈先生为挽救青年而"我们还是有责任再指出"的任何其他论著，《历程》却依然照卖不误，屡屡再版，仍在不断"贻误青年"，真是遗憾得很。

但该书初版也确有两处错误，一处由中国文学史家章培恒教授指出，误"蔡邕"为"蔡琰"；一处由我自己发现，误"郭璞"为"郭象"。郭象是我研究过的哲学家，不可能也不应该错，但就是写错了，并非手写之误。章先生在作此书书评时褒奖过分，并说蔡琰等处只是"小错误"，使我惭愧得很。所有这些错误均已在第二版中改正。

七、陈先生乃中国艺术史专家，陈先生所提文学史方面问题，我不回答了。因为问题太多太大。在写作中，我便想到了这点。拙作中大多数论点论断，包括对汉赋、陶诗、苏轼、《长生殿》等评论评价，以及不谈元曲等等、种种，均颇异前人旧作和当年定论，原想一定会遭到凶猛批评，因治文学史、懂得中国文学的人远比治中国艺术史的人多得多。自己当时如此这般也非故意立异为高，实乃为破旧藩篱而持之有故（各论点均有欣赏和文献依据）。不意

《历程》出版后，竟极少有人从文学方面进行指责。翻来覆去，指责得最多最凶的还是那个画上题诗问题。

八、《历程》小书十余万言，上下数千年，纵横数万里（从文学、各类艺术到历史和哲学），涉及人物、作品、事件、思想百十，自己并非专家（也不可能"专"那么多家），实不自量力，姑妄言之。该书初版于1981年，历年屡印发行，远非始料所及。所幸该书尚无大错，小错也不多，并已改正，更没有什么常识性错误。书中各项主题如雕塑、绘画、文学（诗、词、曲）三类型三境界说、两种盛唐说、楚汉浪漫主义、魏晋文的自觉、汉唐艺术比较、明清文艺思潮、龙飞凤舞、青铜饕餮（"狞厉的美"）等等等等，虽自矜属于创见，却可能贻笑方家。但均为美学欣赏，而非艺术概括，至今所有批评，也不足使我改变看法。

此次为王先生强逼回答陈先生的批评，亦因陈先生的批评具有一定的代表性：即"文革"时代的大字报、大批判余风难改，词锋凶厉，盛气凌人，大有一手扼杀《历程》于诞生之际的意思。当然，少年骄横，可以理解。我当年批评朱光潜也犯有下笔凶狠词语粗鲁之病，以后重印，总抱愧意力加删削。但20年过去，陈先生竟无所改进，收入文集不作任何说明或修改，使此态长存，则真不免有点"贻误青年"，令人惋惜。

但即使如此，我在这里仍要再次申言：《历程》这种"鸟瞰式的观花"，毫厘之差可能产生千里之失，仍望读者留意及之。本来,《历程》乃承乏之作,实门外文谈,并不敢敝帚自珍,流传谬种;世人错爱,愧何如之。谢谢王先生、陈先生,谨答如上。

2005 年 3 月 14 日于 Boulder, Colorado

# 读《陆铿回忆与忏悔录》

陆兄的这本书，在定稿前曾给我看过，并嘱我写篇书评。我当时刚到台北，并刚刚宣布"三不"（不讲演，不写文章，不接受采访），只好婉谢。如今我快离开台湾，似乎可以写点什么了。

但是，写点什么呢？自己却想不清楚。记得读陆兄书稿时，相当快速，好像是穷一二夜之力就通读完的。这当然是因为文章好，故事吸引人；同时恐怕也因为基本是同代人，某些事情一经提及，如第一次国代大会等等，当时的情景、气氛便又浮现眼前。虽往事如烟，却依然似昨，仍令人难以忘怀。然而，毕竟又时日如驶，物事全非，今日当年，恍若隔世。因此陆兄重新娓娓道来，揭其秘辛，时间的过去和现在似乎交融一片，真有如听白头宫女谈往年盛事，虽然亲切又不免感慨系之了。年轻一代不会有这种感受。这一点却更值得使人感慨：历史终将不断淘汰，被人遗忘，只剩下书籍典册中越来越陌生、越来越"中性"的僵硬史料；历史终究是历史，不再存在了。陆兄的书在这方面由于保存了许多第一手史料（如胡适竞选总统、与胡耀邦的谈话等等）无疑极具价值。

陆兄年事高，阅历多，交游广，而身体健朗如壮年，对这样的老人，我总不免有些好奇，想请教一些从人生经验到养生之道的问题。而陆兄的回答，便是他在书中所再三讲到的那句话："祸兮福所倚"。也就是祸福常相倚转，而难以预测的道理。本来，人就生活在纷至沓来的各种偶然性之中，现代人生，尤其这样。人生中的很多事情，其利害、得失，其价值、意义，并非一目可以了然或一时可以论定。它们每每因缘相继，祸福相随，陆兄以自己坎坷而丰富的一生不断验证着这一点。

正如书中所记述，如果陆兄不是克服各种困难，执意亲去昆明接夫人，就不曾有二十二年的囚禁而备受苦辛，几乎饿死，但如果不去昆明，当然会顺利地转来台北，以陆兄新闻记者的身份而"初生之犊不畏虎"，如此亢直敢言，恐怕在五十年代就会被送往绿岛而一命呜呼，又岂能有今日？又如，当年捋虎须揭露蒋宋集团的贪污大案，闯下了几乎有性命之忧的大祸，结果却履险如夷，反因此而年轻即名满天下，为后来铺下锦绣前程。此外，如青年时代由湖北去云南得到各种"吉人天相"式的意外支援，如关进监狱反而保全了自己的性命，如此等等。当然，最为惊心动魄的还是那件因"狱吏"叫错号而差点被枪毙的"故事"。如果不是鼓足勇气去"拒绝死亡"（对好些人来说，常常可以是事已如此，分辩无由便糊里糊涂地接受了死亡），陆兄早就成了一名屈死鬼。

但是，那位并未叫错号而被枪毙的，不也仍然是屈死鬼么：一个并无过错的好人，只因上级设组命名的偶然而被当作反革命处死，不也是十足冤枉么？只不过屈死的形态和曲直有所不同罢了。世上屈死的鬼何其多也。偶然性的捉弄人，何其残酷和悲惨？！

活着不容易。人生是如此地不确定，偶然性是如此地强大和捉弄着人们，究竟什么是人生的真谛，如何估量生活中的得失、是非、祸福，从而主动把握住自己的一生，不是值得好好思索一番的么？海德格尔常问："存在是什么？"存在不就是这个么？不只有在对命运（也就是人生偶然性）的询问、探索和行动中，才能充分体会海德格尔之问么？

这就是我读《陆铿回忆与忏悔录》的感想。信笔写来，已离题万里，尚请原谅。

1998 年

# 读《论语辨》

近日读白牧之、白妙子新著（1998 年哥伦比亚大学出版社出版）《论语辨》（Bruce Brooks & Teako Brooks：*The Original Analects*），深感此书乃继崔述以及亚瑟·韦利（Authur Wale）等人辨析工作后之空前力作，为数十年来所罕见，已有誉者称其"打破传统旧说"之"惊人成就"，将使中国古代哲学因之"重写"。

此书逐章翻译《论语》，引证近人著述，加以己意论评。另半则逐篇解析《论语》不断扩充增大之具体历程以及考证孔子家世、家族、弟子等等。此书认"里仁第四"前十七章（第十五章为后羼入者）为孔子死后最近原意的最初记录，其他则依篇次而下（置"学而第一"于"卫灵公十五"之后，"为政第二"于"子路第十三"之后，"八佾第三"于"先进第十一"之后）为弟子、弟子学派而特别是鲁国的孔氏家族不断扩充撰述，历时二百三十年（前 479—前 249）至鲁亡后始完成之结集。其中不但因时移世变，如经历封建制废除等等，使各种新旧观念纷然并陈，因而各篇章均大有歧异和冲突；而且还羼入墨家、道家、法家以及反对它们的各种观念，也包括儒家自身的不同学派的争论。如"子罕言利，与命与仁"（9.1章），素称难解，白书认为此乃后起之儒家崇礼学派反对先前之讲仁孔学而撰是语。又如"礼云礼云，玉帛云乎哉。乐云乐云，钟鼓云乎哉"（17.11章），素以为孔子语，白书认为此乃在鲁孔学为反对荀子而作。如此等等。其论颇繁，其文亦辩。

但这样一来，孔子以及其弟子们的言行既绝大部分为后人撰造，那所谓"孔子"也者，实际也就不复存在，虽考证出生卒家世，"孔子"亦只一空洞人名而已。从而，所谓《论语》乃"孔子对话录"之说，岂不纯属"本质主义"之虚构？因之，《今读》之作又岂不多余且可笑也哉？

唯唯否否。当然，如传统旧说所承认，《论语》一书并非当时记录，乃由弟子特别是再传弟子追忆而成，其中不乏后人羼入、扩展、修改成分，好些篇章也确有矛盾、出入、难懂、不可解之处。这些当然值得仔细推敲、比较和研讨，这对了解《论语》形成及原典儒学无疑大有裨益。

但是，"过犹不及"。如白氏此书竟能一气到底逐篇逐章敲定或推论出二百余年之准确年代、学派、编者、含义，貌似雄辩，实则证据薄弱，颇嫌武断。如以一章推定一篇之编成或年代，如以许多篇章属于针对墨、孟、荀、庄而发，等等，即如此。相反，如不带偏见而纵读《论语》全书，虽不难发现其中确有若干抵牾矛盾处，但总起来看，无论就思想、内容、文辞、风格、氛围、情境说，均仍同大于异，一致多于分歧。除少数章节，全书仍可融成一体，作为孔子言行之近真写照，较之其他著作特别是战国典籍（白书实际将《论语》一书视作战国著作），大有区别。因之，似仍如《今读·前言》所云："今日求考证出哪些篇章、言行确乎属于孔子，哪些不是，已极为困难，甚至不大可能（也许将来地下发现可有帮助），重要的是，自汉代《张侯论》以来，《论语》和孔子就以这样的面貌流传至今。"而这，正是《今读》的出发点。

《今读》与《论语辨》各有其译、注、记，二书亦有殊途同归之近似论点，如均揭示孔子颇重出仕参政，并非个体内圣之学；曾子学派则确有宗教倾向，等等。但分歧当然更大，如《今读》强调孔子以"仁"释"礼"、"礼""仁"并重，且与"孝"相连；《论语辨》强调孔子只提"仁"，"礼""孝"均后起，非孔子原意，等等。其主要不同在，《论语辨》重语录的具体情境性，《今读》重语录的意义普遍性；一为考据性分疏，一乃哲学性阐释；一吻合学术新潮，彻底解构《论语》，抹去作为中国文化符号之孔子形象（注：白书并无一语及此，亦未有"解构""本质主义"等字样词句，其所用方法仍为传统而非后现代的，料想作者自然反对这一推论。但我以为客观情况就是这样。此书与 Lionel M.Jensen 刻意解构孔子的后现代著作《制造儒学》一书，殊途同归而远为重要）；一律仍旧贯而力图新解以重建。确乎旨趣不同，方法有别，方向迥异。二者或应并行不悖，但究竟若何，不可知也矣。"后现代"时髦正炽，或亦能摧解《论语》于碎片。然耶？否耶？愿提请读者思量。

1998 年 4 月于 Swarthmore College

# 贺《女性人》创刊

我的最好的朋友都是女性。这倒不是要有意模仿萨特，说类似的话，而是我自己非常愿意记录下来的一种事实。女人之所以能成为最好朋友，大概是因为可以有各种超语言的交流。这种交流一般不会是学术问题的讨论，和女性常常无法争论，据理辩论也无用处，因为她们似乎从根本上便不大信任逻辑。不过，当对某一问题（也包括学术问题）彼此会心一笑的时候，或者毫不遵循逻辑却争辩得面红耳赤，甚至是气急败坏的时候，其交流的内容和包容的意蕴，便并不亚于甚或超过严密论证。有时还似乎可以达到某种"超越的"人生胜境。当然这种交流更多是在日常生活中，在各种各样的现实事务中。在这里，女性朋友似乎更坦率，更真诚，更可以信赖。而生活毕竟远大于学术。

生活之大于学术，我想，原因之一在于它的五彩缤纷，在于它有丰富的感性世界。女性是感性世界的当然主人。例如，我所知道的女性，当然也有一些例外，无不喜逛百货公司者。尽管不买东西，并无特定目的，或泛泛浏览，或挑拣细观，对她们来说似乎总是一大赏心乐事。如果买到某种称心的东西，一件衣裳，一个小物件……都可以使她们高兴好半天。开始我很难理解，只好勉强奉陪，但在她们那严肃认真专心致志的快乐中，我突然省悟到由这些满目琳琅的感性物件所获取的快乐，是一种人在真正生活着的快乐，是一种对感性世界的欢欣和肯定。女人绝不像煞有介事的男士们那么单调、干瘪和抽象。

最大的生活快乐之一，当然是性爱的快乐。不过这方面我又是蠢材。大概还是从小时候读小说开始，由于只见叙说男人强奸女人，不见女人如何强奸男士，便误以为性爱的快乐特别是生理快乐专属男人。这一直到很晚很晚，才知道女性之需要性爱以及那生理方面的强度、"力度"、兴奋度，也常常是男人所望尘莫及的。不过，由于种种原因，看来主要是社会原因，在千百年来以男性为中心的社会传统下，女人们的这种强烈的性爱要求和生理快乐的需求，被深深地压抑了、伤害了，甚至被埋葬了。它们牺牲在种种错误的观念、思想、礼俗、规范中，使很多很多女性（特别在以礼教著称的敝中华）一生也没有机会甚至不知道去实现或要求实现自己这种天赋的本性，女人似乎只是为了做妻子做母亲而生活着。从而，女性唤醒自己的性爱快乐，努力去取得与男性完全平等的性爱快乐的权利，似乎也可以作为女权运动的内容之一。特别是这方面在这几十年来大陆中文文献里，在中国今天的现实生活中，很少被人们所提到和强调。

女性对性爱的另一倾向，我觉得，似乎是非常注意和追求心理感受。男性逛妓院，专为满足生理需要，女性（至少一部分）似乎便不如此。记得一位朋友对我说，她所不爱的男人连碰她一下，她也不愿意，尽管可以是好朋友，即使是颇具性感的翩翩少年或魁梧壮士，尽管也动心，但并不像男人那样立刻产生生理上的（被）侵犯欲。她所爱的人，则尽管不漂亮，也愿老抱在一起。所说可能有所夸张，但那重视性爱的心理快乐方面却是无可置疑的。这似乎意味着，在女性性爱中不仅仅是感性而已，而且是感性中融进了某种理性的东西。但这理性又并不是那些可以认知的观念、思想、语言、标准等等，而是已经与感性水乳交融的直接存在，它与感性已是一个东西，所以才会是那说不清道不明的感受和快乐。难怪，在这里，在与女性的亲切交往中，在恋爱中，在做爱中，人们能够获得最温暖的和最堪回味的人生。而人生本义也由此而深沉地淀积着。这，不也就是美吗？不也就是某种"天人合一"的神秘吗？

理性积淀在感性中，与感性水乳交融，女性这一美的特征有时却又可以走向反面。年轻时候读《红楼梦》，不懂那么喜欢青年女性的贾宝玉却极端痛恨大观园里的老婆子们，总以为是后者不具备生理吸引力之故。后来才明白，事情并不如此简单。正因为女人是感性世界的主人，也喜爱和沉溺在感性世界中，于是，女性在人生路途中便经常容易由于各种有关现实利害的主宰、支配、扭曲而使她们的整个感性世界(兴趣、习惯、行为、情感、爱好……)变得庸俗、猥琐、无聊、凶恶和极端丑陋。我曾亲眼看见五十年代初好些天真无邪、热情革命的女学生如何一个个变成两面三刀、口是心非、阿谀逢迎、打小报告的李国香(《芙蓉镇》电影中最成功的形象),也看到过好几位革命几十年本该是光明磊落实际却奸巧阴险的"马列主义老太太"。所以,我所痛恨的人物中也有女性。

这是不是也算女性脆弱的一面,比男人更易受外在环境影响而让自己主宰的感性世界多所污染呢?从而,女人们如何能长久保护其本来是那么玉洁冰清如此丰足的感性世界呢?

愿女人们男人们的感性世界更健康、更深情、更欢快、更美丽。以此祝贺《女性人》的创刊。

# 情爱多元

一

记得我年轻时看高尔基的《克里萨木金的一生》第一卷末尾，那个女孩在第一次性经验时想，这就是朱丽叶所希望而没有得到的么？细节完全记不清楚了。但这一点似乎没忘记。当时我感觉她提出了一个很有意思的问题，即性与爱的关系、二者的共同和差别问题。

在现代，"爱"这种罗曼蒂克被一些人认为早已过时了，只堪嘲笑，因之强调的完全是性的快乐。性的快乐当然重要，它在中国长期遭到传统禁欲主义的过分压抑，值得努力提倡一下。而且性的快乐（做爱）也有人的创造，并非全是动物本能，如中国房中术、印度《爱经》所描述的种种姿态、花样。但它们毕竟不是人类心理发展的全貌。从整个文化历史看，人类在社会生活中总是陶冶性情：使"性"变成"爱"，这才是真正的"新感性"，这里边充满了丰富的、社会的、历史的内容。性爱可以达到一种悲剧感的升华，便是如此。同时它也并不失去有生理基础作为依据的个体感性的独特性。每个人的感性是有差异的。动物当然也有个性差异，但动物的差异仍然只服从本能以适应自然。人类个性的丰富性由于社会、文化和历史而远为突出，所谓"性相近，习相远"，"差之毫厘，谬以千里"，从而"新感性"的建构便成为极为丰富复杂的社会性与个体性的交融、矛盾和统一。

人有"七情六欲"，这是维持人的生存的一个基本方面，它的自然性很强。这些自然性的东西怎样获得它的社会性？像安娜·卡列尼娜、林黛玉的爱情，那是属于人类的。可见，人们的感情虽然是感性的、个体的、有生物根源和生理基础的，但其中积淀了理性的东西，从而具有超生物的性质。弗洛伊德讲艺术是欲望在想象中的满足，也正是看到了人与动物的这种不同。

## 二

五四新文化运动反对"三从四德"，提倡恋爱自由，反对守节"贞操"，完全正确，包括"破坏"传统一元的情爱观念、夫妻观念的功绩。一个活生生的生命，在丈夫死后，没有选择新配偶的权利，这还有什么对生命的尊重？一个妇女，结婚后情况发生了巨大变化，包括根本无法与丈夫相容相处，也包括上述丈夫死亡这种变化而希望嫁给另一个男人，展开情爱的另一页，这就不是一元，而是二元。所以离婚再嫁，也可理解，多元并不神秘。"从一而终""终身大事"都是在传统社会人际接触相对固定和观念极端狭窄的时代中形成的，在开放的现代社会中，生活接触面极大地扩展，男女产生恋爱的机遇和可能极大地增加，上述规则的失败理所当然。

对下一代男女便不可能用上述标准去要求或规范。他（她）们的性行为、恋爱经验会丰富得多。如果"度"掌握得好，这绝非坏事；相反，它使人生更充实、更丰富、更有意义。我对青年男女只提三条：一、不要得艾滋病；二、不要怀孕或使人怀孕；三、不要过早结婚。当然还有一个前提，这就是必须两相情愿，不能勉强对方。这看来似乎太简单，其实做到并不容易。当然，不要过早结婚包括不要早有小孩，美国未成年的妈妈成为一大问题，按中国话说，简直是"造孽"。

在中国现代作家中，我不大喜欢周作人，但赞成周作人特别尊重妇女的观念。我觉得所有的男人都应当尊重妇女，谁也没有什么特权，所以我对顾城杀妻特别反感：他以为他能写点诗就可以如此肆无忌惮、胡作非为，真是岂有此理，完全是罪犯。我认为他死有余辜，他倒聪明，自知不免一死而自杀，其实应由法庭判决他死刑才更好。但奇怪的是他死后居然有那么多人怀念他、讴歌他。我当年也称赞过他的诗，但我是"原则问题"绝不让步的。

我认为情爱可以多元，就是要堵塞这种暴虐。中国的帝王贵族，自己可以有三宫六院，妻妾成群，但不许妻妾有情人，一有迹象，则处以极刑。顾城不就是这种变形的暴君吗？值得惋叹的是顾妻，倒有情爱多元的襟怀，真情一片，牺牲一切，容得下英儿，却落得如此痛苦的死。没有对性爱的宽容，就不可避免如此。在这种观念下，自然是"寡妇门前是非多"，自然是"男女之大防"，自然是对隐私生活进行无休止的侵犯。过去和今天的一些伦理观念、道德准则其实质与顾城这种简单的"一元化斧头"来解决问题，相差不远。

<h2 style="text-align:center">三</h2>

"食色，性也"。关于食，研究得较多，财产制度、阶级斗争等等，都可说在"食"的范围内，但"色"的问题却研究极为不够。弗洛伊德开了个头，但太局限而且片面。在中国，更如此，以前连弗洛伊德也不让谈。其实人的性爱情欲，既不全是动物性，又不脱离动物性。我讲人类的"情本体"，就是说人的情爱，既不等于动物界的"欲"，也不等同于上帝的"理"。所以就变得非常复杂。

人是很复杂的。性，感情，爱欲，是很复杂的，既可以有精神度很高的爱，也可以有精神度不高甚至很低的爱，也可以并行不悖，特别男人更如此。男人对所爱的女人常常有性行为的要求，对不爱的女人也可以有性行为或性要求。女人似乎不同，女人对所爱的男人不一定有性的要求，对不爱的男人则绝对不愿意有性行为。这当然就一般来说，但这些问题都值得研究讨论。

人类的爱，特别是男女的情爱，总是包含着性、性的吸引和性的快乐。性爱中常常一方面是要求独占对方，同时自己又倾向多恋。男女均如此。这既有社会原因，又有生理原因。纯粹的精神恋爱，柏拉图式固然有，但究竟有多大意思，究竟有多少人愿意如此，我怀疑。没有性的吸引，很难说是男女情爱。但一般来说，人的性爱，又总包含着精神上、情感上的追求。人与动物的性爱之所以不同，就因为人的性爱不是纯粹的生理本能，而是人化了的自然，也就是人化了的性。这就是所谓"情"。"情"也就是"理"（理性）与"欲"（本能）的融合或结合，它具有多种形态，具有多种比例。有时性大于爱，有时爱大于性，有的爱扩大到几乎看不到性，有时性扩大到几乎看不到爱。总之，灵与肉在这里有多种多样不同组合，性爱从而才丰富、多样而有光彩。夫妇的爱和情人的爱，就不能相互替代。中国只讲夫妇的爱，认为此外均邪门；西方则要求夫妇之爱等于情人之爱，于是，现代离婚率极高，问题愈来愈严重。其实，可以有各种不同层次、不同比例、不同种类、不同程度、不同关系的性爱。我们不必为性爱这种多样性、多元性感到害羞，而应当感到珍贵。

性爱中有好些矛盾和悖论，如一开头讲的"独占"与"多恋"以及双方感情支付的不均衡等等，都不能用政治的或某种既定的先验模式、伦理道德来简单处理。顾城杀妻就是这种简单处理的一个极端例子。1993 年美国畅销小说《廊桥遗梦》描写一位始终忠实于家庭的妻子与一位路过的单身汉的爱情故事，那么狂热（包括性行为描写）和执着。那位女主人公对丈夫、子女、家庭的情爱与对男人的"真正的"情爱极为痛苦地并存，在现代的生活背景下颇为苍凉，作者似乎力图把它升华到一个近乎宗教感情的高度，使我感到有点回到 19 世纪的味道，这种浪漫和温柔，在实际生活中，特别是美国，恐怕少有了，但它是"畅销书"，大家仍愿意读它。为什么？

还想再重复一次，我说的"多元化"当然不只是对男性，对女性也一样。有人说男人多恋，女人单恋，这已为性心理学所否定。但对于性爱，男女的生理—心理需求也确有不同，一般可以感到，女子的心理需求较重，男人的生理需求较重，而不管男女，个性差异在这方面更是特别显著、特别重要。人的生理、心理、气质、爱好等等不同特点会充分表现在性爱上，自然（生理）和社会（如观念）不同结构的个性复杂性，都会在这里展现、表达，这更形成性爱的多元和复杂。美国不久前所爆出的妻子切割丈夫生殖器的著名新闻，大概也表达了女人厌烦、憎恨男人过多的生理需求，所以许多女士同仇敌忾支持这位割器的女英雄。所以不能强求一律。所有这些，都说明要慎重对待这一问题，并深入地进行研究，我不是专家，无法多说。

## 四

文学以情为本，离开妇女，文学就失去"本"的一大半。文学应当是最自由的，作家可以把自己对世界的感受、体验和认识作极端性的表述，所以我主张作家有各自独立的文学选择，而不必管各种社会观念的干扰；但是，如果要我作选择，当然站在易卜生这边，只是我也会像鲁迅那样提出疑问：娜拉走后怎么办？

情爱与文学艺术有各种不同的关系和情况。对于有些作家艺术家来说，性爱是创作的动力。例如毕加索，就在数不清的女人身上得到灵感。但也不一定都这样，达·芬奇一生独身，鲁迅的生活也相当简单。这里有巨大的个性差异，陈独秀嫖妓出名，胡适则并不如此。

有的婚后才华发光，托尔斯泰的《战争与和平》等巨著是在婚后安宁幸福中写成的。有的则相反，婚后贫病交加却创作出很好的作品。总的来说，作家在性爱上有更多的观察、思考和体验，其作品将会更加丰富。我反对婚姻与性爱上的随意性、不负责任和利己主义。但主张对性爱要宽容，不要太多地干预和指责别人的私生活，这不仅是对作家，应该包括所有的人。作家艺术家在这方面并无特权，如上面已讲的顾城事件。尽管作家艺术家因为更加放任情感，风流韵事似乎更多一些。

所以我说不能简单化地对待情爱这种复杂问题。鲁迅一生极其严肃。他以最大的力量承受旧式婚姻的痛苦之后，作婚姻方式之外的情爱追求，并不破坏倒恰恰完整了他的整个生活态度和人生观念。

《红楼梦》中的性爱有许多种，性与爱的比重各不相同，差距很大，所以很精彩。林黛玉、薛宝钗，包括王熙凤、晴雯、袭人等都是心理大于生理，贾瑞、贾琏等则相反。贾宝玉的性爱至少包括三个方面，一是未婚的少女；二是已婚的少妇，包括对秦可卿、平儿、王熙凤，都包含着性爱，只是分量的轻重不同罢了；三是对男性少年。宝玉的爱更多表现在他与少女的关系，而与已婚少妇的关系，性的分量似乎更重一些。可惜我们的中国文学，除了《红楼梦》之外，太不善于描写性心理了。

文学的性爱主题和性爱描写已经多元，但一提到现实上，大家还是感到很突然。其实今天的中国，实际生活包括性生活，特别是青年一代，恐怕已相当开放、多元，但就是不准公开说，不许研究讨论，这不好。

## 五

家庭关系和夫妇、亲子、兄弟姊妹的亲爱感情，是人类自己创造的极可珍贵的"人性"财富。这人性是由动物自然性经过理性化的提升而成的情感。孔子和儒学的根本价值也在于提出和强调维护这种情感和人性。儒家以此具有自然血缘纽带的家庭情感

1998 年，李泽厚一家三口于美国 Swarthmore 学院

和关系为核心，辐射为各种人际关系和情感，一直到鸟兽虫鱼林木花卉。"民吾同胞，物吾与也"，这也就是康有为《大同书》里的"去类界，爱众生"。康主张"去家界，为天民"，这也有其伸张个性和个人自由、反抗祸害颇为严重的传统家庭秩序的重大时代意义。就当今说，去家不去家，倒确实成了具有世界普遍性的现实问题。今日在欧美发达国家，家庭破碎，无家可归，单亲家庭已成常态，但我仍然以为，孔子和儒家的不去家但补充以现代个人的性爱和各种婚姻形态，可能是更幸福、更快乐的生活方式。康有为的"去家界，为天民"和儿童从出生后便公共抚养的"公养""公教"等等，包括柏拉图、恩格斯等人的去家思想，我不认

为是值得赞赏的人类前景未来。我以为中国传统讲亲情、讲人情等等可能反而是对世界文明的重要贡献。家庭是人类情感的一个基础方面,这也是我所谓情本体的具体呈现。

与此相关,夫妻之间就远不仅是性爱关系,而是长期朝夕生活所建立起来的相互支持、帮助、关怀、体贴、容忍、迁就等关系,和这种关系所产生的情感,它们体现在许许多多数不清说不尽的日常生活细节之中。看来似乎并不重要,但这就是真实的、具体的"生活"。日常生活也就是这些穿衣吃饭中的许许多多琐碎事情,夫妇之间在这些事情中的紧密关系和由此而产生或形成的情爱关系,是别人和别种情爱如情人的爱所不能替代的,这是双方在长期生活旅途中彼此给予对方的一种"恩惠",所以我常说"夫妇恩"。这种"恩"就是一种很特殊的情爱。我在课堂上和美国学生说,"爱"不难,要长期和谐地快乐地生活在一起,就不那么容易了。他(她)们都同意地笑了。

# 六

我主张有家庭,家庭的感情不是其他感情能代替的。但不是说人这一生只能爱一个人,只能跟一个人有性关系。我觉得可以开放些,男女都一样,可以有妻子和丈夫,也可以有情人。发现对方有情人就分手,我认为是很愚蠢的。情人的爱未必能等于或替代夫妻之爱。从性心理学上来讲,如前面所讲,都希望独占对方而自己有情人，女的也这样，男性更强，以前也讲过，这有族类生存竞争的生物学的进化基础，特别是女人有了孩子，她们的情感和心思主要都放在孩子身上，"男性更强"这点就更突出了。在动物界，为延续后代，男性需广种，女性可拒绝，于是男性便以健壮的身躯、漂亮的羽毛、强大的力量、优美的姿态以显示自己的保护能力来吸引女性；到人类，这些便转变成以财富、地位、权势、名声、才干以及身躯体格等仍无非是显示出众的保护能力和强势力量来吸引女人。总之，每个人的生理和心理情况不一样，自己选择，自己决定，自己负责。

"婚外情"是个很复杂的问题，很难简单地说"对""错"；婚外情的第三者一般也不该受谴责，男女感情只要是两情相悦，彼此相爱，不是出于金钱、权势等引诱逼迫等，那便是无可厚非的；当事人如果能妥善处理这个"三角关系"，那就更好。一些人可能对此点不赞同、想不通，想不通就想不通好了，也是一种选择。

人类的恋爱倾向有很多种，有的是自恋，有的是多恋，有的是单恋，有的是同性恋。比如同性恋，它是先天的或后天的？我以为主要是先天即基因决定的。以前，同性恋等于犯罪，今天同性恋的人数可能扩大，甚至可以结婚，但它绝不会成为主流，对人类来说毕竟是极少数，无伤生存延续的人类大局。

性爱和婚姻高度自由化，能使每个人在心理和生理上取得平衡和健康，有助于个性的全面发展，使人身心开阔和愉快。再强调一次：人就像树叶一样，每片叶子都是不同的，每个人的生理和心理结构也是不同的，他（她）应该了解自己的个性和需求，顺其自然地发展。同时，每个人都应该把握自己，去主动地选择、决定、思考、行动、创造和奋斗，努力追寻自己的快乐。

当然，婚姻自由化并不是指不负责任或欺骗别人的感情，相反，它反映了人类对爱情的处理态度越来越理智、成熟和自觉，不需要再靠结婚证书、道德规范、法律制裁去维系感情。

## 七

女人都该生孩子和抚育孩子，因为这是女人最大的情感快乐，做妈妈的快乐和幸福远远超过其他包括事业、成就、与丈夫或他人情感关系的快乐或幸福，放弃这个最大的快乐和幸福，我以为是非常可惜的事情。女人可以没有婚姻，但是女人需要孩子。本来，生儿育女便是女人的重要生物本能，社会性渗入后，对孩子的爱更成为长久甚至永恒的爱。母爱最无私最伟大，不是被公认吗？女性常常比男人有更坚韧更强大的献身精神，不是说"街垒战斗中，战斗到最后一刻的一定是一位女人"吗？我常想这很可能与无私的母爱有关。所以女性应该认可、接受、欢庆大自然赐予自己生孩子这个生物本能。

我看到一些美国女教授、女科学家，有事业，有很大成就，但没有孩子，我总为之惋惜，我以为这是巨大的损失和遗憾。当然，我也看到许多女人有了孩子之后，就没有成就，没有其他，也没有自我。这的确可能是缺失，女人也应该去寻找除孩子外的自己的生活价值，但我仍然认为生养儿女是女性最大的伟业，它一点也不低于男性任何伟大的事业。在这里，我愿与某些女性后现代主义者唱反调。

2017 年

# 苍白无力的理想主义

《明报月刊》一再索稿，叫我谈谈二十一世纪教育问题，再三推辞已说不过去，但我确实没有什么新话可说。因此我想，与其复述多次讲过的意思，似不如干脆节录些旧作，重申一下自己不被人注意或一向被人轻视甚或嘲笑的某些看法：

这可能是唯物史观的未来发展方面之一，不仅是外部的生产结构，而且是人类内在的心理结构问题，可能日渐成为未来时代的焦点。语言学是二十世纪哲学的中心，教育学——研究人的全面生长和发展、形成和塑造的科学，可能成为未来社会的最主要的中心学科。这就是本文的结论。而这，也许恰好就是马克思当年期望的自然主义＝人本主义，自然科学和人文科学成为同一科学的伟大理想。(《康德哲学与建立主体性论纲》，原载《论康德黑格尔哲学》，上海人民出版社，1981 年)

　　我们可以把人类的侵犯性和野蛮的、非理性的行为视为受压抑的动物性本能的残留，但更应注意它们与起源于社会、物质实践和群体活动的文化和社会行为相渗透相融合的方面，在这个意义上，教育就显得尤其重要。

　　教育不能狭义地理解为职业或技能方面的训练和获得，如在今天世界各地特别是在资本主义社会里那样。教育的主要目的是培养人如何在他们的日常生活、相互对待和社会交往活动中发展一种积极健康的心理。现在我们还有五个工作日，身处农业和不发达地区的人们承受着更为过量的工作。如果有一天全球都实施了三天工作制，情况就会大不一样。到那个时候，人类会做些什么呢？这是一个关系到我们未来的严肃问题，教育课题会极为突出。我们必须对此加以思考。（《与 F.Jameson 的对谈》，《世纪新梦》第 218 页，安徽文艺出版社，1998 年）

　　我在《批判》《提纲》两书中提出了工具本体与心理本体，特别是所谓"情本体"，以为后现代将主要是文化—心理问题。马克思主义所强调的经济乃社会存在、发展的动力这一基本原理仍然正确，但随着自由时间的增大，物质生产之受制约于精神生产也愈趋明确。从而社会存在决定社会意识的理论便太简单了。社会心理、精神意识从来就有其相对独立性质，在今日特别是在未来世界，它们将跃居人类本体之首位。这即是说，工艺（科技）社会结构的工具本体虽然从人类历史长河上产生和决定了人们的文化—心理结构，但以此为历史背景的后者，却将日益取代前者，而成为人类发展和关注的中心。这就是我所认为的："历史终结日，教育开始时。"教育不再成为其他事务（如培育资本社会所需要的各种专家，培育封建社会所需的士大夫），而将以自身亦即以塑造人性本身，以充分实现个体潜能和身心健康本身为目标、为鹄的，并由之而规范、而制约、而主宰工艺（科技）—社会结构和工具本体。这样，自启蒙时代起到马克思主义止的理性主义的基本线索，亦即作为今日资本世界最高准则的科学主义、个人主义、自由竞争等等，便将规范在一定限度内而不再任其无限膨胀，从而也避免激起其反面之反理性主义、神秘主义、纵欲主义等等的恶性回应。这就是我结合中国传统所提出的"新的内圣外王之道"，也就是我所谓"经过马克思而超越马克思"的"西体中用"的"后马克思主义"或"新马克思主义"。（台湾版《我的哲学提纲》序，三民书局，1996 年）

　　……孔学儒家的"学"，主要指现实的实践行为，而非书面的诵读研究。因此"学"在《论语》以及在儒学中有广狭两义。狭义才指"行有余力则以学文"的"学"，即指学习文献知识，相当于今天的"学"：读书、研究等等，孔门当然也非常重视。但整个讲来，孔门更强调的是广义的"学"，即德行优于知识，行为先于语言。关于道德（行为）与知识（语言）的关系，可与希腊哲学和苏格拉底相比较其异同，本读各章均将提及这一问题。这也就是我以前提过的是"太初有为"还是"太初有言"的问题。（《论语今读》第36页，香港天地图书公司，1998年）

凡此种种，还有许多，不必再录。因为所有这些"乐观的"话语，大概只是苍白无力的理想主义的"迂腐"空论，被人轻视，理所当然。以功利主义为主要基础的现代高科技的飞速发展，对人文教育的冲击，负面大于正面。我相当悲观。人文教育、人文学科无论在基本观念、"指导思想"、格局安排、教材采用、教学方面等各方面都日渐沦为科技的殖民地。人也愈来愈严重地成为一半机器一半动物式的存在者。怎么办？不知道。作为人文工作者也只能发些空喊。也许，从个体闲暇时间将大量增多的远景看，这些空喊会产生意义和影响。但在目前，则不过是精卫填海、杯水车薪，无济于事的。

（原载《明报月刊》1999年6月号）

# 谁之罪？

　　五六年前，偶尔和朋友们说起，二十一世纪上半叶，伊斯兰可能是世界最大问题，我担心犹太人再遭浩劫。1999 年 2 月，在由亨廷顿做主题讲演、有瑞恰·罗蒂等参加的一次学术会议上，我宣读的英文文章说："许多可怕事件在民族主义、宗教极端主义或原教旨主义的旗号下发生了，它们经常是盲目情感—信仰和理知专制的混合物。专制的理知用上帝、耶稣或真主的名义号召人们残酷地战斗。""也许明天，在穆斯林和基督教的可能冲突中，具有实用理性和宽容传统、具有众多人口的中国文明能扮演一个和解人和调停者的重要角色。"（此文收入美国科罗拉多学院编的文集内）但我对基督教和伊斯兰教素无研究，也不熟悉，只是这么直觉地提了一下。

　　可万万没想到，所谓"文明冲突"的悲剧竟这么快地从天而降。两座钢铁巨楼，轰然倒下；数千无辜性命，灰飞烟灭。举世惊骇，我也目瞪口呆。

谁之罪？当然是恐怖分子之罪，也是 CIA 和 FBI 的失职：连这么精心策划、长期准备的行动，竟一点信息也没打听到。但是，罪责就止于此么？

基督教和穆斯林世界的怨恨冤仇可谓久远。我中学时代就知道十字军东征，也知道横跨欧亚、西至西班牙的伊斯兰的大帝国。到今天，为"基督教文明"特别是美国支持的以色列仍在巴勒斯坦杀进杀出，结怨极深，究竟如何了结？

十年前，我去过伊斯坦布尔，观赏了这两大宗教在那里的好些遗迹。记得当年总的印象是，与自己在书本中获得的信息相当一致：十字军的残暴罄竹难书，而伊斯兰则远较宽容和善良。这使我联想起当年美国军队对待本土印第安人那阴险狠毒、背信弃义、赶尽杀绝的桩桩事件。很明显，所有这些都不过是假耶稣之名行掠夺之实，与基督教教义并不相干。

著名人类学家 C. Geertz 二十年前针对伊斯兰在印尼和摩洛哥的不同，写过重要著作。伊斯兰世界也是形态不一、五色斑斓的，今天一定会有更多差异或发展。听拉丹的号令、以战死为荣耀并坚决身体力行的伊斯兰极端分子，大概也只是"一小撮"。尽管这"一小撮"并不小，但距离真正伊斯兰教义确是既远且小的了。

看来，以济世救人为怀的所有宗教，都到了该重新反省和审视自己全部教义的时候了，该注意自己的教义、名号、格言、启示如何和为何会被曲解和误导。那近三千个生命，那一个一个又一个多么生动、多么活跃、多么具体、多么完满的生命，其价值、其意义、其地位、其内容、其分量,岂是这十几个"视死如归"的"圣战勇士"(用中国人的话则是"亡命狂徒")的所谓"宗教精神"或"伦理价值"所能比拟、匹敌、平衡于万一。

我那篇英文文章在结尾时说:"事实上,真正的冲突总来自经济—政治的利益,但常常掩盖在文化、宗教、民族的旗帜下……如果我们不把任何宗教性道德(例如基督教或伊斯兰教)或传统文化(如'美国式民主')作为普遍真理或超验价值……就在逻辑上和现实中都难以证明文明冲突的必然性。"

仍然是那句话:谁之罪?当然是恐怖分子之罪。但罪责仅止于此吗?各个方面不都有值得重新检讨、研究和反省的问题么?特别是中民族主义之毒已深的某些中国网民那种幸灾乐祸的可耻态度,不也值得严重关切和研讨么?

(原载《明报月刊》2001 年 11 月号)

# 文明冲突的调停者

全球化首先是由经济或物质生活带动的。我不大赞成有些人所说，是美帝国主义政治文化的侵略之类的理论。全球化之所以不能抗拒或"大势所趋"，不在于超级大国或跨国公司如何阴险毒辣和厉害，当然也有这些因素，但主要在于全球化能令大多数人民生活有所改善。因为全球化是与工业化、现代化连在一起的，现代化使大多数人的整体生活素质有所提高。尽管它也迅速地和极大地造成了贫富悬殊和各种异化，但两相比较，前者毕竟还是主要的。二十年来的中国情况就是如此。

我经常举欧盟的例子。欧洲本来是非常多事的地方，两次世界大战是在那个地方开始的，马克思号召的无产阶级国际革命指的也是那个地方。但是一百多年后，资产阶级、管理科研人才、知识分子却联合起来，排除了语言、文字、文化、宗教种种歧异和矛盾，通过全民投票，实现了经济上的多元统一，十分了不起。可见，历史的前进、社会的推动，不是靠革命，而是靠不断的改良。领导前进的也不是群众，而恰恰是知识阶层和资产阶级。

当然，历史总是在悲剧中行进，任何进步，总带来很多负面因素，如道德堕落，"人心不古"，如自然环境的破坏。物质生活的趋同，也带来精神生活的趋同，传统文化不可避免地将有所丧失，汉堡包、牛仔裤、迪斯科、好莱坞无处不有，电影压倒戏曲，流行音乐胜过古典音乐，如此等等。当然也不会全部丧失，特别是深层的东西，相反，它可以在全球化、现代化过程中创新，以保持自己的特色。

例如，中国没有像犹太、基督或伊斯兰那样的宗教，便是这种文化的深层特色。中国的神明是非常世俗的，关帝、妈祖等等都是由人而神的，没有那种唯我独尊超验的绝对权威性。中国宗教信仰着眼于现世的幸福，求神拜佛是为了家宅平安、消灾祛病，不只是拯救灵魂。对死后的期望，也是希望跟现世一样，从远古的明器到今天的冥钞，都希望死者仍能享受人间的生活。孔子不是神，梁武帝把佛教定为国教，唐代佛教地位很高，孔子在佛陀之下，也没有什么不可以。不像上帝或安拉、基督或先知，不可以降低一点地位。中国有烈士，有许多志士仁人慷慨捐躯、为民喋血，但大概很难有为关帝或孔子去自杀献身的，也许中国人过分讲求实际效用了。但不僵硬地执着于非理性的特定信仰，乃是中华文明一大优点。

有学者说，中国要现代化，非要学习基督教不可；也有学者说，要有伊斯兰教的殉教精神。我以为恰恰相反。注重现世生活、历史经验的中国深层文化特色，在缓和、解决全球化过程中的种种困难和问题，在调停执着于一神教义的各宗教、文化的对抗和冲突中，也许能起某种积极作用。所以我曾说，与亨廷顿所说相反，中国文明也许能担任基督教文明和伊斯兰文明冲突中的调停者。当然，这要到未来中国文化的物质力量有了巨大成长之后。

中国文化有很大的包容性、变通性和坚韧性，很注重人的主动性。天地人三才，人可以参天地赞化育，这在许多宗教是不可思议的，人怎么可以做上帝的事情呢？中国人很勤快，强调坚持不懈的韧性奋斗，即使在逆境中也相信只要努力，便可"时来运转"。所以重视经验的合理性，不依靠和强调超验的上帝或先验的理性，历史意识非常强。我想这种种深层文化的东西，应好好了解，对优劣做一些分析，对中国现代化物质文明的发展而言，是很好的思想资源，而且未来也能在全球化的国际文明中起某种作用。例如中国文化中的阴阳观念，既不同于波斯誓不两立的明暗、善恶，也不同于西方的对立、冲突，它强调的是矛盾互补。中国文化中人的地位很高，另方面又非常尊重甚至崇拜自然，并不是人类中心论。人类中心论恰好是从神至高无上、以神为中心发展出来的。今天，将中国深层文化的这些观念应用到现实层面，例如在环境保护和工业发展的问题上，在对待贫富分化问题上，等等，都非常有用。

又如全球化问题，既为大势所趋，便应积极对待，但又要允许反对声音充分表达，以有益于及时处理各种危机和问题，允许两种力量、两种意见并存，做良好的互动，通过"度的艺术"取得平衡，以有益于社会的稳定和发展。这不是依靠绝对的神明、先验的理性，而是从具体实践总结出来的经验合理性，即实用理性。它如能渗透政治、经济、社会等各个方面，便可以使中国在物质生产以及文化发展上不必步西方的后尘，走出一条自己的路，进而影响全世界。

（原载《明报月刊》2002 年 5 月号）

# 思　想

佛知空而执空，道知空而戏空，儒知空却执有，一无所靠而奋力自强。深知人生的荒凉、虚幻、谬误却珍惜此生，投入世界，让情感本体使虚无消失，所以虽心空万物却执着顽强，洒脱空灵却进退有度。

# 历史在悲剧中前行

历史在悲剧中前行，人们很少理解和理会这一点。"这一点"倒是我一二十年来非常关注和反复申说的。

## 以感伤主义观察历史是浅薄的

人类从动物开始。为了摆脱动物状态，人类最初使用了野蛮的、几乎是动物般甚至凶残远超动物的手段，这就是历史真相。历史并不在温情脉脉的人道牧歌声中进展，相反，它经常要无情地践踏着千万具尸体而前行。战争就是这种最野蛮的手段之一。原始社会晚期以来，随着氏族部落的吞并，战争越来越频繁、规模越来越巨大。中国兵书成熟如此之早，正是长期战争经验的概括反映。"自剥林木（剥林木而战）而来，何日而无战？大昊之难，七十战而后济；黄帝之难，五十二战而后济；少昊之难，四十八战而后济；昆吾之战，五十战而后济；牧野之战，血流漂杵。"（罗泌《路史·前纪卷五》）大概从炎黄时代直到殷周，大规模的氏族部落之间的合并战争，以及随之而来的大规模的、经常的屠杀、俘获、掠夺、奴役、压迫和剥削，便是社会的基本动向和历史的常规课题。暴力是文明社会的产婆。炫耀暴力和武功是氏族、部落大合并的早期宗法制这一整个历史时期的光辉和骄傲。所以继原始的神话、英雄之后的，便是这种对自己氏族、祖先和当代的这种种野蛮吞并战争的歌颂和夸扬。

战争经常是推动历史进步的重要因素，但哀伤、感叹和反对战争带来的痛苦、牺牲，也从来便是人民的正义呼声。《诗经·采薇》等篇很早就表示了这种矛盾。杜甫的《兵车行》、"三吏三别"，两方面都对，这才是悲剧性。其实黑格尔早就讲过，冲突两者都有合理性才构成悲剧。人类在悲剧中行进。

康德说："上帝的事业从善开始，人的事业从恶开始。"黑格尔和恩格斯也说过，恶是"推动历史发展的杠杆"。文明通过暴力、战争、掠夺、压迫、剥削、阴谋、残酷、滥杀无辜、背信弃义等等来斩榛辟莽，开拓旅程。大英雄、大豪杰、大伟人也经常是大恶棍、大骗子、大屠夫。"窃钩者诛，窃国者为诸侯；诸侯之门而仁义存焉"。就人类说，历史经常在这悲剧性的恶的事业中发展前行；就个体说，从古至今，幸福与道德也很少一致。

许多看来是限制、奴役、强制的东西，如权力、工具理性等等，作为异化的某种形式或某个方面，从历史来看，却是合理的、必要的、重要的。我多次说，用浅薄的感伤主义和人道主义来观察、解说历史，是抓不住要害的。

## 历史与伦理的二律背反

我曾以庄子那个反对用机械灌溉以节省人力的久远故事，来作为这个历史悲剧的最早序幕。庄子不但尖锐而深刻地揭露"窃钩者诛，窃国者为诸侯"，而且认为"有机事者必有机心"，要求彻底废除文明，回到"山无蹊径，泽无舟梁""民知其母，不知其父""与麋鹿共处"的母系社会的原始阶段。当然，不止庄子，历史上好些批判近代文明的浪漫派思想家们，从卢梭到现代浪漫派都喜欢美化和夸张自然（无论是生理的自然，还是生活的自然），认为"回到自然"才是恢复或解放"人性"。比起他们来，庄子应该算是最早也最彻底的一位。因为他要求否定和舍弃一切文明和文化，回到原始状态，无知无识，浑浑噩噩，无意识，无目的，"居不知所为，行不知所之"，"生而不知其所以生"，像动物一样。庄子认为，只有那样，才能得到真正的幸福。

但历史并不站庄子这一方。从整体来说，历史并不回到过去，物质文明不是消灭而是愈来愈发达，技术对生活的干预和在生活中的地位，也是如此。尽管这种进步的确付出了沉重的代价，但毕竟带来的正面贡献更为重要，使人类日常生活即衣食住行性健娱大有改善，并由少数人群扩及多数甚至整体，历史本来就是在这种文明与道德、进步与剥削、物质与精神、欢乐与苦难的二律背反和严重冲突中进行，具有悲剧的矛盾性；这是发展的现实和不可阻挡的必然。正像当年马克思、恩格斯论述过的资本主义在历史上的进程那样。因之，庄子（以及后世一些批判文明的进步思想家们）的意义，并不在于这种"回到自然去"的非现实的空喊和正面主张，而在于揭发了阶级社会的黑暗，描述了现实的苦难，倾诉了人间的不平，展示了强者的卑劣。

重复一下，正由于历史经常以恶为杠杆，在污秽和血泊中曲折前行，因此这种哲学的价值就在于，它宣示必须与历史文明行程带来苦难现实相对抗、从而追求不计利害因果、"知其不可而为之"的反抗意志和牺牲精神。这种精神由于对现实黑暗和权威／秩序的英勇斗争，在形成和培育人们的道德意识、正义感情、公正观念上，具有伟大的、光辉的、独立的意义，而为人们所世代承继和不断发扬。这就是拙著中再三提及的"伦理主义"，并以此来构建人们的心灵，从而推动历史。当然，渗透了暴力和黑暗的权威／秩序却又仍然在推动着文明，其中也包括改善社会生产和人们生活，这也就包含在我所讲的"历史主义"中。历史与伦理并不一定同行，常常是在二律背反的悲剧中行进。

数千年来，科技（生产力的核心）作为人们物质生活的基础，的确带来了各种"机事"和"机心"，这也就是各种社会组织和思想智慧，从而也带来了各种罪恶和肮脏。特别是二十世纪空前发展的科技和组织，带来的正是最大规模的犯罪和屠杀。揭露、谴责这种历史"进步"带来的各种祸害和罪恶，如环境污染、贫富悬殊、人心异化、核能杀人等等，早已满牍盈筐。但一切高玄论理和道德义愤似乎无济于事，历史和科技依旧前行，今天克隆牛羊，明日"制造人类"。我常说，坏人杀好人或好人杀坏人不算悲剧，好人杀好人才算悲剧，即双方均有正义性和片面性，历史与伦理的二律背反将这一特点突出得最为尖锐。这其实黑格尔早就说过，只是后人没能充分认识和展开讨论。

在中国，道家早就宣称天地乃中性，并不仁慈；人世更险巇，必须装假。它不像儒学那样去傻乎乎地建构一个有情宇宙观或本体论来支撑人世秩序（纲常礼教）和人生目的（济世救民）。道家冷静观察了人事变迁的历史轨迹，知道它是"恶的事业"；包括"仁义礼智"，也只造成灾难祸害，从而充分揭示荣辱相因、胜败相承、黑白相成、强弱相随等等辩证关系，强调人们应主动掌握它、运用它。所以它是行动的辩证法，而非语言或思维的（如希腊）辩证法。

今天中国的现实也正沉重地肩负着这个二律背反在蹒跚前行。百年中国为进入历史的现代阶段，真是千辛万苦，曲折艰难。回首当年，洒尽志士仁人们的头颅鲜血，难道是为浸透肮脏的全球资本在中国生根发展，开辟道路？今日白发苍苍行走不便的老干部，当白天面对豪华酒店林立、酒色狂欢，夜晚想起当年陕北窑洞、太行土屋中的艰苦情景，会不会感慨历史而竟如此？"纵然是齐眉举案，到底意难平"？更重要的是，如何走未来的路呢？回到

"纯洁的"四、五、六十年代去？"前进"到贫富更为悬殊的"发达"社会？中国现代化道路中的历史主义与伦理主义的二律背反，正以怵目惊心的形态展现在今日人们的面前。

## "艺术地处理之"

我提出这二律背反，整三十年了，一直被人批判，但我坚持认为这是个很重要的问题：既是历史事实，也是现实情况，这无可避免，从而如何使两者有一定的调解，就显得很重要。

如何调解？我认为，只能适时适地"艺术地处理之"——这十五年前在报上作为大字标题发表过，也就是在二律背反的悲剧进程中，强调主动掌握和创造出不同时期、不同层次、不同方面、不同具体情况的各种合适的"度"，以对待、处理效率与公平、放任与控制、发展与污染、建设与拆迁等等问题，使这个进程的悲剧性减少至最低限度，甚至泯合两者，这在历史上也曾有过。"度"的复杂性和灵活性往往体现在这种时候。这不是抽象的理论争辩，而是具体的行动方略。这就要靠制定和执行政策的人的理性、智慧、责任心和同情心了。一方面发展经济，物质改善，另方面悲天悯人，仁民泽物，使历史感伤和人道感情范导"度"的把握与建立。这就是"政治艺术"，它需要政治家、舆论界和学者们共同把握和商讨。另一则是融合"太上立德"的中国传统回归康德，突出伦理道德有独立的绝对价值,而不同于黑格尔、马克思把道德归属于历史的伦理相对主义。个体小我也将在这里更加显出自己的光辉。所以仍以儒家为主线,吸收道家和黑格尔、马克思等等,来主动把握和积极展开人类历史的行程和命运。所有这些,正是我的实用理性和历史本体论哲学的推演。

历史在悲剧中前行以及如何可能摆脱,涉及伦理、政治、宗教(如原罪、根本恶 radical evil )诸多问题,只能以后再说了。

2017 年

# 世纪新梦

人只能活一次，于是活像一个梦。究竟是庄周梦蝴蝶还是蝴蝶梦庄周，梦的后面到底是什么，好像是个说不清的谜。但"梦醒了无路可走"的痛苦，却是人间情感的真实。不仅中国如此，而且处在世纪末的世界，似乎也有此问题。世界往何处去呢？

毛泽东说，"我欲因之梦寥廓，芙蓉国里尽朝晖"，但那个乌托邦式的社会工程之梦，从苏联、东欧到中国，都以不同形式动摇了。同时，在西方，福柯（M.Foucault）宣称理性乃监狱，德里达（J.Derrida）要求一切均解构，罗蒂（Richard Rorty）强调当下才真实，杰姆逊（Jameson）解说"后现代"是无深度、无意义、无中心……总之，这个世纪末是一个无梦的世界。没有过去与未来，只有此刻的游戏和欢乐。但是，没有梦想、没有意义、没有魂灵的欢乐，还会是一种人的欢乐吗？人活着，总有梦，人特别是那些为人类制造幻梦的知识分子，又如何能活呢？尽管梦中有痛苦，有紧张，有恐怖，但也毕竟有希冀，有愿欲，有追求。梦是人活下来的某种动力。今天，这个涂满了空前的血与火、填塞了空前的苦难与死亡，同时又是空前的科技进步和物质发展的 20 世纪已快过去，黄昏终于来临；那么，是不是可以允许在这深暗的黄昏中，再做一次梦呢？我们可不可以梦见智慧的猫头鹰已在起飞去迎接 21 世纪的黎明？

为什么不可以梦想：这黎明——21 世纪将成为整体人类历史的一个根本转折点？康德两百年前认为，世界大同无法与独裁政体共存，世界和平只能由众多的民主共和国共同努力来使之实现。马克思百年前认为，经济才是社会发展的根本杠杆，它推动整个世界走向政治、经济的一体化。这不都是"梦"吗？但具有讽刺意味的是：不是阶级斗争和社会革命，而是科技和经济生活本身（也就是孙中山说的所谓"人民的生活、社会的生存"）；不是既定配方的斯大林式的"社会主义"，而是颇为灵活的各种"资本主义"，在推动着世界经济的迅速增长，在不声不响地却不可逆转地实现着经济上的 international（国际化），尽管还有国家、地区之间的矛盾、冲突和争斗。

与此同步行进的是，政治上各种独裁政权正在土崩瓦解，联合国的作用开始增大，世界政治也日益国际化，尽管令人担忧的各种民族主义又在多处抬头。

21 世纪初的李泽厚

但人类一体化、世界一体化是不可避免的了。任何国家、地区以至个体想"遗世而独立"是不大可能了。工具本体和物质生活的这种一元化（同样的钢铁、石油、家用电器、塑料制品、超级市场……），倒恰好分外要求心理本体和精神生活的多元化。也许只有这样，才能努力走出那异化的单调和恐怖？在富有自由、机会和选择，同时即意味着偶然性不断增大、命运感日益加深、个体存在的孤独和感伤更为沉重的未来路途中，追求宗教（或准宗教）信仰、心理建设和某种审美情感本体，以之作为人生的慰安、寄托、归宿或方向，并在现实中使人们能更友好地相处，更和睦地生存，更健康地成长，不再为吸毒、暴力、罪行、战争……所困扰，是不是可以成为新梦中的核心部分？不再是乌托邦社会工程之梦，而是探求人性、教育、心理本体之梦，从而也是询问和研讨"自然的人化"和"人的自然化"之梦，大概必须在衣食住行高度丰实富足的 21 世纪，也才可能真正被提上日程？

那么，在中国，在东方，承继和阐释传统可不可以为这个梦做些某种贡献呢？"自然的人化"和"人的自然化"是不是可以作为中国传统的"天人合一"在现代的阐释呢？

人所共知，中国传统强调"人与天地参"。天大，地大，人亦大。哲学可以"为天地立心"，把人的存在与天地的命运连在一起。这与康德所说"文化—道德的人"是自然的最后目的（参阅《判断力批判》§86）相当接近（参阅拙作《批判哲学的批判》）。

但这并不是人类中心论。恰好相反，"自然的人化"和"人的自然化"强调的不是人与自然的对抗和征服，而是人与自然和谐统一，重视自然成为人的自然和人"回到自然"去。这不仅是环境保护问题，而且还是人的生活态度、生存方式、身心健康以及人如何与大自然的韵律、节奏、秩序相呼应相同构等问题。

同时，这不是反对科技、抛弃文明、否定理性的浪漫主义，而恰恰是承认并肯定站在现代科技带来物质生活的巨大进展的基础上，来阐释人与生活的重新统一。"回到自然"不是回到原始时代和动物世界去，"所谓人的自然化并不是要回到动物性去被动地适应环境；刚好相反，它指引超出自身生物族类的局限，主动地与整个自然的功能、结构、规律相呼应和建构"（拙作《华夏美学》北京版，第118页）。人能够超出它作为特定生物种族的局限，除了表现在制造—使用工具使自然人化之外，也可以表现在通过竞技、气功、艺术（例如中国山水画）等等来达到人的自然化。

你看，那中国山水画不就巧妙地体现着古代的"天人合一"吗？不是"人类中心"，人在那里是多么渺小，但如果没有他，那"自然"就真将是地老天荒、寂天寞地而毫无意义了。

总之，时代已走向多元，下个世纪更是多元的世界。在多元和解构中，我提出的三个问题是：（一）还可不可以允许有关于明天的梦想？（二）这个梦想可不可以不再是这个世纪的乌托邦社会工程而是心理工程，即关于人性、心理、情感的探索，从而把教育学放在首位？（三）从而，东方和中国的传统可不可以在这方面做出贡献？

我想强调的是，所有这些只是一种意见。它本身也可能"去如春梦了无痕"。但我希望，在与各种否定理想、否定梦、否定人性、否定前景的意见相对立中，它也有权利有能力作为一种意见生存下来，并竞争下去，别无奢望焉。

既然这样，与其"梦醒了无路可走"，又何不"还睡，还睡"，只要不睡得昏昏沉沉、糊糊涂涂、疯疯癫癫，为什么不可能祝愿：在重重噩梦、阵阵冷汗之余，再做一个甜美酣畅的清新佳梦呢？

　　也许太幼稚太乐观了。但不这样，又怎么办呢？日暮无时，强颜欢笑云耳？！

　　　　横滨"汉字文化圈"第3次国际讨论会发言提纲，1992年11月

　　　　　　　　　　　　　　　　　　（原载《21世纪》总11期）

# 答赵汀阳问

**赵**：李老师，这是我们做的联合国教科文组织"中国当下的哲学偏好"的调查，想请您简单地评论一下。先就哲学问题调查这一项来说，有没有什么是出乎您的意料的？

**李**：我没有做什么预期，所以也谈不上出乎意料。能不能说说你的预期是什么？

**赵**：我没有想到真理问题会被选为第一。

**李**：我的看法和你一样。中国不存在真理问题，把真理问题排在第一，这是西方式的，很明显是受了西方哲学的影响。真理问题始于符合论，中国没有这样的问题。

**赵**：您如何解释中国没有符合论？

**李**：这和我所说的巫史传统有关。中国人认为，道是有人来参与的，人的地位很高。中国的天道和人道是一个道，人可以参与到天的律令中去。这个调查结果对我来说并不奇怪，参加问卷调查的很多是大学生，这 100 年来，西方的真理观已经深入到我

们的哲学教学和一般常识中。在西方，真理从古希腊到现代都是
一个核心观念。

赵：还有些奇怪的是，必然和偶然、因果关系这样的问题也
排在前十位里。

李：这说明中国还没有后现代。（笑）

赵：请您解释一下。

李：必然和偶然、因果关系，这是标准的现代问题，后现代
会觉得这很可笑。在量子力学里有测不准原理，古典因果就很难
讲了。不过到现在，这个问题始终没有解决。"文明或文化的冲突"
也在前十位，当然大家会关心这个问题了。不过严格地说，它不
是哲学问题，而是历史问题。

赵：您再看看后面那些补充的问题，是答卷人自己填的，有
什么发现没有？

李："关于生物（尤其是人）的科学解释与哲学反思解释"，
这个问题有点儿意思。大家提的问题不错，不过……有的没有什
么意义。

赵：有好多人提了宗教方面的问题。

李：宗教是个很重要的问题。我不赞成宗教，恰恰是因为它
重要。

赵：在哲学概念调查里，真理还是排在第一。

李：哦。还有存在、逻辑、知识，这都是中国过去没有的。
能看出答卷人书卷气很重。

**赵**：答卷人确实很多是学生，您怎么看出来的?

**李**：我感觉是生活经验少，有一种学院气息。

**赵**：再看看他们自己提的那些概念。

**李**：（看问卷）没有感觉很特殊的。性、身体、暴力、后现代都没有被选进前十位。说明他们读的书是古典的。他们也没有选中先验，这是很西方的概念。

**赵**：这个概念虽然也很西方，但比较难，或许很多人对这样技术性强的概念还没有足够兴趣。如您所分析，答卷人既然受到西方的很大影响，却没有看重先验，这是否说明什么地方有问题?

**李**：中国传统文化非常缺乏这一想法。我也承认先验这一概念难以把握，很多人可能没有弄懂，所以没有太注意它。

**赵**：现在我们来看看哲学家调查这一项。

**李**：前十位里面没有你推崇的维特根斯坦！（笑）维特根斯坦在中国是不会得势的，20世纪70年代我就讲应该搞点儿分析哲学，这很有用，但是一直搞不起来（维特根斯坦的哲学和分析哲学有区别，但分析哲学可以说来源于他），在中国，海德格尔的影响就很大。海德格尔的哲学有激情，容易受中国人喜欢。中国传统里纯思辨的东西少，情感性的东西多一些。上面的那个概念调查，逻辑排在第三位，我觉得挺奇怪的。中国人最不讲逻辑了，写文章不怕自相矛盾。尼采排在第九位出我意料，马克思排在第十一位也很不错了。我不喜欢尼采，尼采受年轻人喜欢。黑格尔在《小逻辑》中讲，年轻人有两个特点：一、对什么都不满意；二、

李泽厚（左）与自己的学生，中国社科院学部委员赵汀阳在饭桌上交谈

总以为自己最了不起。尼采能够满足这两个特点。每个人都有年轻的时候，所以尼采会不断有人喜欢。海德格尔比尼采深刻，但为人我非常讨厌。他谈生死问题、人生意义问题，中国人当然会喜欢。海德格尔在中国是显学。但维特根斯坦在这里没有被选上还是不公平的。

**赵**：2000 年《时代周刊》评的 100 个世纪人物，只有一个哲学家，就是维特根斯坦。不管维特根斯坦了，您也来排十个哲学家怎么样？大家会很关心您的意见。

**李**：怎么排？我不同意中国和西方一起排。把白菜和油菜摆在一起是不行的。

赵：那您就分开排。

李：中国哲学嘛，孔子、庄子、老子、荀子、孟子、韩非、王弼、慧能、朱熹、王阳明；西方嘛，康德、休谟、马克思、柏拉图、亚里士多德、黑格尔、笛卡儿、毕达哥拉斯、杜威，就加上海德格尔吧。不过我越读他（海德格尔）的东西越觉得有问题。他后期的文章不自觉地陷入语言游戏。这是我的个人意见。这些人只对我个人有意义，每个人可以有自己的选择，所以不是什么可以普遍接受的标准答案。

赵：那么，对于并且仅仅对于您来说，最重要的哲学问题是什么？

李：人类命运问题。我有世界主义倾向，不仅关注中国人的命运，也关注人类的命运。当然，中国人口占世界四分之一，解决中国问题，对人类有重大意义。

赵：对于并且仅仅对于您来说，最重要的哲学概念又是什么？

李：还是命运。但它能成为今天的哲学"概念"吗？恐怕不能。但我仍然认为，命运，也就是人（人类和个体）的"立命"问题，应是哲学的核心。

（原载《年度学术 2004 年》，中国人民大学出版社）

# 士兵哲学

## 对明天的悲情与盲目行动

存在主义高峰已过去，但是从世界意义上看，海德格尔到现在为止还是影响最大的哲学家之一。海德格尔在中国则是显学，海氏谈生死问题、人生意义问题，中国人当然会喜欢。

海德格尔影响最大的作品是《存在与时间》，简单化地通俗概括一下，就是提出了个体死亡的问题，把西方的个人主义从哲学上突出到了极点。个体的死亡是真正切身的无可替代的本真，只有对死亡的自我警觉，才会有生的激情，才会突显出自我选择、自我决断的重要。这确乎很震撼，且具有普世性。尽管海德格尔用的语言非常抽象，但强调指明了，你的生是在不断走向死，明确体认这一点，生才能成为有意义的生，本真的生，其他的东西都是非本真的。海德格尔把一切都剔除出去，用现象学的办法"搁置"起来，使这个"本真"成了空的深渊，"在深渊边上徘徊"是很可怕的事。

读《存在与时间》有一股悲从中来、一往无前的动力在。无以名之，二十余年前我名之曰"士兵的哲学"。

海德格尔通过死亡来体验生的意义，所以我说他的哲学公式与孔子相反，孔子是"未知生，焉知死"，海德格尔则是"未知死，焉知生"。海德格尔被纳粹任命去做校长，在政治上自觉地衷心拥戴希特勒，并无疑义，但这还是表层的方面，更重要的是海德格尔哲学本身的问题。他的哲学充满生命激情，有吸引力，即对生存的执着，对明天的悲情与盲目行动，我说他的哲学是士兵哲学正是指这一面。

这种哲学提示你，人必然要死，面对这一未定的必然，人要赶快行动，要自己抉择，要决断未来，这才是真实的存在。日常生活、常人习俗，都是非本真的存在，只有摆脱平常的生活时时刻刻用行动去把握未来，才是本真的生活，才是真实的存在，这一点与老子、庄子和禅宗并不相同，尽管海德格尔，翻译老子，还讲过禅宗（经铃木大拙介绍）所说正是他要说的，好些中国学者也如此认为，我颇不以为然。海氏哲学的危险是中国哲学所没有的那种盲目而强厉的冲动性。

## 构成了一个空洞深渊

例如，"存在"（Being）这个大概念在海德格尔那里到底是什么，众说纷纭，包括海德格尔自己也从未说清楚过。我以为有一点至为重要：与时间有关联，海德格尔的 Being 并非纯精神性的，它具有强大的现实物质性能和动态样状，却又总是那样的不确定。在我看来，它成了上帝神秘性和生物生命性某种独特的结合，也是基督教和尼采的奇异统一。我以为这是关键所在。Being 通由 Dasein 而敞开、现出，Dasein 是意识到那死的无定的必然而由"烦"（"何时忘却营营"）而"畏"（"出郭门直视，但见丘与坟"），除去了一切世俗的"非本真""非本己"之后，"本真本己"与上帝的会面，便构成了一个空洞深渊，客观上便会要求物质来具体填充。海德格尔哲学导致了纳粹填补深渊的合理性，"去在"（Dasein，"此在"，我译为"去在"。但约定俗成，我仍常用"此在"）的生命激情成了罔顾一切只奉命前冲的士兵的牺牲激情和动力。海德格尔反对高科技的现代化，希特勒也反对平庸的资本主义，并以种族、国家、集体名义扼杀个人。海德格尔的哲学后来竟充满个体献身国家、集体的激情，个体的"去在"（"此在"）成了人民的"去在"（"此在"），这个强调个体的哲学，走向了反面。

当"二战"高潮期，海德格尔哲学曾一度被希特勒官方指责为对生死无所谓的虚无主义，是反对逻辑的纯情感哲学，"畏"是怯懦。这当然是巨大的误解。在 1943 年海德格尔发表《形而上学是什么？》之"后记"中做了回应。1943 年是德苏战争最为激烈紧张的生死关头，回答官方的浅薄指责，海德格尔强调"不容任何计算"即不容逻辑认知、对利害考虑的一己存在者的告别、牺牲，正是把自己转让给"存在"，才真是维护真理、本质、存在。这是从哲学根本上给正在酣战中的德国士兵以鼓励、歌颂和"打气"，深刻地赞扬他们面对死亡那一往无前的自我选择和决断明天。海德格尔在上世纪二十年代所提供的充满情感的死亡进行曲，在这个时候，便历史具体地奉献给希特勒了。"血与土"（Blood and Land）终于成了纳粹与这位壮健农夫的结合点。它悲情满怀（知道我必然要死），一往无前（不容计算地自我选择和决断），在"先行到死亡中去"亦即在进入无中去体验存在。对人生意义做这种"本真本己"即除去与他人共在的绝对自我的追求，实际是将这一高蹈的精神性注入原始物质冲力中。由于空洞总要被填补，又否定存在与伦理学相关，于是"先行到死亡中去""先行到无有关联的可能性中去"的Dasein，可以使人在特定环境条件下，成为客观时间历史中某种反理性实践的一往无前的冲锋士兵，以作为面临这无底深渊的现实出路。

近偶读到一本书，其中说到"在第二次世界大战的各大战场上，盟军在打扫战场时经常可以从德军士兵的尸体上发现海德格尔的头像以及他的《存在与时间》，这些纳粹士兵或许最能理解海德格尔的向死的哲学"（刘国柱《希特勒与知识分子》）。我上述哲学抽象判断竟有如此巧合史实，颇出意料，为之愕然不已。

海德格尔是无神论哲学。Being 有"神"的阴影，却不是神。因此，如果不能依归于神，便也可以走向游戏。"未知死，焉知生"

在战争时期可以是满怀激情无所计算地向前冲行；和平时期便也可以是无所计算地服药狂欢，唯当下快乐是务。由海德格尔走向后现代颇顺理成章：人生、自我均已化为碎片，便不必他求，当下人生即可永恒，此刻快乐就是上帝。从尼采、海德格尔的无神论往下一转，便是今日后现代的彻底虚无主义。海德格尔一再说，"畏把无敞开出来"，"万物和我们本身都沦陷于一种冷漠状态之中"，"在畏中，存在者整体变得无根无据"……

## 以"情本体"消化和填补海德格尔

因之，海德格尔之后，该是中国哲学登场出手的时候了？

我以前讲，虽然海德格尔喜欢过老子，但不应拿老子来附会类比，而应由孔子即中国传统来消化和填补海德格尔，让哲学主题回到世间人际的情感中来，让哲学形式回到日常生活中来。以眷恋、珍惜、感伤、了悟来替代那空洞而不可解决的"畏"和"烦"，来替代由它而激发出的后现代的"碎片""当下"。不是一切已成碎片只有当下真实，不是不可言说的存在神秘，不是绝对律令的上帝，而是人类自身实存与宇宙协同共在，才是根本所在。

海德格尔把本真和非本真分开，那是个错误。中国哲学恰恰强调的是，本真就在非本真中，无限就在有限中。海氏一定要两分，那就是问题，他只强调自我选择、决定、决断、走向明天，但怎么走呢？怎样选择和决定？他没说。所以，我一直认为海德格尔政治上的问题，还是次要的，主要是他的哲学本身，很容易被邪恶的力量所利用。

以中国的"情本体"消化和填补海德格尔，就是要想一想，你选择什么，决断什么。不要怕被批评为"非本真"，也别怕被说成"浅薄"。因为：第一，人是被扔入的，不是自己选择被生下来的，而生下来就有一种继续活的欲求，这是动物都有的本能，无法逃免。第二，人活在一个"与他人共存"即与他人共同生活在这个世界上，这就是"日常生活"。它是"非本真"，也即是"本真"，就看你如何对待。"情本体"也就是追求日常生活的生物欲望中渗透、融合理性。人的本能力量是极其强大的，"色胆包天"，今日欧美神父丑闻（侵犯幼童）便如此。但将它们人化，便使这强大的"欲"变得丰富、复杂、多样的"情"。即使包括"理性凝聚"的道德能力，也必须有人性情感的特定助力才能实现。"以美启真""以美储善"都在揭出有非语言、非理性所能控制和囊括的重要人生奥秘，"不汲汲于富贵，不戚戚于贫贱"，"水流心不竞，云在意俱迟"，也并不是理性命令，而且是情感性的人生态度、生活境界。因之所谓"情本体"也就在这日常生活中，在当下的心境中、情爱中、"生命力"中，也即在爱情、亲情、友情、故园情、人际温暖、漂泊和归宿的追求中。加缪在《鼠疫》中说过："人是一种概念，脱离了爱情，这概念极短促。"只有这种多样化的生活、实践、情爱，才能使人把握偶然性，消除异化，超越死亡，实现有血有肉的个性本身，并参与建立人类心理本体。我想，这也就是填补海德格尔的空了。其实，也就是重视生命本身，重视日常生活，把日常生活本身提到哲学的本体高度，心甘情愿地回归我们普通的日常的人生。

海德格尔写过一本讲康德的书，好些康德专家严厉批评海乃误解和歪曲，海坦然回说：这样更好，是一种对话。我对海的这种看法也可能会遭同样的批评，我也愿作同样的回答。

当然，这"消化和填补"也许还很难被理解？也许，需要的是编造一套西方哲学的抽象话语，否则就不算"哲学"？……是耶非耶，我不知道。

2017 年

# 哲学需要论证吗?

## 提纲不一定比专著差

我不以为要去构建一个无所不包的形而上学新理论,哲学是科学加诗,用过于清晰的推论语言和知性思辨未必能真正把握哲学的精神,正如用理性来论证上帝的存在(已为康德所驳难)、用理论来解说诗一样,既不可能,也没意义。它们只成为解构的对象。哲学既只是某种对命运的感受和关怀,它只提供某种观念或角度,并不需要去构建人为的庞大体系。从形式说,我不大喜欢德国那种沉重做法,写了三大卷,还只是"导论"。我更欣赏《老子》不过五千言。《论语》篇幅也远小于《圣经》,但它们的意味、价值、作用并不低,反而可以玩味无穷。我也很欣赏禅宗那些公案,你能说它们没有"体系",没有巨著,就不是哲学吗?从这两方面,我都认为哲学只能是提纲,不必是巨著。

　　我的好些文章都写得相当"粗"，都是提纲式的，很多就是提纲稍加充实拿出来发表。我喜欢先画出一个粗线条的轮廓，先有个大致的框架，以后有时间和机会再去"工笔重彩"，细致描画。"先立乎其大者，则其小者不能夺也"。

　　对微观研究我是有兴趣的，自己开始就是做谭嗣同、康有为的《大同书》等微观研究，遗憾的是没有坚持下去，但至今与宏观论著相比，我仍然更喜欢看那些材料翔实、考证精当、题目不大而论证充分的文章，搞研究写文章也主张先要专、细、深。但治学之法有多途，各人宜择性之所近。我后来采取宏观的方向和方法，主要是因为对当时好些大的理论框架，很不满意。一般说来，宏观勾画在突破或推翻旧有框架，启发人们去进行新的探索，给予人们以新的勇气和力量去构建新东西，只要做得好，仍然是很有意义的。

　　"文革"中我拟了九个提纲，本来想变成书，结果提纲变成的还是提纲，由于主客观的一些原因，变不成书，真是抱愧又遗憾，我爱看书不爱写书。《己卯五说》里的五篇文章都是提纲，每篇都可以写成一本专著。我原来也是那样计划的，后来放弃了，原因一是时间不够，资料不好找；二是我认为，作为哲学著作，提纲也不一定比专著差，主要看所提出的思想和观念。恩格斯的《费尔巴哈论》的附录，即马克思的十一条提纲，不过千字左右吧，就比恩格斯整本书分量重得多，也重要得多。当然，写成专著，旁征博引，仔细论证，学术性会强许多，说服力会更大。我的这本书留下了许多空隙，值得别人和我自己以后去填补。如由巫而史而全面理性化的原典儒学的具体过程，如周公、孔子的关联，等等。2002年我出的《历史本体论》也才七万多字，本可以写十几万字。我觉得写那么多不太必要，虽然也许更符合所谓学术规范，但我想让读者自己去思考，留下更多的发现和发展空间，不也好吗？ 2004年的《论实用理性与乐感文化》也是我一贯的提纲性写法，只有六万字，本来我可以写六十万字，至少可以写十六万字，但是我懒。我的书从来便不是原原本本地传授一套套知识，而只是想对读者有一点启发而已。我希望能找到时代所需要的有价值的新东西。只要有一两句话能够引发人们去思考，我也就感到欣慰和满足了。

我发现自己写提纲时最愉快，因为是自己的"新意"，但铺衍成文章，核资料，做论证，特别是要写一大堆话，就觉得很不愉快了。所以常常是"因陋就简"，都是提纲，书中也多次如此交代。我对好些人每天必写（如冯友兰）很羡慕，但自己做不到。

## 晚年多采用通俗答问体

我反对故作高深。我对自己有两个要求：一是没有新意就不要写文章，二是不为名利写文章。从一开始就是这么规定自己的：别浪费自己的时间和读者的时间。几十年基本做到了。写文章要有新东西，发现别人没讲过或没讲清楚，或者发现了别人还没发现的问题、资料，等等，这才叫自己的研究成果。

无论读书或写文章，我非常重视单位时间内的效率，从不苦读苦写。我还以为，文章要写一篇是一篇，既不怕骂，也不自满。"文章千古事，得失寸心知"，既知得也知失，所以每次都抱着从零开始的态度。中国传统里一些经验谈，还是很好的，像"满招损，谦受益"，自满了就很难有进步。我作文是能减省一个字就尽量减省。我不欣赏现在"弯弯绕""团团转"的文章。"弯弯绕"是讲了半天，其实一句话就能讲清楚。"团团转"就是转得你头晕脑涨、天昏地暗，兜来兜去，最后仍然不知道在讲什么，读起来太费劲了。这不是什么"论证"，而是在做游戏，虽很符合所谓后现代的学术模式。

我倒宁愿自己更"过时"，更"古典"一点，能学当年英美哲学的清晰明畅而无其繁细碎琐，能学德国哲学的深度力量而无其晦涩艰难，我以为这才是中国风格、中国气派的承扬，很难做到，心向往之。

在文章材料的运用上，我讲有两种办法：一种是"孤本秘籍法"；一种是"点石成金法"，就是普通材料、大路货，大家熟见的，也不多，但讲出另外的东西来。陈寅恪治史，所用材料也是不多的。他材料看得极多极熟，但用的时候，只把关键的几条一摆，就定案。他主要是有 insight，洞见，有见识、史识。他的书常常并不厚，如《唐代政治史述论稿》《隋唐制度渊源略论稿》。你看一看那里的材料和观点，就清楚了。此外，他似乎随意讲的几句话，

2014 年 5 月，李泽厚（中）在华东师大开设伦理学研讨班。左为华东师大党委书记童世骏教授，右为杨国荣教授

也并未论证，也极有见识，极有分量，抵得上一篇文章或一本书。他的史识极高，有如王国维。王国维一篇《殷卜辞中所见先公先王考》，抵得上多少本书啊，太了不起了，有洞见！我的《美的历程》引的材料都是大路货，我当时是自觉这样做的，我就是要引用大家非常熟悉的诗词、图片、材料，不去引那些大家不熟悉的。大路货你讲出一个新道道，就会觉得更亲切。写的时候觉得这本书有意义，因为每章每节在当时都是特意"标新立异"，这可以拿当时的那些书籍文章来对照。

近年来，我的哲学论述多采用通俗答问体，可能让许多学人颇不以为然。其实，哲学本是从对话、答问开始的，属于意见、观点、视角、眼界，而非知识、认识、科学、学问。当然，也如我所说，难免简陋粗略，有论无证，不合"学术规范"。但有利总有弊。也许，利还是大于弊吧。《朱子语类》不就比《朱文公文集》更重要，影响也大得多吗？"通俗化"不是一个肤浅问题，它要求把哲学归还给生活，归还给常人。通俗答问体有好处，彼此交流思想，生动活泼，鲜明直接，并无妨深刻尖锐，不会成为高头讲章，不为繁文缛节所掩盖，使人昏昏欲睡。真正重要的东西，常常几句话就可以讲清楚，不必那么繁琐。

## 喜欢"要言不烦"这四个字

从而，哲学是不是需要论证？什么叫哲学"论证"？这都是问题。

休谟最有影响的不是《人性论》。这本大书出版后没多少反响，可能与他讲得太繁细有关。他后来写的《人类理解研究》，很薄的小册子，就很有影响，那本书相当好看，而且的确最重要，他要讲的主要内容都在里面，够了。《纯粹理性批判》很厚，可是厚得有道理，这是康德最重要的书，其中包含了后来发挥开来的许多思想。他的《判断力批判》也很薄。有关历史、政治的几篇论文，都不太长，但分量多重！黑格尔完全是从那里出来的。笛卡尔的《哲学原理》等几本书，都是很薄的，只有几万字，非常清晰，一目了然。霍布斯一本《利维坦》，贝克莱三本小册子，卢梭也是几本小薄书，就够了。杜威写那么多书，我看中的也就是《确定性的寻求》，如再加一本，是《艺术即经验》，其他的我都看不上。

再如维特根斯坦，此人不谈论哲学史。他跟海德格尔不一样，对哲学史没花功夫，基本不读。而且，他也不爱做"论证"。他有时是一两句话，说一个观点，就完了。如他说的："对于不可说的，只能保持沉默。"就一句话，没有论证。维特根斯坦的作品非常少，生前只出版了一本《逻辑哲学论》，极薄的书，却影响巨大，成了分析哲学祖师爷。

尼采也不论证。伽达默尔曾说，尼采不算哲学，康德、黑格尔才算哲学。那《老子》呢？《老子》篇幅那么短，观点一个接一个，玄之又玄，更找不到论证了。黑格尔认为：老子是哲学，孔子不是哲学。现在大都是把《老子》作为哲学看的。老子和禅宗，都不作"论证"。我在此重复问一遍：什么叫"论证"？哲学到底需不需要"论证"？你总不能说《老子》不是哲学、禅宗不是哲学吧？哲学主要是制造概念提出视角，如果它们是独特的，站得住脚的，那就可以了。哲学也并不一定要用西方那种"严密"的语言（如德语）和语言模式。而且"西语"也可以加以改变而"中用"。海德格尔说，只有德语才配讲哲学，我就不同意。

有些人有些书就写得太厚、太多。海德格尔的全集据说有一百卷，这实在太多了。除了极少数专家，恐怕没人也不需要有许多人去读。许多全集均如此。汤用彤《魏晋玄学论稿》才七万字，我以为超过了别人七十万字的书，他也是不作繁琐论证、材料堆集，几句话就把问题讲清楚了，尽管你可以不同意他的观点。汤用彤一生好像只出了三本书。牟宗三写了那么多书，我说可以砍掉一半，不会损害他的分量，余英时同意我的看法。

一个朋友谈过我的文章和方法，他说我用的是中国功夫里的"点穴法"：一是直击要害，二是点到为止。这倒的确是我想做到的。我一直喜欢"要言不烦"这四个字。《说巫史传统》开头说："所说多为假说式的断定；史料的编排，逻辑的论证，均多疏阔。但如果能揭示某种关键，使人获得某种启示，便将是这种话语的理想效果。"这可能就是我的追求了。

2017 年

# 人 活 着

　　哲学总是从最根本的地方、从所谓"原始现象"谈起，从头谈起。我认为，这个"头"，这个"根本"或"原始现象"，就是"人活着"这一事实。

　　其他的一切，如"语言""上帝""纯粹意识""客观世界"等等，都是派生的或从属于"人活着"这一事实的。

　　"人活着"便生发出或包含着三大问题：如何活？为什么活？活得怎样？

　　作为个体的"人活着"，是一种被扔进一个"与他人共在"的世界中的存在，但人又总是一个特定生物族类（人类）的一员而存活着，这不是个体所能选择和决定的。

　　这种"人活着"也就是日常生活、生活形式或社会存在。

　　可见，"人活着"的第一个含义是"如何活"。所谓"第一个含义"，是指"如何活"比"为什么活"要优先。也就是说，"活"比"活的意义"、非本真的存在比本真的存在要优先。因为只有"活着"才有"活的意义"的问题。

于是先要来察看人如何活。人活着必须食、衣、住、行，亦即人的生产—生活方式，其核心和特征是我十多年前即强调提出过的：以制造—使用工具为基础的群体实践活动，即人类学主体论，或亦可名之曰历史本体论。我以为，语言以及其他许多东西都是从这里生发出来的，所以，是使用—制造工具的活动而非语言，才是"如何活"的根本，才是"存在之家"，至今我仍然坚持这一点。语言的经络——语法、逻辑，便是从"与他人共在"（即群体生存的活动亦即人）"如何活"（首先又仍然是使用—制造工具）的需要和规范中生发出来，而成为律令的，它首先是伦理的，而后才成为认识—思维的。深奥的问题在于这如何可能，这种可能意味什么？

但"如何活"不能替代"为什么活"。我在另处说过，没有什么"科学的人生观"。知道了社会法则或群体要求并不就解决了"我为什么活"。人类主体性只是个体主体性的前提，却并不替代后者。

个人被偶然地生下来，抛掷在这个世界里，人生似乎很无聊。但人又是动物，有恋生之情（不会都去自杀），即使如何厌世、悲观、无聊，又还得活着。那为什么活呢？

回答"为什么活"，有各种各样的宗教信念、伦理学说和社会规范。有人为上帝活，有人为子孙活；有人为民族、国家、政党、他人活；有人为自己的名誉、地位、钱财、享受活；有人为活而活；有人无所谓为什么活而活……所有这些，都有某种文学艺术来表现，也都有某种理论、哲学来论证，但又都不见得能解决问题。为什么活？仍然是由你自己去寻求、去选择、去决定。特别是在明天，当"如何活"（人能活下来）大体不成问题的时候，为争取活而活作为"为什么活"的意义和动力（如"革命的人生观"）逐渐消失之后，这问题将更突出。

"活得怎样"则是"为什么活"或"如何活"在某种交融下的现实化形态。"活得怎样"当然不是指你的物质生活怎样，而是指人活在哪种"境界"里。如果说，"如何活"属于人类主体性，"为什么活"属于个体主体性，那么"活得怎样"则是某种无主无客、主客混同、浑然一体的人生—精神状态。

2020 年

# 便无风雪也摧残

奥古斯丁曾说，不问我，时间是什么似乎还清楚，一问，反而不清楚了（大意）。

海德格尔写了巨著《存在与时间》，但似乎也没有使人对时间更清楚了多少。

朱自清的散文《匆匆》里如此描写时间：

> ……我的日子滴在时间的流里，没有声音，也没有影子，……洗手的时候，日子从水盆里过去。吃饭的时候，日子从饭碗里过去。默默时，便从凝然的双眼前过去。我觉察他去的匆匆了……在逃去如飞的日子里，只有匆匆罢了……又剩些什么呢？

这只能使人感慨，仍然不知道时间是什么。时间问题始终是那么困扰着哲人、诗家，好像谁也讲不清、道不明。一般问人，人们看看挂在墙上的钟、戴在手上的表。这就是"时间"。"时间"是被人用来作为规范生存、活动的公共标尺，以维持秩序，按时作息，充满了"客观社会性"。

那么，时间便如此而已？

又不然。由于时间作为单一向度，与人的"是"、与人的生存直接相连。人意识到自己的青春、存在不再复现，由知晓那无可避免的死亡而意识当下，从而感受到"时间"。这"时间"好像混"过去""现在""未来"于一体。它不再是那墙上的钟、手上的表，那某年某月某日某时的客观标尺，而是我的存在自身。"在物中，我们哪儿也找不着存在"，"存在并不在时间中，但存在通过时间，通过时间性的东西而被规定为在场、当前"，"此在是时间性的，没有此在，就没有时间"。但是，也正由于对自己"此在"的珍视，知觉自己存在的"有限"，和追求超越此有限存在，便与"时间"处在尖锐矛盾以至斗争中，总想停住或挽回"时间"。"时间"在这里似乎成了希望自己不断延伸或缩短的情感意向。

客观公共的时间作为公共假定，是人们活动、存在的工具；主观心理的时间作为情感"绵延"，与个体有限存在血肉相连；从而既时有不同，也人有不同。有人悲金悼玉，叹惜哀伤；有人强颜欢笑，置之不顾；有人寻寻觅觅，无所适从。人在时间面前，可以丑态毕露。也由之而不断生产着各种宗教和各种艺术，以停住"时间"。

时间逼出了信仰问题。要不要信从一个超越时间的"神"？人是动物，生无目的，要超越这生物的有限和时间，便似乎需要一个目的。"神"当然是这种最好的目的，可供人存放生的意义。这"神"可以是另个世界的上帝，也可以是这个世界的某种永恒理想。或者，它也可以是某种个体心境或"境界"？总之，要求"时间"从这里消失，有限成为无限。这无限，这消失，可以是不断的追求过程，也可以是当下即得"瞬刻永恒"？

信一个全知全能、与人迥然异质从而也超越时间的神（上帝）？它超乎经验，也非理性所能抵达。理知止处，信仰产生；"正因为荒谬，我才相信"。这个彻底超有限、超时间，当然也超人类总体的"真神"，由它主宰一切，当然从根本上否定了"人类中心"。也就可以扔掉、摆脱、超越人世中由主客观时间带来的种种烦恼，无此无彼，非善非恶。这里不仅舍去肉体，甚至舍弃情感—灵魂。人的情感—灵魂在此世上已沾满尘垢，早被人化，舍去才能与神认同，才能摒去那由于与肉体相连而带来的客观时间的此际生存和主观时间的情感焦灼。不仅万种尘缘，七情六欲，而且包括"得救""救赎"之类，也属"凡心""俗虑"，最多只是归依于神的拐杖，并非归依于神的本身。

从而，宗教区分出许多层次和种类，从各种类型、性能的人格神崇拜到仅有某种主观体认的"终极关怀"，以及由正统宗教衰落而反弹出的各种"邪教"。它说明面向死亡而生存，亦即面向那不可说而又偏偏实在的"时间"，人追求依托，想做成对自己有限性的超越。而其力度可以如此之强大，以致尼采一声"上帝死了"的狂喊，便使整个西方世界惊骇至今。上帝死了，人自为神。但自我膜拜到头来可以走向个体膨胀的反面，引出法西斯和整个社会机器的异化极端。从这一角度说，这也仍然是人生有限的时间性问题带来无归宿的恐惧感而导致的深渊。

苏东坡词云："长恨此身非我有，何时忘却营营。"人的自我被抛掷、沉沦在这个世界上，为生活而奔波忙碌，异化自身，终日营营，忘却真己。纳兰词说："驻马客临碑上字，斗鸡人拨佛前灯，劳劳尘世几时醒？"也是同一个意思。但是，如果真正从尘世"醒来"，忘却一切"营营"，舍弃所有"非本真本己"之后却仍要生存，那么，这生存又是什么呢？那只是一个空洞。尽管人间如梦，悲欢俱幻，"小舟从此逝，江海寄余生"（前引苏词），也还要生。如果连这也除去（除非死亡，这除得去吗？），即除去所有这如梦如幻似的人生，除去一切悲苦欢乐，那又还有什么？不就是那空洞的无底深渊吗？这本是人生最根本、最巨大、最不可解的痛苦所在。所以中国人早就慨叹"闲愁最苦"，醒又何为？"还睡，还睡，解道醒来无味"。而总以佛的一切虚幻，不如无生为最高明。生必带来生老病死，无可脱逃。"畏之所畏，就是在世本身"，这就是"便无风雪也摧残"。

但"最好不要生出来"却仍是生出来的人的想法。想出"最好不要生出来"的人却又不能无生，不能都去自杀；相反，总都要活下去。这样，归根结底，又仍然是不仅身体，而且心灵如何活下去的问题。"担水砍柴，莫非妙道"，禅宗懂得人活着总得打发日子，打发无聊，以填补这"闲愁最苦"的深渊。所以不但让"本真本己"与"非本真本己"妥协并存，而且还合二为一，即不但打坐念经与担水砍柴并存，而且在担水砍柴中也便可以成佛，这就是使心魂达到"最高境界"。这"最高境界"让时间消失，存有不再，超出有限，逃脱摧残。

2002 年

# 明月直入，无心可猜

下面是三首诗词曲：

淮左名都，竹西佳处，解鞍少驻初程。过春风十里，尽荠麦青青。自胡马窥江去后，废池乔木，犹厌言兵。渐黄昏，清角吹寒，都在空城。

杜郎俊赏，算而今，重到须惊。纵豆蔻词工，青楼梦好，难赋深情。二十四桥仍在，波心荡、冷月无声。念桥边红药，年年知为谁生！（姜白石《扬州慢》）

山松野草带花挑，猛抬头，秣陵重到。残军留废垒，瘦马卧空壕；村郭萧条，城对着夕阳道。……问秦淮旧日窗寮，破纸迎风，坏槛当潮，目断魂消。当年粉黛，何处笙箫？罢灯船，端阳不闹；收酒旗，重九无聊。白鸟飘飘，绿水滔滔，嫩黄花，有些蝶飞，新红叶，无个人瞧。你记得跨清溪半里桥，

旧红板没一条。秋水长天人过少，冷清清的落照，剩一树柳
弯腰。……（孔尚任《桃花扇》）

　　秋来何处最销魂，残照西风白下门。他日差池春燕影，
只今憔悴晚烟痕。愁生陌上黄骢曲，梦远江南乌夜村。莫听
临风三弄笛，玉关哀怨总难论。
　　桃根桃叶镇相怜，眺尽平芜欲化烟。秋色向人犹旖旎，
春闺曾与致缠绵。新愁帝子悲今日，旧事公孙忆往年。记否
青门珠络鼓，松枝相映夕阳边。（王渔洋《秋柳》八首选二）

　　这都是人所熟知的名篇。诗、词、曲算全了。这里将它作为
一个例子，是因为它们的"主题"和情感非常接近，可说都缘起"故
国之思"引出的人生慨叹。
　　《桃花扇》写明代刚亡，异常沉重的哀痛伤感外露无余，也符
合"曲"的特征（参阅拙作《美的历程》）；姜白石是战乱之后，
南宋尚在，但"夜雪初霁，荠麦弥望，入其城则四顾萧条，寒水
自碧，暮色渐起，戍角悲吟，予怀怆然"（姜白石该词自叙）。但
这所谓的"黍离之悲"比之《桃花扇》，便婉约含蓄得多。王渔洋
则明亡未久，"黍离之悲"在政治高压的环境下，反倒裹上了一层
奇异的流畅轻快，变得迷离恍惚，却仍感慨系之。
　　感知、想象、理解、情感在这三诗词曲中的结构很不一样。拿"理
解"一项来说，第二首（《桃花扇》）最明白，指向的概念最清楚。

第三首（《秋柳》诗）则最不明白、最不清楚，却仍然极有风致。你讲不清、道不明那是什么，有感伤、有哀怨，但又那么轻灵快畅，不可捉摸。难怪此诗一出，和者哄起。这三首诗词曲近似而又大有差异的意义，在于它们在诉诸人们的情感感受中又在不断陶冶人的情感，使人的情感（情理结构）变得更为复杂、细致、丰富、深沉，即使同一情感、同一"主题"，仍可以有千差百异，可以去仔细捉摸、体会或领悟，这样也就发展了这情感本身。

这里并没有神秘天启，也不是灵魂超越，这里只是平常的人生情感和感伤，但同样可以是"我意识我活着"。它是不同于动物生理性的心灵成长。这种文艺现象，当然中外都有。但中国传统由于执着于此际人生，使这种种尘世的感伤、怀古、议政、惜别、思旧、忆故等等普遍生活和普遍情感，更突出地在琐细、多样中见深沉，于平凡、表面中出丰富。上面只是一个例子而已，一部《红楼梦》更是明证。

可见，所谓人性的塑造、陶冶不能只凭外在的律令，不管是宗教的教规，革命的"主义"。那种理性凝聚的伦理命令使所建造的"新人"极不牢靠，经常在这所谓"绝对律令"崩毁之后便成为一片废墟；由激进的"新人"到颓废的浪子，在历史上屡见不鲜。只有"以美启真""以美储善"的情感的陶冶塑造，才有真正的心灵成长，才是真实的人性出路。它必然是个体的，个性的，自然与社会相合一的。此处强调如果从日常生活即所谓"非本真本己"中完全抽离，个体心理将被掏空，便或容易为邪恶牵引，或沦为纯动物生理性的"存在"。看来，也许只有握住"生活意义即在生活本身"，即使前一个生活意义可以在个体自身生活之外，只要不陷入抽象"乌托邦"，仍然可以使心理趋向"本真本己"，趋向那超有限超时间的境界。一切都将消逝，你什么也挡不住、留不下，除了你独有的这份人世体验和心理情感。这一份存留在你自己心底的酸甜苦辣，却是有价值有意义的。不要轻视，不必低估。也许，只有它能丰富你的"此在"，只有它能使你感到自己独特的存在。在这里，西西弗斯的荒谬也可以成为激情。因此，"桥边红药，知为谁生"？答案只能是，"涧户寂无人，纷纷开且落"。不为谁生，也不为谁落。你（我）不再有此身，一切也仍将如旧。花自开，水自流。"月似当时，人似当时否"？当然不似。不似何妨？只要你生活过，你便可以心空万物而潇洒如故。

　　可解而不可解，此即人生。人总得活着，唯一真实的是积淀下来的你的心理和情感。文化谓"积"，由环境、传统、教育而来，或强迫，或自愿，或自觉，或不自觉。这个文化堆积沉没在各各不同的先天（生理）后天（环境、时空、条件）的个体身上，形成各个并不相同甚至迥然有异的"淀"。于是，"积淀"的文化心理结构既是人类的，又是文化的，从根本上说，它更是个体的。特别随着今日现代全球一体化经济生活的发展，各文化各地域的生活方式，以及由之带来的文化心理状态将日渐趋同；但个体倒由之更方便于吸取、接受、选择不同于自己文化的其他文化，从而个体积淀的差异性反而可以更为巨大，它将成为未来世界的主题。就在这千差万异的积淀中，个体实现着自己独一无二的个性潜能和创造性。这也许是乐观的人类的未来，即万紫千红百花齐放的个体独特性、差异性的全面实现。它宣告人类史前期那种同质性、普遍性、必然性的结束，偶发性、差异性、独特性将日趋重要和突出。每个个体实现自己的创造性的历史终将到来。

可见，"积淀"三层，最终也最重要的仍然是个体性这一层。它既是前二层的落实处，也是个体了悟人生、进行创造的基础和依据，是"我意识我活着"的见证。主体的人并没死亡，活在自己的"情—理"世界的心理构造里。如我以前所说，不同于"道""气""心""性""理"，"情"无体而称之为"体"，乃最后实在之谓，并非另有一在此多元之外之上的悬绝的存在或存在者。"情"是多元、开放、异质、不定、复杂，它有万花齐放的独特和差异，却又仍然是现实的。它实在而又空灵，正如我最爱的李白名句之一："明月直入，无心可猜。"

2002 年

# 有、空、空而有

　　犹太教、基督教和伊斯兰教都可说是"有"的宗教。尽管有天堂人世之分、灵魂肉体之分，但仍然非常重视必须由后者到达前者，即以此世间的事务、道理的正确履行和坚决维护，才可能上天堂，登彼岸。从而，这个世界仍然是非常实在的。伊斯兰的基本教义及历史实践证明这一点。基督教也是这样。它的基本教义和历史实践，尽管宣讲的是拯救灵魂，但无论政教合一的十字军或并不合一的救世军，无论或凶狠或热情，都非常重视在这个现实人世中作出事业功绩以回报上帝。它们并不以为这个世界纯属虚幻，相反，强调只有正确对待、处理好这个实在世界，才能拯救灵魂，进入天国。

　　与此不同，佛教则是"空"的宗教。尽管大乘佛教也以济世救人为要务为功业目标，但其根本教义，仍以这个生老病死的苦难世界没有意义，空幻虚无。色即是空，四大皆空。既然如此，又何必住心？"本来无一物，何处惹尘埃"。包括那敬畏、崇拜、狂热、爱恋的种种宗教情感，也并无意义，应该古井无波，才有真如可得。

不同于耶、佛，儒学吸收道、释之后，其特点成为人生虚无感与实在感的相互重叠、交融合一，即空而有。由于儒学不是真正的宗教，没有真正的宗教教义，这种"空而有"便表达和宣泄在各种形态和各有偏重的"人世无常感"的感伤情怀或人生意义（无意义）的执着探求中。

所谓人生无常的空幻感，如我在《美的历程》中所描述初唐时代的少年感伤，也如我在《中日文化心理比较试说略稿》中所举出的日本文艺和心理。后者因深受禅宗影响，心空万物而崇死如归，如樱花之匆匆开落，娇美傲岸。前者则如《历程》所述，尽管人生空幻，由于仍需活着，从而入世成长、卷进种种悲欢离合和因果环链中，其中又各有时代、社会的特定印痕在。在这里，人生无常感和虚幻感便与人生现实感和承担感经常相互交错混杂。其"有""无"负荷之间的关系变得极为错综繁复、深刻丰富。情本体的多元展开也就更为充分。

中国的诗词曲、山水画、私家园林、佛寺道院之不同于日本的俳句、山水画、禅境庭院；陶潜、杜甫、苏东坡之不同于初唐之刘希夷、张若虚，都是如此。而曹雪芹《红楼梦》，则将"色即是空，空即是色"即这个"空而有"的人生空幻和人生实在的混杂交融，抒发到了顶峰。中国诗歌对废墟、荒冢、历史、人物，对怀旧、惜别、乡土、景物不断地一唱三叹，流连忘返，却少有对上帝、对星空、对"奇迹"的惊畏崇赞，也少有对绝对空无或深重罪孽的恐惧哀伤，也没有那种人在旷野中对上帝的孤独呼号……所有这些正是这个"空而有"的情理结构的"本体"展现。它展现和宣说的是，这些事件、景物、人生、世界、生活、生命即使虚无空幻，却又仍然可以饶有意义和充满兴味。如果说，佛家抓住生死，以一切皆空来对待生，善恶同体，随缘度世，无喜无嗔；如果说海德格尔抓住生死，以赶紧由自己做主做点什么来对待生，执着于有，向前冲行，即使邪恶，也以为善。那么，儒家也抓住生死，虽知实有为空，却仍以空为有，珍惜这个有限个体和短暂人生，在其中而不在他处去努力寻觅奋力的生存和栖居的诗意。"少年听雨歌楼上，红烛昏罗帐。壮年听雨客舟中，江阔云低断雁叫西风。而今听雨僧庐下，鬓已星星也。悲欢离合总无情，一任阶前点滴到天明。"（南宋蒋捷词）青年声色狂欢，中年辛勤事业，晚岁恬淡洒脱。尽管说浮生若梦，人间如寄；旅途回首，又仍然非常真实和珍贵，令人眷恋感伤。虽知万相皆非相，道是无情却有情。

不过，即使空而有，又仍然可以或采用道家游戏人间、自释自慰、保身全生，或谨守儒家"知其不可而为之"而杀身成仁、舍身取义。这当随各种具体的不同问题、不同事物、不同情境而由自己选择和决定。它们的排斥和互补，构建着个体人生和群体社会的丰富和多元。

从古代到今天，从上层精英到下层百姓，从春宫图到老寿星，从敬酒礼仪到行拳猜令（"酒文化"），从促膝谈心到"摆龙门阵"（"茶文化"），从食衣住行到性、健、寿、娱，都展示出中国文化在庆生、乐生、肯定生命和日常生存中去追寻幸福的情本体特征。尽管深知人死神灭，有如烟火，人生短促，人世无常，却仍然不畏空无而艰难生活。如前所已说过，其中所负荷着的空无感伤反而可以因之而深化。拙作《美学四讲》曾说：

> 从原始时代起，对死亡、葬礼的活动和悲歌便是将动物性的死亡恐惧予以人化，它用一定的节奏、韵律、活动等形态，将这种本能情绪转化为、塑造为人的深沉的悲哀情感，实际丰富了生命，提高了生命……动物性的本能情欲、冲动、力量转化为、塑造为人的强大的生命力量。这生命力量并非理性的抽象、逻辑的语言，而正是出现在、展开在个体血肉之躯及其活动之中的心理情感本体。也正因为此，艺术和审美才不属于认识论和伦理学，它不是理知所能替代、理解和说明，它有其非观念所能限定界说、非道德所能规范约束的自由天地。这个自由天地恰好导源于生命深处，是与人的生命力量紧相联系着的。（第四章第三节）

这种生命力量便区别于动物恋生本能，尽管在生物学上仍以它为基础，但毕竟是彻底地"人化"了。它正是我所说的"情本体"。

2004 年

# 珍 惜

人总想要活下去，这是动物的强大的本能（人有五大动物性本能：活下去、食、睡、性、社交）。但人总要死，这是人所独有的自我意识。由于前者，就有人的维持生存、延续的各种活动和心理。由于后者，就有各种各样五光十色自迷迷人的信仰、希冀、归依、从属。人"活下去"并不容易，人生艰难，又一无依凭，于是"烦"生"畏"死出焉。"生烦死畏，追求超越，此为宗教。生烦死畏，不如无生，此是佛家。生烦死畏，却顺事安宁，深情感慨，此乃儒学。"（拙作《论语今读·4.8记》）

因为人生不易，又并无意义，确乎不如无生。但既已生出，很难自杀，即使觉悟"四大皆空"，"色即是空"，悟"空"之后又仍得活。怎么办？这是从庄生梦蝶到慧能和马祖"担水砍柴，莫非妙道"、"日日是好日"，到宋明理学"以其情顺万物而无情"、"廓然大公，物来顺应"等等所寻觅得到的中国传统的人生之道。这里没有灵肉二分的超验归依，而只有在这个世界中的审美超越。

这涉及"在时间中"和"时间性"。

"在时间中"是占有空间的客观时间,是社会客观性的年月、时日,生死也正因为拥有这个占据空间的年月时日的身体。

"时间性"是"时间是此在存在得如何"(海德格尔)的主观时间。所谓"不朽"(永恒),也正是这个不占据空间的主观时间的精神家园。似乎只有体验到一切均"无"(无意义、无因果、无功利)而又生存,生存才把握了时间性。海德格尔所"烦""畏"的正是由于占有空间的"在时间中",所以提出"先行到死亡之中去"。

其实,按照中国传统,坐忘、心斋、入定、禅悟之后,因仍然活着,从而执着于"空""无",执着于"先行到死亡中去",亦属虚妄。海德格尔所批评的"就存在者而思存在""把存在存在者化",倒是中国特色,即永远不脱离"人活着"这一基本枢纽或根本。中国传统的"重生安死",正是"就存在者而思存在",而不同于海德格尔"舍存在者而言存在"之"奋生忧死"。本来无论中西,"有"(中国则是"易"、流变、生成)先于"无","有"更本源。"无"是人创造出来的,即因自己的"无"生发出他者(事物、认识)之"无",从而"有"即"无"。于是,只有"无之无化",才能"无"中生"有"。只有知"烦""畏"亦空无,才有栖居的诗意。这也才是"日日是好日",才是"群籁虽参差,适我无非新"。

中国传统既哀人生之虚无,又体人生之苦辛,两者交织,形成了人生悲剧感的"空而有"。它以审美方式到达没有上帝耶稣、没有神灵庇护的"天地境界"。存在者以这种境界来与存在会面，生活得苍凉、感伤而强韧。鲁迅《过客》步履蹒跚地走在荆棘满途毫无尽头也无希望的道路上，"知其不可而为之"，明知虚无却奋勇前行不已。生命的意义、人生的价值就在此行程（流变）自身。这里不是 Being，而是 becoming；不是语言，而是行走（动作、活动、实践）；不是"太初有言"，而是"天何言哉"，成了中国文化传统的"道"（Way or Dao）。这就是流变生成中的种种情况和情感，这就是"情本体"自身。它并无僵硬固定的本体（Noumenon），它不是上帝、魂灵，不是理、气、心、性的道德形而上学或宇宙形而上学。

奥古斯丁说："现在是没有丝毫长度的。"（《忏悔录》）海德格尔说："此在的有限性乃历史性的遮蔽依据。""昨日花开今日残"是"在时间中"的历史叙述，"今日残花昨日开"是"时间性"的历史感伤。感伤的是对"在时间中"的人生省视，这便是对有限人生的审美超越。

"逝者如斯夫，不舍昼夜。"（《论语》）孔老夫子这巨大的感伤便是对这有限人生的审美超越，是"时间性"的巨大"情本体"。这"本体"给人以更大的生存力量。

所以，"情本体"的基本范畴是"珍惜"。今日，声色快乐的情欲和精神上无所归依，使在"在时间中"的有限生存的个体偶然和独特分外突出，它已成为现代人生的主题常态。在商业化使一切同质化，人在各式各样的同质化快乐和各式各样的同质化迷茫、孤独、隔绝、寂寞和焦虑之中，如何去把握住自己独有的非同质的时间性，便不可能只是冲向未来，也不可能只是享乐当下，而该是"珍惜"那"在时间中"的人物、境迁、事件、偶在，使之成为"时间性"的此在。如何通过这个有限人生亦即自己感性生存的偶然、渺小中去抓住无限和真实，"珍惜"便成为必要和充分条件。"情本体"之所以不去追求同质化的心、性、理、气，只确认此生偶在中的林林总总，也就是"珍惜"之故：珍惜此短暂偶在的生命、事件和与此相关的一切，这才有诗意地栖居或栖居的诗意。任何个体都只是"在时间中"的旅途过客而已，只有在"珍惜"的情本体中才可寻觅到那"时间性"的永恒或不朽。从而，世俗可神圣，亲爱在人间。

2006 年

# 试谈中国的智慧（提纲）

1. 释题。"智慧"在这里不仅指智力结构。智力结构与其他方面（如道德自觉、人生态度、审美直观）的交溶渗透正是中国智慧的特征之一。

2. 原始氏族传统的长期存留是中国智慧和中国文化心理结构产生的社会历史根基。如尊老、修身、人道主义、经验论等等。

3. 实用理性是中国智慧的基本特征。它表现为社会论政治哲学的主导地位，表现为与兵、农、医、艺四大实用文化的密切联系。

4. 行动的辩证法而不是概念的辩证法，自然观与人生观相合一的历史意识，早熟型的系统论观念和理知直观的把握方式是中国智慧的一些具体形态。

5. 不是罪感文化而是乐感文化。强调"体用不二"道在"伦常日用之中"，存在的意义即在人际，不去追求超人世的解脱。

所以，是美学而非宗教构成中国智慧的最高层次。

6. 中国智慧的"天人合一"与马克思的"自然的人化"。

（1985 年 3 月中国文化讲习班讲课提纲）

# 我所理解的儒学（提纲）

1. 这个题目实际上乃是"关于儒学的几个问题"，即我对儒学想提出以下一些现象和问题，以供研究和讨论。哲学并不在解决问题，而在不失去问题、提出问题，使之具有开放性。

2. 除在海外和港台外，关于儒学和传统文化，在中国大陆近两年也成为了学术上的热门话题。其中，激烈地反传统与强调弘扬传统的分歧令人回想起五四时期，历史是在重复吗？

如何不排除解释学所说的"成见"，却避免情绪性的非理性反应，是否可列为值得研究的第一个问题呢？

3. 究竟什么是"儒学"或"儒家""儒教"？含义、范围、内容都并不清楚，只有大体共用的朦胧观念，却无公认的明确界定。

因之，儒学是否宗教？儒学是否主要即"反躬修己"的"内圣"之学？儒学主流（或儒学传统）是否即孔孟程朱陆王？……这都是问题，也是我想提出的第二个问题。

4. 第三个问题是，今天研究儒学的要旨何在？亦即为何要研究它？是因为传统沦丧，要复兴绝学？或"肃清封建余毒"，继续"批孔"？或为追寻"原意"还孔孟"本来面目"？

可以作某种冷静的自我意识的反省工作吗？因为认识传统实即认识自己，儒学重要特征在于它已积淀为某种文化心理结构（或称之为民族性、国民性），中国的大传统与小传统并不悬隔甚远。"原意"难寻，重在现实。

5. 举一个例。港台"现代新儒学"大讲道德形而上学。马列主义在中国化的实践中，也高扬"大公无私"的革命道德主义。尽管两者在政治上是对立的，但有趣的是，在理论倾向上却有相当近似的因素。这是如何可能的呢？这是第四个问题。

6. 第五个问题从而是，儒学根源何在？儒学为何比道、法、名、墨各家具有更持续更深广的力量和作用？它在传统文化中占据主要位置带来了什么问题？

7. 试图从提出或回答上述诸问中提出最后一问：儒学前景如何？

（1987年香港"中国传统文化再检讨"的公开学术讲座的演讲提纲）

# 逝者如斯夫，不舍昼夜

子罕 9.17　子在川上，曰："逝者如斯夫！不舍昼夜。"

【译】孔子站在河岸上说："时光岁月就像它啊！不分日夜地向前奔流。"

【注】康有为《论语注》："天运而不已，水流而不息，物生而不穷，运乎昼夜未尝已也，往过来续无一息也。是以君子法之，自强不息。"

【记】这大概是全书中最重要的一句哲学话语。儒家哲学重实践重行动，以动为体，并及宇宙；"天行健"，"乾，元亨利贞"均是也，从而它与一切以"静"为体的哲学和宗教区分开来。宋儒是号称"动静一如"、"亦动亦静"，仍不免佛家以静为体的影响。现代熊十力的贡献正在于，他重新强调了这个"动"的本体。"逝者如斯夫"正在于"动"。

其中，特别涉及时间在情感中才能与本体相关涉。这是对时间的咏叹调，是人的内时间。以钟表为标志和标准的外在时间是一种客观社会性的产物，为人的实践活动、人的群体生存所需要，它是人活动的另一种空间，是一种工具性的、实用性的活动的外在形式，它产生于生产劳动的社会实践中，由使用工具的活动所造成（见拙作《批判哲学的批判》），人类为了未来的谋划考虑，为了过去的经验总结，需要这种空间化的实践时间。康德所谓"内感觉"的时间也仍从属和服务于此，它只是认识的感知形式。这种形式是理性的内化。而"真正"的时间则只存在于个体的情感体验中。这种"时间"是没有规定性的某种独特绵延，它的长度是心理感受的长度。有如席勒（Schiller）所云："我们不再在时间中，而是时间以其无穷的连续在我们的心中。"（《审美书简》）

作为时间现象的历史，只有在情感体验中才成为本体。这亦是情感本体不同于工具本体的所在：工具本体以历史进展的外在时间为尺度，因为工具本体由人类群体实践所创造、所规范、所制约。个体在此历史长河中诚有如黑格尔（Hegel）所言，常为理性狡计的牺牲品，而无自由可言。（在自由时间增多而使"自由王国"来临之前，这一点是真实的。）唯情感时间则不然，人能在这里找到"真实"，找到自由，找到永恒，找到家园，这即是人生本体所在，陶潜诗曰"众鸟欣有托，吾亦爱吾庐"是也。

人在对象化的情感客体即大自然或艺术作品中，观照自己，体验存在，肯定人生，此即家园，此即本体——人生和宇宙的终极意义。在这里，过去、现在、未来才真正融为一体而难以区分。

在这里,情感即时间,时间即情感。人面临死亡所感到的虚无(人生意义)在此才变为"有"。废墟、古物、艺术作品均因此由"无"(它本身毫无实用价值或意义)而成为"有"。中国传统诗文中的"人生无常"感之所以是某种最高感受,正由于一切希望、忧愁、焦虑、恐怖、惊讶、失望、孤独、喜悦等等均在此"人生无常"感前自惭形秽。对照之下,实用时间(即空间化的"现实"时间)的无意义无价值,便昭然若揭,即所谓江山常在而人事全非。李白诗曰"宫女如花春满殿,而今只有鹧鸪飞"是也。

可见,实用时间在这意义上即无时间,即"无"。只有在情感体验中,才"有",时间才获得它的本根性质。然而这"本真"的时间又必须以此"非本真"的实用时间为基石,否则它不能存在。人之所以是一种历史性的生物存在,也只有在此情感时间中才能深深把握。"闲愁最苦","闲愁"即失去了实用时间。人完全失去生存的目的活动,也就等于什么都不存在。庄子以"无"诱导人们脱尘俗求逍遥;佛家以"空"教人断俗尘绝生念;然而人还得活,还得吃饭穿衣,于是只有在此情感的时间中来获得避难所和依居地。叔本华(Schopenhauer)曾以观照艺术消解求生之欲,亦此意也。因为只有在艺术中,时间才可逆,从而因艺术而重温历史,使一己求生之欲望虽消释而人性情感却丰富。"丰富"一词的含义,正是指由于接触到人类本体的成长历程,而使理性不再主宰、控制而是深深浸入和渗透情感本身之中。

情感与时间的各种关系,其中包括情理结构的比例等等,是一个复杂而颇待开发的巨大问题。二十世纪的各派哲学均以反历史、毁人性为特征，于是使人不沦为机器，便成为动物。如何才能走出这个厄运？此本读提倡情感本体论之来由。"情"属"已发"，所以情感本体论否认"未发"、"静"、"寂"，认为离开"动"、"已发"、"感"来谈"静"、"未发"、"寂"便是"二本"。"感生于寂，寂不离感。舍寂而缘感，谓之逐物；离感而守寂，谓之泥虚"（王龙溪《致知议辩》）。前者"逐物"乃自然人性论，已失去作为本体的情感意识；后者乃天理人欲论，也失去作为情感的本体，所以说是"泥虚"，即以虚无的"理"来杀人也。"理"、"性"为虚为无，自然界的循环如无人在，亦虚亦无。对实用时间消逝（"无"）之情感体验才"有"。废墟、古物之意义正在于此：它活在人的情感中，而成为有。"人均有死"乃一抽象命题，每个人都还活着才具体而现实，对此活之情感体验才"有"。这才是"此在"之真义。

1994 年

# 一个世界

　　我写过一篇谈儒学结构的文章（《初拟儒学深层结构说》1996）。我讲，所谓儒学的"表层"结构，指的便是孔门学说和自秦、汉以来的儒家政教体系、典章制度、伦理纲常、生活秩序、意识形态等等。它表现为社会文化现象，基本是一种理性形态的价值结构或知识／权力系统。所谓"深层"结构，则是"百姓日用而不知"的生活态度、思想定势、情感取向；它们并不能纯是理性的，而毋宁是一种包含着情绪、欲望，却与理性相交绕纠缠的复合物，基本上是以情—理为主干的感性形态的个体心理结构。这个所谓"情理结构"的复合物，是欲望、情感与理性（理知）处在某种结构的复杂关系中。它不只是由理性、理知去控制、主宰、引导、支配情欲，如希腊哲学所主张；而更重要的是所谓"理"中有"情"，"情"中有"理"，即理性、理知与情感的交融、渗透、贯通、统一。我以为，这就是由儒学所建造的中国文化心理结构的重要特征之一。它不只是一种理论学说，而已成为某种实践的现实存在。

这个所谓"深层结构",也并非我的新发现。其实它是老生常谈,即人们常讲的"国民性""民族精神""文化传统"等等,只是没有标出"文化心理结构"的词语,没有重视表、深层的复杂关系及结构罢了。当然,所谓"深层""表层"的区分并不容易。第一,"深层"是由"表层"经历长久的时间过程积淀而来,其中包括自觉的文化教育(如古代的"教化"政策)和不自觉的风俗习惯。中介既复杂多样,自觉不自觉也交错纠缠,从而很难一刀两断,截然划开。第二,"深层"既然包含无意识和情感,也就很难用概念语言作准确表达。它与"表层"的区分只能大体点明一下。

那么,什么是这个"深层结构"的基本特征呢?我以前论述过的"乐感文化"和"实用理性"仍然是很重要的两点。它们既是呈现于表层的文化特征,也是构成深层的心理特点。将这两点归结起来,就是我近来常讲的"一个世界(人生)"的观念。这就是儒学以及中国文化(包括道、法、阴阳等家)所积淀而成的情理深层结构的主要特征,即不管意识到或没意识到、自觉或非自觉,这种"一个世界"观始终是作为基础的心理结构性的存在。儒学(以及中国文化)以此而与其他文化心理如犹太教、基督教、伊斯兰教、印度教等等相区分。

自孔夫子"未知生,焉知死""未能事人,焉能事鬼""子不语怪力乱神"开始,以儒学为主干(道家也如此,暂略)的中国文化并未否定神（上帝鬼神）的存在，只是认为不能论证它而把它存放在渗透理性的情感状态中："祭如在，祭神如神在"，"吾不与祭，如不祭"。儒学之所以既不是纯思辨的哲学推断，也不是纯情感的信仰态度；它之所以具有宗教性的道德功能，又有尊重经验的理性态度，都在于这种情理互渗交融的文化心理的建构。儒学不断发展着这种"一个世界"的基本观念，以此际人生为目标，不力求来世的幸福，不希冀纯灵的拯救。而所谓"此际人生"又不指一己个人，而是指群体——自家庭、国家以至"天下"（人类）。对相信菩萨、鬼神的平民百姓，那个神灵世界、上帝、鬼神也仍然是这个世界—人生的一个部分。它是为了这个世界、人生而存在的。人们为了自己的生活安宁、消灾去病、求子祈福而烧香拜佛，请神卜卦。

由于儒家的"一个世界"观，人们便重视人际关系、人世情感，感伤于生死无常，人生若寄，把生的意义寄托和归宿在人间，"于有限中寓无限"，"即入世而求超脱"。由于"一个世界"，人们更注意自强不息，韧性奋斗，"知其不可而为之"，"岁寒，然后知松柏之后调"。由于"一个世界"，儒学赋予自然、宇宙以巨大的情感性的肯定色彩："天地之大德曰生"，"生生之谓易"，"天行健"，"厚德载物"……用这种充满积极情感的"哲学"来支持人的生存，从而人才能与"天地参"，以共同构成"本体"。此即我所谓的"乐感文化"。由于"一个世界"，思维方式更重实际效用，轻遐思、玄想，重兼容并包（有用、有理便接受），轻情感狂热（不执着于某一情绪、信仰或理念），此即我所谓的"实用理性"。

至于这个"一个世界（人生）"的来由，当然并非始自孔子，而是源远流长，可能与远古黄河流域自然环境优越（较诸巴比伦以及埃及、希腊），人对"天地"产生亲近、感恩、敬重而非恐惧、害怕从而疏离的基本情绪有关。这一点，好些人（如牟宗三）也都指出过。不过我以为更重要的是中国远古巫术传统的缘故。巫术是人去主动地强制神灵，而非被动地祈祷神灵。中国巫术的过早理性化，结合了兵家和道家，而后形成了独特的巫史文化，这是一个极为重要的古史和思想史课题（参见拙作《由巫到礼 释礼归仁》）。

由于是"一个世界"，便缺乏犹太—基督教所宣讲的"怕"，缺乏无限追求的浮士德精神。也由于"一个世界"，中国产生了牢固的"伦理、政治、宗教三合一"的政教体制和文化传统；"天人合一"成了公私合一，很难出现真正的个性和个体。于是，一方面是打着"天理"招牌的权力／知识系统的绝对统治，另方面则是一盘散沙式的苟安偷生和自私自利。总之，由于"一个世界"的情理结构使情感与理知没有清楚划分，工具理性与价值理性混为一体，也就开不出现代的科学与民主。

今天的工作似乎在于：要明确意识到这个问题。要明确意识它，需要进一步了解儒学在表层是如何来构造这种情理结构的。儒学向以人性为根本，讲伦理、政治、宗教或统摄或归结为人性问题。不管是"礼"是"仁",是孟是荀,人性问题始终乃关键所在。人性与个体的感性心理直接关联,由此才可能产生情理结构的建造。

1996 年

# 儒家讲合情合理

　　孔子在学生提出父母死后要守三年丧，会不会太久时，本可以有几个可能的回答：这是天的意志、上帝的要求，你必须这么做；或者说，这是政府的规定，必须遵循；或者说这是历来的习惯，必须服从，等等。但孔子偏偏不这么回答。他反问门徒：父母死了，不守丧你心里安不安？门徒回答：我安。孔子说安就不需要守了！

　　从这里可以看出，孔子不是把道德律令建立在外在的命令上，如上帝、社会、国家、风俗习惯等，而是建立在自己的情感上。他说，父母生你下来，也要抱你三年，父母过世了，不服丧，你心里安不安啊！孔子提出的是人性情感的问题。动物也有自然情感，雌虎、母鸡保护小虎、小鸡是自然现象。公鸡就不行了。动物长大后，就根本不理"父母"了。

　　但儒家却强调父慈子孝。这就不是自然情感，而是人性情感。儒家认为，人的一切、社会的一切，都应建立在这个基础上。这样就把情感提高到崭新的深度和极高的水平上，这是孔子的一大功绩。他把理性、智慧、道德的各种要求，建立在人性的情感上面。这就是我认为儒家不同于一般哲学思辨的重要特征。

这一点，过去很少人从根本理论上加以强调。儒学强调情理不能分隔，而是渗透交融和彼此制约着的。例如"理无可恕，情有可原"。同时强调情里面有理，理里面有情，"理"的依据是"情"，而"情"又必须符合理性，从而"理"不是干枯的道理，"情"不是盲目的情绪。所以，尽管儒学提倡忠、孝，却反对愚忠愚孝。

中国人喜欢讲合情合理。我在美国上课讲儒家的原则时，外国学生听得大笑。我说，如果父亲生气，拿根小棍子打你，你就受了吧！要是用大棍子，就赶快跑！这就是所谓的"小棍受，大棍辞"。我问他们：为什么？古人作过解释，父亲是一时气愤，真的打伤了孩子，父亲也伤心。孩子逃跑，反而真正"孝顺"了父亲，不逃反而是愚孝，你受伤，父亲心里也受伤，名声也不好。左邻右舍会说：这个父亲多么残忍啊！你逃是很有理的，不只保护你自己，也保护了你父亲。

孔、孟都讲"经"与"权"；"经"翻译成现代语言就叫原则性，基本原则必须遵守；另一方面，"权"是灵活性，要你动脑筋，要有理智，有个人的主动性。有经有权，才真正学到儒学。儒学不是一种理论的条条而已，在政治、经济、生活上都有用处，既讲原则性，也有灵活性。不是情感上的盲目服从，也不是非理性盲目信仰。君王或父亲都有犯错的时候，做臣子或做孩子的，都要考虑到这个问题。这跟日本的武士道不一样。中国在大事上强调过问是非。好像父亲、君主要你去杀一个人、打个仗，也要考虑到对不对，日本武士道就只讲输赢，不问对错，盲目服从、信仰、崇拜，打输了就切腹自杀。

中国历史上有一些著名的关于刺客的故事，遇到好人杀不下手，不杀又对不起主人，就自杀了。他没有盲目的服从，儒家很赞赏。儒家有所谓"从道不从君"、"从义不从父"等说法，就是说服从道理比服从个人包括君、父重要。这是非常理性的态度。儒家没有反对宗教性的狂热，但非常强调人的情感性的存在，并认为人的行动都以情感为基础。

儒学的好些基本观念、思想以至范畴，如仁、义、礼、敬、孝慈、诚信、恩爱、和睦等等，无不与情感直接间接相联系。

儒家强调情感，甚至把宇宙也情感化。天地（自然界）本来是中性的，老子说，"天地不仁，以万物为刍狗"。但儒家偏偏要给它一种肯定性的情感性质。你看，天地对你多好，赐给你生命，"天地之大德曰生"，"天行健，君子自强不息"，你要努力才符合天地的规律。儒家使世界充满着情感因素。我认为这点十分重要，"人性善"才因此产生，这与基督教传统不一样。

有人说，基督教才是中国人的前途，只有基督教能够救中国。当然，基督教在中国还有相当大的发展空间，信教的人会越来越多，

1986 年秋李泽厚与梁漱溟合影于北京北海

但是,要中国人尤其是知识分子完全信奉基督教,我觉得会比较难。例如,对中国人来说,原罪说很难被接受:为什么我一生下来就有罪呢?为什么生命是一种罪过?我要去赎罪?中国人认为给予生命是一种幸福。所以,我说,相对于西方的罪感文化、日本的耻感文化,中国文化是乐感文化。

孔夫子在《论语》第一章里就说:"学而时习之,不亦说乎?有朋自远方来,不亦乐乎?"这种快乐不是感官的快乐,不是因为我今天吃了螃蟹特别高兴,而是精神上的快乐。归根究底还是一种包含理性的情感,是某种情理交融。可见儒学讲的理性是活生生的，带有人间情感的，与现实紧密联系在一起的理性。这也就是人性。儒学的根本问题就是建造完美人性的问题。

儒学这种实用理性和乐感文化始终讲究奋斗，讲究韧性、坚持，所以我说中国很少有彻底悲观主义者。自杀的中国文人比日本少，日本一位诺贝尔文学奖得主自杀了，在中国这大概很难发生。

中国人即使在困难时，总愿意相信前途美好，明天时来运转，所以只要坚持下去，好日子总会来。中国民族也好，海外的千万华人也好，因此能够经历各种艰难困苦而生存下来。孔子说："岁寒，然后知松柏之后凋"，就是这种儒学精神，中华文化的基本精神，它培养了一种人格、操守、感情、人生理想、生活态度。可见儒学虽然不纯粹是宗教，但它却包含着宗教的热情；儒学虽然不纯粹是哲学，但它却包含了哲学的理性。从哲学的角度来看，儒家是最讲实际、最重情感的；从宗教的角度来看，儒学是最宽宏、最讲理性的。这就是儒学的特点。

1995 年

# 半宗教半哲学

我至今以为，儒学（当然首先是孔子和《论语》一书）在塑建、构造汉民族文化心理结构的历史过程中，大概起了无可替代、首屈一指的严重作用。

不但自汉至清的两千年的专制王朝以它作为做官求仕的入学初阶或必修课本，成了士大夫知识分子的言行思想的根本基础，而且通过各种层次的士大夫知识分子以及他们撰写编纂的《孝经》《急就篇》（少数词句）一直到《三字经》《千字文》《增广贤文》以及各种"功过格"等等，当然更包括各种"家规""族训""乡约""里范"等等法规、条例，使儒学（又首先是孔子和《论语》一书）的好些基本观念在不同层次的理解和解释下，成了整个社会言行、公私生活、思想意识的指引规范。不管识字不识字，不管是皇帝宰相还是平民百姓，不管是自觉或不自觉，意识到或没有意识到，《论语》这本书所宣讲、所传布、所论证的那些"道理"、"规则"、主张、思想，已代代相传，长久地渗透在中国两千年来的政教体制、社会习俗、心理习惯和人们的行为、思想、言语、活动中了。所以，它不仅是"精英文化"、"大传统"，同时也与"民俗文化"、"小传统"紧密相连，并造成中国文化传统的一个重要特点：精英文化与民俗文化、大传统与小传统，通过儒学教义，经常相互渗透、联系。尽管其间有差异、距离甚至对立，但并不是巨大鸿沟。这样，儒学和孔子的《论语》倒有些像西方基督教的《圣经》一书了。

　　中国没有像基督教或伊斯兰教那样的宗教。对人格神，许多士大夫知识分子经常处于似信非信之间，采取的似乎仍然是孔老夫子"敬鬼神而远之"，"祭如在，祭神如神在"的态度。在民间，则表现为某种多元而浮浅的信仰和崇拜。其对象，可以是关公、妈祖、观音菩萨、玉皇大帝等等，不仅因人因地不同，常常改变；而且大都是为了求福避祸，去灾治病，有着非常现实的世间目的。重要的是，即使在这种多元而浮浅的民间宗教中，奇迹宣讲也并不突出，主要的部分仍然是在倡导儒学的人伦秩序和道德理念。记得有一次我乘坐台北市的计程车（Taxi），那位计程车司机向我津津乐道地宣讲他所信仰的佛祖，并特地给我看了他经常诵读的佛经读本。我仔细看了，发现其中绝大部分是地道的儒学教义，即孝顺父母，友爱兄弟，照顾亲族，和睦邻里，正直忠信，诚实做人，等等等等。真正佛家的东西并不太多。也是在台湾，我拜会了影响极大的证严法师。她曾赞赏病人死在有亲属在旁的家中，而不必死在医生、护士等陌生人手里。这也使我颇为吃惊，因为这里表现出的，似乎仍然是以亲子为核心的强烈的儒学人际关怀，而佛家本应是看破尘缘六亲不认的。

这也使我想到，尽管中国历史上有过儒释道三教的激烈争辩，甚至发生"三武之祸"，但毕竟是少数事例；相反，"三教（儒、释、道）合一"倒一直是文化主流。孔子、老子、释迦牟尼三大神圣和平共存、友好相处，既出现在近千年前的宋代文人的画卷中，也仍然保存在今日民间的寺庙里。中国从来没有真正的宗教战争，便是世界文化史上一大奇迹。之所以能如此，我以为与儒学的包容性有很大关系。儒学不重奇迹、神秘，却并不排斥宗教信仰；在"三教合一"中，它不动声色地渗入其他宗教，化为它们的重要内容和实质成分。而儒学之所以能如此，其原因又在于它本身原来就远不止是"处世格言""普通常识"，而具有"终极关怀"的宗教品格。它执着地追求人生意义，有对超道德、伦理的"天地境界"的体认、追求和启悟。从而在现实生活中，儒学的这种品德和功能，可以成为人们（个体）安身立命、精神皈依的归宿。它是没有人格神、没有魔法奇迹的"半宗教"。

同时，它又是"半哲学"。儒学不重思辨体系和逻辑构造，孔子很少抽象思辨和"纯粹"论理。孔子讲"仁"讲"礼"，都非常具体。这里很少有"什么是"（what is）的问题，所问特别是所答（孔子的回答）总是"如何做"（how to）。但这些似乎非常实用的回答和讲述，却仍然是一种深沉的理性思索，是对理性和理性范畴的探求、论证和发现。例如，"汝安则为之"，是对伦理行为和传统礼制的皈依论证；"逝者如斯夫，不舍昼夜"，是对人生意义的执着和追求；"吾非斯人之徒而谁与"，是对人类主体性的深刻肯定。而所有这些都并非柏拉图式的理式追求，也不是黑格尔式的逻辑建构，却同样充分具有哲学的理性品格，而且充满了诗意的情感内容。它是中国实用理性的哲学。

正因为是靠理性、哲学而不靠奇迹、信仰来指引人们，所以孔子毕竟不是耶稣，《论语》并非《圣经》。也正因为不是空中楼阁或纸上谈兵，而要求并已经在广大人民生活中直接起现实作用，所以孔子不是柏拉图，《论语》也不是《理想国》。

儒学、孔子和《论语》这种既非宗教又非哲学或者说是"半宗教半哲学"的特征，我认为是真正的关键和研究的起点所在，但在今日中国学术界却很少被注意或强调。

1994 年春 2 月

# 不赞同建"儒教"

简单一句话，建儒教（孔教）恰恰贬低了儒学的普适价值。

如何理解？儒学来自巫术礼仪，对人有"终极关怀"和"孔颜乐处"的人生境界的追求，具有神圣的宗教性。但又并不是宗教。儒学没有人格神，没有"天国""西方极乐世界"的愿景，也没有特定的宗教组织和仪式，与基督教、伊斯兰教、佛教或印度教等等迥然不同。

建儒教者是想建立一种与基督教、伊斯兰教并驾齐驱的宗教和宗教组织，以宣扬儒学经典。但我以为儒学早已植根在中国人民生活的价值观念、风习、心理、情感方式、人生态度中（参阅《初拟儒学的深层结构说》1996）。这是一种活生生还存在着的中国人的"情理结构"。我讲过，华人社会中的"人情关系"至今仍然突出。家人重亲情，朋友重义气，个体重谦虚。这谦虚不只是客套，而是确认一己的有限和缺失，"吾日三省吾身"，但又不是那种完全匍匐在上帝神明面前的无条件的悔忏卑屈。各宗教讲心灵拯救，儒学讲"修身",儒学的"修身"是在塑造"人之所以为人"的自然的人化,而不离开肉体。

儒学对人类有一种相当准确的历史学的描记,具体地以有巢→燧人→伏羲→神农→黄帝的文化演进秩序来呈述解说,并不认为上帝造人。并指出"既济"之后有"未济",乐观地奋力追求和探索人往何处去的命运。儒学对人从何处来和人往何处去的这种探索,远比其他宗教的"选民论""末世说"更具有全人类的普适性。儒学讲求的是,"道在伦常日用中",它过去以亿万中国人勤劳、勇敢、自强、韧毅的长久生存延续抚平了各种内忧外患,现在和未来更将以自己十余亿人口的健康繁荣的生存态度、生活价值来影响世界。这种生存延续、这些态度、价值,恰恰是儒学的基本精神。它远远高于组建一个教派与其他宗教相比拟相抗衡。

这里引几段西方传教士学者卫礼贤(Richard Wilhelm)在反对袁世凯等人立孔教的议论,未加删节,以窥全豹:

> 从中国的整个历史来看,它从来没有过国教。孔子也未想到要建立一种新的教派。他无非是要传承与神的永恒意志相一致的保障人类社会秩序的伟大法则。他没有要求成为宗教的创始人。他仅仅希望传授真理,并指明在世间达致秩序与和平之道。整个世界只有一个真理。不存在任何界限可能将真理限制在某些人组成的特别的集团之中,

这些人仅属于某一特定的教派，而排斥其他教派。涉及到这一真理的学说，并不存在等级差别和种族差别。只要遵循这一学说，不论是谁，都会获得真理。拥有这一生命的智慧是孔子唯一的目标。除此之外，对他来讲并不存在一个能建立起教派组织的空间，这一组织会将其自身与人类的其他部分分离开来。孔子没有要求个人崇拜，这点毋庸置疑。他确实不止一次地想到过，想要获得真理跟他个人建立关系是至关重要的。他要求自己的弟子除了勤奋地遵循永恒的真理之外，别无他求。

孔子真正伟大的地方在于，他为所有的人开启了真理的大门，而没有任何教派的界限。儒家学派一直到今天都忠诚于这一榜样。尽管孔子为各代统治者所敬仰，但从来没有谁想到将儒家学说宣布为国教。就像很少有某处的某人想到将空气或水看做国家的空气或国家的水一样。空气和水之存在，每个人都可以使用，究竟它属于哪个国家或哪家教派，根本是无所谓的。真理的情形也不例外。世上本没有什么国家真理，就这点而言，如果说儒家所讲述的无非是真理的话，那它根本不能成为国教。每一类似的组织都会损害孔子的名誉，都会限制儒家真理必然的影响范围。没有一个真正的儒者会认为，对他的老师（孔子）而言，生活在一个儒教已经降格为一个宗派的社会中，是一种荣耀……东西方的伟大学说必然都不能作为单个国家的特别财产所拥有，这一时代已经到来。儒家学说有很多方面对于西方社会同样具有极大价值。因此，对孔子的尊崇最好的路径是使他的学说能在全世界广为人知。

不断侵入中国的欧洲西方文化也许是它（指孔子的学说——引者注）不得不面对的最强大对手。初看起来，古老的儒家学说似乎在被迫节节败退之后，到今天已最后终结了。但还不能作出最终结论，因为儒家学说本身具有适应现代环境的内在灵活性。可以肯定的是，自中华民国建立以来数年间所进行的、通过将儒学确立为国教而使基督教面对有效竞争的尝试必将失败，因为这种尝试只是从表面上移植了在本国已受到怀疑且不符合儒家精神的教会形式。

孔子的秘密正在于此：正如他毫无偏见地继承了中国古代文化并为之注入新的发展潮流一样，其影响也始终在于带来新的活力。它所代表的这种精神启示迄今还在继续发挥作用，问题仅在于是否有合适的人选发展之。

我们现在自问道：什么是奠定中国和东方最深入、最根本的力量？东方给我们提供的决定性的认识是什么？东方的哪些光亮照亮了西方及其发展？我们进一步可以问道，在中国的古代文化遗产中正在发生哪些变化，从目前的状况下可以预见哪些结果和变化？西方能够为这些变化提供准则和解释吗？（转引自《读书》，2012 年第 8 期，第 56—57 页。）

这是一百年前的话。似乎可与当今倡导儒教的学者们的宏论比较一下，如何？

2014 年

# 关于"内圣外王之道"

　　"内圣外王"是公认的儒学主要特征之一。孔子有"政者,正也,子帅以正,孰敢不正?""己身正,不令而从;己身不正,虽令不行。"孟子有"以不忍人之心,行不忍人之政"。荀子有"闻修身也,未闻为国也"。《大学》有"自天子以至庶人,一是以修身为本"。到宋明理学便更突出,材料太多,不必征引。现代新儒学如牟宗三提倡"道德的形上学",坚持"内圣"开"外王",亦人所熟知。

## 历史根源

　　问题在于,自孔孟至程朱陆王到今日,这个"内圣外王"总不能实现。为什么? 现代新儒学未曾正式回答这一问题,甚至也不提出这一问题。这又为什么?

　　现代新儒学的特征之一,我以为是非历史态度。牟宗三一笔抹杀刘蕺山以后三百年的思想史，是一例证。梁漱溟当年认为中国文化优于西方，源起于中国圣贤比西方的"天分高"乃又一例证，即不联系具体历史环境作纯抽象的思辨。当然，这未尝不可，但我不敢追随。讲"内圣"，涉及终极关怀等等，可说属于宗教性道德，它在理论上追求某种普遍必然性，可以超越特定的时空。讲"外王"，则在理论上也无法脱开各种具体时空条件。孔孟的"外王"显然不同于程朱陆王的"外王"，程朱陆王的"外王"也不同于今日我们所讲求的"外王"。

因之，我仍然强调对儒学起源、发展以及其"内圣外王"应作某种历史的解释。其实，现代儒家（非现代新儒家）如章太炎即认为儒学"修齐治平"中"齐家"的"家"，乃上古大家族（即氏族），非后世的家庭。所以他说唐太宗家不能齐，却可治国。这一看法很重要。

孔子自称"述而不作"，乃大实话。孔子所服膺并希望恢复的周礼，乃上古以血缘氏族系统为某种社会（政治、经济）基础的完善体制。"圣"从耳，即"闻道"，它本是巫师，与神明相通，这即是"内圣"，从而能指引、领导、统帅本氏族以至部落生存、发展和建功立业，这也就是"外王"。其后，"圣"逐渐由其神秘的神明交通义转换为品质才能的道德伦理义，成为要求氏族—部落首领所具备的条件。这实际是许多原始氏族部落社会的共同准则。中国儒家则是这一准则、模式的理性化和理想化的保存者和阐释者。儒家的好些基本教义和命题似应从这一历史根基中去探寻其本源含义。

例如"三年之丧"，历代注疏解说甚多，如情感说、礼制说等等，但都没有说服力。其实，这只是古代氏族遗风：保存、承续、珍视过去经验对维系本氏族的生存极为重要，所以不许轻易改变。"三年无改于父之道"，即以此故。这也就是所谓"先王之道"。又如原始儒学有"大复仇"义，这与后世子报父仇的个人行为虽有思想上的渊源，但实质不同。它原本乃是远古氏族部落间的政治原则和习惯。实即今日少数民族之"打冤家"，氏族—部落之间的血仇相袭，世代不忘。"内圣外王"的本源含义同此。如前所说，它出于氏族—部落社会对首领的才能品质的规范、要求。

## 阳儒阴法

春秋战国以降，礼崩乐坏，原始体制瓦解，社会脱离巫术、宗教的控制，政治也与道德脱钩。王公大人的修养品德与他们的政治行为和政治才能并无干系。"内圣"与"外王"从此分家，再也不能由个人的道德修养而开出天下太平。朱熹不满意于汉唐盛世，历代儒生总想"复三代之盛"却又总"复"不成，便是不认识这种历史因缘的悲剧。今日想由道德形上学而"开出"科学与民主，似乃同一轨迹。它也正是某种"中体西用"：即以本土的思想传统、意识形态甚至政治体制为"体"来"开出"或以西方的现代科技、自由经济、民主政治为"用"。但实际上，中国古代的政体也并非孔孟的理念。二千年前汉宣帝"杂王霸而用之"的老实话早一语破的：阳儒阴法，才是后世真实的政治。

这也就是我所讲的"儒法互用"。"儒道互补"与"儒法互用"是中国传统的关键。儒道之所以能互补，是因为儒学本身即有疾俗避世、独善其身的思想（"道不行乘桴浮于海"，"用之则行，舍之则藏"等等）。儒法之所以能互用，亦在儒学本身即有重视行政、强国富民的思想（"庶之富之"，"以不教民战是谓弃之"等等）。今人常引陈寅恪，却无视陈所说的"李斯受荀卿之学佐成秦治。秦之治制实儒学一派学说之附系……儒家理想之制度，而于秦始皇之身而得以实现之"（《冯友兰〈中国哲学史〉下册审查报告》）。谭嗣同也早说过，"二千年之政，秦政也，……二千年之学，荀学也"（《仁学》），这固然是一时愤激之辞，但道出了历史的真实。谭所抨击否定的，从历史角度看，恰恰大可以肯定和赞赏。这也正是我所强调的儒学的另一条路线，即荀子、《易传》、董仲舒等的"外王"路线，这条线上无妨再加上李斯、桑弘羊、李泌、杨炎、刘晏、李德裕、王安石、张居正等人。这是一条以现实的政法体制和思想主张，成功地维系了中国社会两千年来生存发展的重要线索。所谓阳儒阴法或"儒法互用"正是这条线索的特征，与另条线索的"儒道互补"相辉映。这点容后再论。

所谓"阳儒"，有各种方面。当然也包括在孔孟名义下提倡"内

圣外王之道"。其中不乏这一理念的真实信徒，如程伊川劝宋哲宗
勿折柳枝以伤天意，刘蕺山劝明思宗正心则能退贼，等等。尽管
它们成了"迂阔而远于世情"的笑谈，但由于二千年来儒学一直
居于统治地位，原典儒家这种"内圣外王""修齐治平"的教义始
终未曾动摇。它也可以以革命的衣装出现在中国现代。所有这些，
也仍然是中国式的政教合一，即在道德主义的旗帜下，政治、伦
理、宗教三合一：充满宗教式的献身热忱，追求个体道德的完善，
以实现社会理想和政治目标。可见，这一"内圣外王之道"，从秦
汉到现代其实并未中断。

## 提出两德论

今天是解构的时候了。中国并没有真正的宗教传统，中国式
政教合一的解构途径似应是区分"宗教性道德"与"社会性道德"。
前者乃"内圣"，即个体所追求的道德完善、心性觉悟，它涉及安
身立命、终极关怀。后者乃"外王"，即社会与个体之间的权利、
义务的要求和关注，它与一定的经济、政治、法律制度密切相关。"宗
教性道德和社会性道德之作为道德，其相同点是，两者都是自己
给行为立法，都是理性对自己的感性活动和感性存在的命令和规
定，都表现为某种'良知良能'的心理主动形式：不容分说，不
能逃避，或见义勇为或临危受命。其区别在于，'宗教性道德'是
自己选择的终极关怀和安身立命，它是个体追求的最高价值，常

与信仰相关系，好像是执行神（其实是人类总体）的意志。'社会性道德'则是某一时代社会中群体（民族、国家、集团、党派）的客观要求，而为个体所必须履行的责任、义务，常与法律、风习、环境相关联。前者似绝对，却未必每一个人都能履行，它有关个人修养水平。后者似相对，却要求该群体的每个成员坚决履行，而无关个体状况。对个体可以有'宗教性道德'的期待，却不可强求，对个体必须有'社会性道德'的规约，而不能例外。一个最高纲领，一个最低要求；一个是范导原理，一个是构造原理（借用康德术语，非其原意）。"（拙作《哲学探寻录》）以救火为例：救火而牺牲自己是宗教性道德（救火队员牺牲自己是社会性道德，如同士兵上战场）。救火却并不去牺牲自己，是社会性道德；隔岸观火，幸灾乐祸，是不道德，但不违法；趁火打劫，则违法。由此例可见两种道德以及它们与法律的区分。两种道德的关系极其复杂，有时两者重合，有时两者离异，有时一种以另一种面貌或名义出现，等等，非此处所能详谈。

区分出这两种道德及其功能、特点，便既不必另行引进西方的上帝或"幽暗意识"来作为现代自由、民主、平等、人权等道德和政治、法律理念的依据；也不必硬从中国传统的"人性善"等中，为现代政治寻觅那些并不存在的"哲学"依据。"内圣""外王"的解构分家，反而能使两者各得其所，各安其分，取得各自的良好发展。一个（宗教性道德，"内圣"）与恢复和转换传统信仰（如"天地国亲师"）有关，一个（社会性道德，"外王"）与建立中国特色的现代国家（自由民主政体制度融入重主体间性、重情感、重人际和谐和群体关系等传统精神）有关，这两者对当代中国都十分必需，十分重要。这样，对现代儒学的社会定位和学术定性，也就更加明确：即它在建构宗教性道德方面可做重要贡献，但不可能依据它来"开出"现代的民主政治。也就是说，它可以有某种宗教性的社会功能，但不可能有现代的经济、政治功能。从而，儒学学者也不必再去幻想"应帝王""作王者师"了。这不很好吗？

但"内圣外王之道"的重建的另一含义又可期待于遥远的未来，"历史虽终结，社会仍存在。……如何建构人性乌托邦，如何使每个个体的身心、潜能全面而健康地开发、成长和实现，就要提上日程……教育学——研究人的全面成长和发展、形成和塑造的科学，可能成为未来社会的最主要的中心学科……这也就是我所谓'新的内圣（人性建设）外王（天下太平）之道'。当然，历史终结毕竟还早，至少还需要一两百年"（《哲学探寻录》）。因此，今天就不必详谈，且与会议主题似也相去甚远。于是，发言可以自休矣。谢谢。

（1994 年 12 月香港"第二次国际现代新儒学会议"发言提纲）

# 探寻语碎

## 一　何谓哲学

1. 哲学是科学＋诗。

2. 哲学到底研究什么呢？简单一句说，就是研究"命运"：人类的命运、中国的和个人的命运。这就是我所关心的。

3. 宗教信仰命运，文艺表达命运，哲学思索命运。人性、情感、偶然，是我所企望的哲学的命运主题，它将诗意地展开于 21 世纪。

4. 哲学的功能不在感染（诗），不在教导（科学），只在启悟。所以哲学是智慧，这智慧不是知性认识，也不是情感陶冶，而是诉于情理结构整体的某种追求、探询和了悟。

5. 我认为哲学只能是提纲, 不必是巨著。

6. 哲学只是视角, 它制造概念以图把握人生和世界。

## 二 人类学历史本体论

1. "使用工具—制造工具—更新工具"是我整个哲学的起点和核心, 也是"积淀"的来由和源起, 自以为最重要, 却一直被学人漠视、轻视、鄙视。也许要再等五十年才会被人(可能首先是西方学人)注意, 那就很难说了, 我也不必想它了。

2. "积淀"的要点即在于建立心理形式, 这形式也就是人性。

3. 可以这么说, 我从工具本体讲起, 到情本体告终。但工具本体很重要, 不然一切都是空中楼阁。

4. 哲学提示: 美是自由的形式→情本体→美学是第一哲学。科学展望: 美感两重性→四要素集团的 DNA →神经美学。

5. 所谓"本体"不是康德所说与现象界相区别的 Noumenon, 而只是"本根""根本""最后实在"的意思。所谓"情本体", 是以"情"为人生的最终实在、根本。

6. 有关形而上学，我提出和回答的是三大问题。一、人类如何可能？答曰：使用—制造—更新工具的历史经验产生了理性。二、什么是人性？答曰：情理结构，自然情欲与理性的各种矛盾融汇。三、人为何在中国传统中位置较高？答曰：巫史传统、一个世界之故。所以，人类学历史本体论以孔夫子为主，吸收和消化康德与马克思。

7. 我的哲学不是超然世外的思辨，也不是对某些专业题目的细致探求，而是在特定时代和宏观环境中与各种新旧观念、势力、问题相交错激荡的产物。我从"人活着"就要吃饭，就要使用—制造—更新工具、产生语言和认识范畴开始，通过"为什么活"即人生意义和两种道德的伦理探求，归宿在"活得怎样"的美学境界中，并提出"经验变先验，历史建理性，心理成本体"。美学、哲学、历史（思想史）在我的哲学即"人类学历史本体论"发展中形成了另一个"三位一体"。我通过制造"内在自然的人化""积淀""文化心理结构""人的自然化""西体中用""实用理性""乐感文化""儒道互补""儒法互用""两种道德""历史与伦理的二律背反""理性化的巫传统""情本体（情理结构）""度作为第一范畴"等等概念，为思考世界和中国从哲学上提供视角，并希望历史如此久远、地域如此辽阔、人口如此众多的中国，在"转换性的文化创造"中找到自己的现代性。

8.《人类学历史本体论》采取积淀论的哲学心理学的独特方向，融中国儒学、康德、马克思于一炉，以"人活着""度的本体性"等等的重构建设，反对后现代主义，凸显出当今人类与个体的命运问题。

9. 我的哲学简单用一句话说，就是要以"人活着"（中国传统的"生生"）来替代或超越海德格尔及西方传统的 Being。

10. 我现在提出的情本体，或者说人类学历史本体论，这是一种世界的视角，人类的视角，不是一个民族的视角，不只是中国视角。但又是以中国的传统为基础来看世界。所以我说过,是"人类视角，中国眼光"。

## 三　中国哲学登场

1. 中国哲学，就是生活大于语言。

2. 中国的山水画有如西方的十字架。

3. 文字（汉字）起了无可估量的重大作用。我曾再三强调汉字不是语言的复写、copy，汉字从而重语义而不重语音，正是它使汉民族能不断同化（汉化）不同血缘不同种族而一统中国，因为自汉代整套郡县制文官体制，使在朝在野的士大夫群体和阶层的交往联络，都必须讲话"文绉绉"，语音难懂，语义可通，实际是在用文字交谈，上行下效，加上儒学的风俗习惯、意识形态（书同文与行同伦），便不断地、长久地在同化（即汉化）不同血缘、不同语言、不同文字、不同风习（由"求同存异"而不断同化）的外来的和入侵的种族、人群，汉字在其中起了独特的重要作用，使这个"汉族"不断壮大，"中国"从来不是什么民族国家（Nation State），这是一个以儒家传统为核心的文化（包括上述文官体制等等）心理结构的巨大时空实体。

4. 周公、孔子、秦始皇，是对中国历史影响最大，也是最重要的三个人。

5. 1980 年我发表《孔子再评价》一文，实际标志着以原典儒学来吸收融会康德和马克思以展望未来。当时反传统高涨，未能多说。

6. 我自认对中国思想史除了对荀子的评估、说庄子哲学是美学等等次要成果外，至少有三个重要创获，它们都是假说，有待以后科学论证其真伪。一是巫史传统（巫的理性化），二是情本体，三是兵家辩证法。

7. 兵家是中国哲学第一家。

8. 我以前曾提出"实用理性""乐感文化""情感本体""儒道互补""儒法互用""一个世界"等概念来话说中国文化思想，今天则拟用"巫史传统"一词统摄之，因为上述我以之来描述中国文化特征的概念，其根源在此处。

9. 要继承的主要是中国传统的"神"（文化精神）而非"形"（表层形态）。

10. "上帝死了"之后，中国哲学登场。


## 四 伦理学新说

1. 我的伦理学的重要性，肯定在美学之上。

2. 我认为认识论到维特根斯坦已告终，包括我所重视的"默会知识""秩序感"等非逻辑思维，也将归于认知科学，即在脑科学基础上的经验心理学，神经美学即其一例。近年人工智能突飞猛进更显示出这一趋向。当然，恐怕一二百年后才能取得全面、成熟的结果。目前的哲学只是指示和范导这一唯物主义（或称"自然主义")的发展方向而已。从而,也就使哲学伦理学特别是政治哲学处于哲学的核心,这也正是我从康德研究、美学研究转向中国传统以及晚年以伦理学为主题的重要原因。

3. 概括讲来,其"新"有三:第一,主张在学术概念中,伦理与道德两词严格区分并强调由外而内说。第二,承续并发展中国传统的心理主义的哲学特色,重视各心理因素的复杂关系,特别是塑造建设"人性"的重要,提出自由意志论。第三,提出情本体(情理结构)外推的政治哲学即两德论。

4. 我没专门研究过政治学。但我提出的"历史与伦理的二律背反"(1980)、"历史在悲剧中前行"(1999)、"两德论"(1994)和"经济发展→个人自由→社会公正→政治民主"四顺序论(1995、1999)、"要社会理想,不要理想社会"(1994),以及"欧盟是走向世界大同之道"(1992、2002)等,可以在我的人类学历史本体论基础上展开政治哲学系统。但我没能力做了。

5. 我强调"社会理想"不同于"理想社会",因后者从观念的潜在可能性可以变为现实性的实践,即想方设法去在现实中实现这个"理想",特别是现代政治宗教兴起后。而前者标明只是观念的乌托邦,即不可能至少是当前现实不可能或不应可能。所以孔夫子说"与三代之英""丘未之逮也","丘"要在现实实践的只是文武周公之道的"小康"。康有为深藏其《大同书》也是如此，康认为"大同"不可能在当前现实中实现，如变成一条"我们找到了一条大同的路"就会很悲惨。

6. 我承继启蒙，反对假"儒教""国学""文化传统"和各种反理性主义的理论学说之名来"蒙启"；另一方面又强调要超越启蒙，主张以儒学为主体的中国文化传统（如"情本体"），来纠正和改造启蒙在根本理论和现实实践中的诸多重大缺失，以走出一条有普世意义的中国自己的路。

## 五 "4×3 + 3 = 15"

1. 我的一些核心思想，如"情理结构""实用理性"等，基本上是 1961 年开始形成的。

2. 我没有什么转向，我的特点是从来不转向。

3. 讲来讲去，仍是那些基本观念，像一个同心圆在继续扩展而已。

4. 概括说来，我先后写了"思想史三论"（"巫史传统说"应该在"古代"内）、"美学三书"、"哲学三纲要"、"伦理学三说"，加上《论语今读》一本,当然还有本"康德书"和对谈与访谈等,"4×3 + 3=15",多乎哉,不多也;少乎哉,亦不少。如此人生,而已而已。

5. 若讲比较满意的话,应是湖南岳麓书社"当代湖湘伦理学文库"中的《李泽厚集》,即《伦理学新说述要》(增补本,2021),算是我的心理主义的伦理学小结,其中包含告别任何政治宗教等论点。当然,就我全部论著来说,《人类学历史本体论》和《由巫到礼 释礼归仁》两书可以与这本《李泽厚集》并列。其他一些论著和各种对话之类,就不列举了。

6. 对我的东西的现在,我很悲观;但对将来,我非常放心。

## 六 学术遗嘱

1. 我接受马克思的理论,主要是 1948 年读周建人编译《新哲学手册》中《德意志意识形态》费尔巴哈部分的节译,当时我非常费劲地仔细研读并完全信服了(当然后来又多次读过)。至今没多少根本上的改变,觉得比起来自己学马克思的起点较高。

2. 六十年代初,我已较明确意识到,马克思是从工具、科技、生产力,向外走,我是向内走;他走向生产关系、社会结构、批判资本主义、无产阶级革命等等,我走向文化心理形成、理性来源、情理结构等等；他更重视历史的社会变迁，我更看重历史的心理积累，后来就与康德联系上了。再往后，我提出"新感性"等，并日益突出"情本体"等概念和词语，等等。

3. 循马克思、康德前行。

4. 我也趁此机会，公开宣布我撤销以前自封的"马克思主义者"的头衔、称号。虽然我仍然继续同意并吸收消化了马克思关于工具、科技、生产力是社会经济的核心这一"hard core"和经济是人类生存的基础等历史观点，但仅此一点，恐怕也不能就说自己是马克思主义者。我在新写的"康德新探"（即《批判哲学的批判》）英译本序中用三个"不是"（no）和一个"是"（yes）间接点出了这点。该书毕竟是 40 年前写的，章章多引马列以为护符，但以一个"是"，即使是 hard core 的"是"来说自己是马克思主义者，实在是太勉强太没资格了，所以应予撤销。——这算是我的"学术遗嘱"吧。如有何反响，年已九旬，不作复了。

# 序 跋

且说我这痴呆老人，近年来几乎每日都散步在这异乡远域的寂寞小溪旁，听流水潺潺，望山色苍苍，不时回忆起五六十年代的各种情景：遥远得恍如隔世，却又仍然那么真实。

# 《门外集》序

　　这里收集的几篇文章,除最后一篇外,都分别在《人民日报》《光明日报》《文学遗产》《哲学研究》《学术月刊》上发表过,这次没有改动。

　　这些东西虽然发表后曾得到长辈和朋友们的一些鼓励和过奖,但老实说,除感谢之外,我是始终很有些惶恐的。因为自己于文艺素来外行,这几年的研究工作也主要是摆在近代思想史方面,对美学和古典文学,大都只是作为业余爱好,写了点札记式或提纲式的文章,还谈不上什么认真研究。所以文章也多粗糙简单、浮光掠影,只在表面上触及些问题,并未曾深入探掘,有所发明,文字也写得不够通俗,有些句子还很欧化冗长。所以,我估计在这方面,自己现在最多也还不过是处在"才窥见室家之好"的门墙之外的阶段。要真正升堂入室,还得下苦功夫。不过这种可怜情况倒又逼使我下决心好好努力,我希望今后能够真正踏踏实实做些工作。

所以，集名"门外"者，虽一以遮羞，亦一以自勉也。
是为序。

1957 年秋于中国科学院哲学研究所

# 思想有何变化?

——《李泽厚学术文化随笔》跋

承北京大学王岳川教授盛意，邀约我编这个集子。但我不知如何编法，便请王先生代劳编定。

还要我写个"跋"。也不知道如何写，只想起近年来年轻朋友们向我提得最多的一个问题是：出国几年，思想有什么变化？似乎可以借此机会作个简单回答。

我还是我，基本看法没有变化。例如，美学上仍然坚持"自然人化"的唯物论和实践论；哲学上仍然是人类学历史本体论和个体创造论（"以美启真""以美储善"等）；中国思想史方面依旧是实用理性和乐感文化说。但是，比起八十年代来，毕竟又有了一些变化和有更明确和更发挥了的地方。例如，推崇改良过于革命；解释历史重积累、轻相对（时代性、阶级性）；多谈偶然，少讲必然；提出宗教性私德与社会性公德的区分；以巫史传统为根源来说明中国的"一个世界"观，如此等等。同时认为今日许多流行理论的根本毛病，在于忽视吃饭哲学和心理建设。在形式上，则故意捣乱，主张承继汉唐注疏和宋明语录，以短记、对话和老百姓的语言来反抗"后现代"的"学术规范"：那玄奥繁复的教授话语的通货膨胀。凡此种种，都是逆时髦风头而动。我倒愿意以此反动来迎接二十一世纪，其目标在于走出语言，建立心理，回归古典，重新探求人的价值，幻想也许应当为中国以及人类寻求一条转换性的创造道路，如是云云。既云之后，究竟如何，我并不知晓，真是"浩歌天际热"，"篇终接渺茫"。但我知道，所有这些，对于今日中国年轻或并不年轻的前卫教授群来说，只是陈旧可笑、不值一提、"毫无学术价值"的痴人说梦而已。尽管如此，我仍不想做什么改变。痴呆且任时人笑，后世相知或可能。可能吗？也并不见得，而且更不重要了。

　　且说我这痴呆老人，近年来几乎每日都散步在这异乡远域的寂寞小溪旁，听流水潺潺，望山色苍苍，不时回忆起五六十年代的各种情景：遥远得恍如隔世，却又仍然那么真实。那些被剥夺的青春时光是多么值得惋惜啊，毕竟是一去不复返了。从而，除了坏蛋外，我也想起好些值得我尊敬的"立德""立功""立言"的先烈、壮士、名家、学者。但我也说过，"声名再大，一万年也仍如灰烬"（见台湾版《李泽厚论著集》总序）。人生意义并不在"不朽"。那么，生活价值和人生意义究竟何在呢？人活着是为了什么呢？这不是值得我去细细思索、咀嚼的吗？我沿溪行，忘路之远近。

1996 年 11 月

# 身后是非谁管得

## ——《己卯五说》后记

文稿寄出后，心里却忐忑不安。还是老毛病：明知道文章尚需要琢磨，包括润饰辞章，展开论点，一些地方讲得更充分完备一点，但每次却又总是"匆匆写完，编就，交出，了事"（《中国古代思想史论·后记》）。为了除却一件心理负担，反倒加添了不少心理负担：自己既不满意，还怕别人嘲笑。

但毛病改不了。特别是年纪越大，性子似乎越急，也似乎越不想顾及许多。倚老卖老也罢，江郎才尽也罢，破罐破摔也罢，反正这本书稿就这样寄出去了。特别是在此中文书籍奇缺、一些普通资料也无从寻找、查对的情况下，便如此匆匆寄出去了。也许，这又给憎恨我的恶人一个很好的攻击缺口？

我之所谓"恶人"，并非指那些与我意见（不管是学术意见还是别的什么意见）相左而批评我的人，也不指那些各路的大批判家们，而是指一些与我极少往来、素无瓜葛却不知为什么（我实在弄不明白）对我非常仇视，无端攻击、谩骂的人。

　　这种攻击见诸笔墨者有之，更多和更恶的却是流言蜚语，无中生有，造谣中伤。我尝自省，这一生也算兢兢业业，直道而行；虽然缺点很多，但从不敢心存不良，惹是生非。只由于性格孤僻，不好交往，便得罪了不少人。而一辈子没权没势，从小到老，总被人无端欺侮，有时生一肚皮气也毫无办法，只好更加关起门来，"遗世独立"，感叹"运交华盖欲何求"。

　　但近年终于找到了一种阿Q式的排遣法。我对朋友刘再复说，我应该设想自己已经死了。这样，一切攻击谩骂、恶人恶语，对我也就没有刺激，不起作用了。"身后是非谁管得，满村听说蔡中郎"。我倒可以逍遥自在，不出声，只观看世人的各种真假面目，这不挺有趣么？

　　天气日暖，窗外的枝头、草地都已忙忙碌碌地披上了新绿，并时有小鸟来啄木、窥窗，自然界永远按时作息，总是这样殷勤感人。这里有点像北京，冬天一过，春夏便并不分明地接踵而至，说是春天，似乎已到初夏。记得初中作文曾有过"初夏，永远在我的记忆中，永远在我的诗篇中"的句子。那时是有感于江南水田如画的诗意，如今眼前却完全是另一番景象。一晃五十余年，诗篇始终没有写成，却写了一箩筐挨骂的蠢话。当然也包括这一本。这一本原题名《己卯五说》，后改为《波斋新说》（本书仍用原题书名《己卯五说》），一纪年，一纪事。书稿寄出后，又觉得纪年好。因为我上一辈的父、母、叔、婶都不到四十或刚过四十便谢世了，我真没想到自己能活到这个年份，实在有些高兴。但

毕竟时日如驶，精力日减，来日不多，自己的文体、语言、思想
都已僵化，不能适应今日各种时髦。看来，我提到的有关情感、
偶然、命运的"新说"，是写不成或不应该写了，何况还设想自
己已经死去了呢。"相见时难别亦难"，"又是夕阳无语下苍山"。
呜呼哀哉，尚飨。

# 由"学问人"到"自然人"

## ——《浮生论学》序

陈明自称是我的"忘年交",小我32岁。他对我生活上如走路扶我一把、吃饭让我先来之类很注意;另一方面则是在交谈、讨论时"没大没小",不仅直呼我名,有时还出言不逊,与我对长辈的态度完全不同。不过,我倒欣赏这位"小朋友",直率痛快,口没遮拦,交游也甚快活。

这个对谈是他提议我赞成,关在北大勺园宾馆里三天弄出来的。我们两人都性急,讲话争先恐后,绝无停歇让磁带空走之时,而且由于毫无拘束,想到便说,所以说东忽西,经常漫出边界,失去中心。虽然匆匆修改一番,基本上仍是这个样子。我说,"论学"毫无分量,单薄粗糙;他说谈话原汁原味,非常自然。我说,这样发表,没人要看;他说,就是这样,才卖得好。我拗不过他,于是,发表也罢。

"浮生论学"这标题来自"浮生记学"。"浮生记学"是我当年答应傅伟勋写学术自传时拟定的。因此又想起了伟勋。伟勋比我小三岁，我在一篇文章里说过，他是我非常喜欢的学人之一。他也是口没遮拦，快人快语，见真性情。在那篇文章里，我曾感叹现代化来临但真情日少，商业繁盛使人喧嚣而更寂寞，因而感到伟勋性格之可贵。据韦政通兄告，伟勋晚年大说不该搞学问，太没意思，总是肆无忌惮地在学人朋友中大谈男女之间的床上欢乐。伟勋是个悟性极高非常聪明的人，他曾根据自己切身体验写过死亡学的著作，成为轰动一时的台湾畅销书。我正想就此和他聊天，他却于1997年匆匆去世了，竟由于癌症多次手术后的意外感染。如此豪爽的一位汉子，一下子就永远没有了。我想起时，总倍感怅惘。我也常玩味他晚年癌症手术后的情况：伟勋似乎很快乐，照样喝酒，再三声称决不会死，仍在努力搞学问，但另一方面又极不满足，总感人生没意思。的确，如果不信神，不信鬼，那到底把人生意义放在哪里才好呢？去日苦多，及时行乐？精神上难得满足。著书立说，名垂后世？舍身饲虎，建功立业？贝多芬欢乐颂，浮士德上天堂……就满足了？也未见得。佛说无生，那当然最好，生出来就是痛苦。但既然已生，又舍不得去自杀，如何办？这个最古老的问题仍然日日新地在压迫着人，特别是死亡将近，再次回首人生的时候。本来，人的生存问题解决后，性的问题、自然本性问题、人生无目的问题，会像《灵山》描写的流浪生活那样，更为突出，更为恼人。有没有、可不可以有无目的的合目的性呢？不知道，很难知道。也许，存在的深奥是有限的人和概念的理性所不能把握的？伟勋晚年"返璞归真",由学问人竟回到"自然人",是不是在对人生作这种最后的询问?是不是又一次陷入了对生死、对人生意义究竟何在作挣扎不已的无望追求和苦恼之中?我不敢作此肯定,只是在感伤中怀疑和猜想。也好,由书名触发了对伟勋的怀想,就此作为对他的悼念:意义难求,愿兄安息。

"浮生记学"既然书名都给了陈明,当然也就不会再写了。记得当时也拟了一些章节标题,例如套用王国维"独上高楼,望断天涯路"、"衣带渐宽终不悔"三部曲以及"黎明期的呐喊"、"原意难寻,六经注我"等等名目。其中也有一段要写在北大的光景,北大那几年单调、穷困的"养病"(我当时患肺结核)学生生活,仍然留给了我许多记忆,那毕竟是我的青春岁月。今日重来此地,确是物是人非。物也变了许多,但依稀旧貌,还能找到;人却或老或死,完全不同了。"年年岁岁花相似,岁岁年年人不同",我不久前曾这样即兴举杯与一位年轻女孩子相互祝贺,将"人不同"随口改为"人亦同"。她很高兴。但我们都知道,青春毕竟是留不住的。那么就努力留住能够代表青春、代表鲜花、代表真实、代表意义的世上真情,又如何呢?这是不是应该算作人间最可珍贵的?

　　　　那么,还有什么可追求的?……
　　　　周围静悄悄的,雪落下来没有声音……
　　　　也没有喜悦,喜悦是对忧虑而言。

只落着雪

……

那么，这本书如果在胡拉乱扯中，在谈玄论学中，经过非常自然的交谈，从某种意义上也能保留一点点人世真情，不也就有了出版的借口么？也为了这，陈明要发些照片，由他从我的相册里挑选了一批。

陈明要我写序，又胡说一通。但说得如此煞有介事，作古正经，实在有点可笑。

没办法，是为序。

2001 年 3 月于北京

（原载《明报月刊》2001 年 7 月号）

# 走"大众哲学"的路途

## ——《历史本体论》序

本书原来的标题是《己卯五说补》。因为《己卯五说》一书原拟作为自己封笔之作，即最后一本书，不料写完之后，觉得还有好些话没说或没说完，又随手写了些札记、提纲，整理了一下，便成了这个小册子，以作为《己卯五说》的补充。

之所以改题为"历史本体论"（原称"人类学历史本体论"或"人类学本体论"），则是因为这个词汇（指原称）在我多年论著中虽不断提及，却从未专门说明过。特别是作为这个"论"的要点那三句话——"经验变先验，历史建理性，心理成本体"，既然被人嘲笑，就似乎更有必要向读者交代一下，因之便改成了现在的书名和各章节；又因"人类学"三字易生误解，且为通俗起见，就由原称改为现在的简称，但意义未变。

当然，这本书并非我这个"论"的全部或整体，相反，它实际上只是画个非常简略和相当片断的大体轮廓，还有好些话没说和没有说完。写得也粗糙之至，我以为重要的地方，如全书首尾两节，偏偏着墨太少，而好些部分又过分累赘，但都没有写好、写清楚。真个是仓促成书，因陋就简。

这也许会涉及所谓学术规范问题。如上所说，我这本书只是随手札记，没有多少论证，也没多少引证，甚至有时是跳跃性的表达和书写。就性质说，它属于康德所谓主观"意见"，而并非客观的"认识"，即不是追求被人普遍承认的科学真理，而只是陈述某种个人的看法。如果这些看法能对人有所启发，也就"是这种话语的理想效果"了（《己卯五说·说巫史传统》）。哲学本就属于这个范围。所以，如果本书被人认为根本没有"学术"水平，不符学术规范，应该批判或铲除，那我也心甘情愿，觉得没有什么关系。

十多年前我说过，中国将进入一个专家的时代，我们会有许多符合标准学术规范的各种各样的专家和专家们的专门著作。现在已开始如此，这是大好事。但海德格尔却很不满意这种专门化（professional）的理性哲学，而自称思想者（thinker）。吊诡的是，他的所有著作恰恰又只是少数专业哲学家穷理性之力才能看懂和讨论的对象。他仍然是非常标准的专业化的哲学家。

我不想如此。在叙述上，这本书也采取了与当今哲学晦涩艰深大相径庭的"大众哲学"的通俗路途。我以为，"历史本体论"本是平易道理，毫不高深，因之也就直白道来，而不必说得那么弯弯曲曲，玄奥难懂。这可能又会被人嘲讽为"落伍""过时"。可惜我素来不大理会这些，而且正准备请朋友刻一"上世纪中国人"

的闲章，如有可能，加印在书的封面上，以验明正身：这确是落后国家过时人物的作品，绝非当代英豪们"与国际接轨"的高玄妙著。

此外，本书还搞了个小改革。即外国人名一律原文（多是英文），不作中译。原因是我觉得愿读、愿购这类书的人，大都英文已识之无，著名人物如 Marx、Kant、Hegel 等译成中文，实无必要，而那些不著名不熟悉的，译成中文，因并无统一译法，反而不知是谁，甚至有时猜也猜不出来，我自己便有过这种经验，不如保留英文，更为方便。十五年前我在《美学四讲》一书中，已部分作过这种尝试，即一些人名故意不作中译，没听到什么反对。这次干脆正式提出，是否妥当，静候公论。

最后，抄当年《美学四讲》序文结语如下："岁月已逝，新见不多；敝帚自珍，读者明鉴。呜呼。"

2001 年 7 月，时在香港

# 同心圆的扩展

——《实用理性与乐感文化》后记

编完这个集子，有种五味纷陈的感觉：有点高兴，有点悲哀，有点愧疚，有点遗憾，也有点骄傲。真不知从何说起，本也不想再说什么。

但人们，也包括自己，有喜欢先看书籍前言、后记的习惯，想先看看作者本人有些什么感觉或说明。我一向自我感觉不甚良好，对此书我有两个感觉。

一是太重复。有如已收入本书、发表于 1994 年的《哲学探寻录》结尾所注明："讲来讲去，仍是那些基本观念，像一个同心圆在继续扩展而已。"确乎如此，以后我出版的《论语今读》(1998年)、《己卯五说》(1999 年)、《历史本体论》(2002 年) 以及本书首篇《论实用理性与乐感文化》(2004 年)，与 70 年代末出版的《批判哲学的批判——康德述评》和收入本书的 80 年代初发表的主体性论纲等文，基本观念几乎毫无变化；圆心未动，扩而充之而已。而且，还不只是观念重复，连词句也重复，特别是别人少作或不作的剪贴旧作。这个剪贴法是向鲁迅学的。但鲁迅剪贴的多是论敌文章和报刊消息，而我剪贴的全是自己的文章论著。为何如此？索性再剪贴一段：

> 问：我发现你的一些著作中有时喜欢引证自己，是不是？为什么？
>
> 李：是。为了偷懒。一些问题一些看法，以前说过了，这次就干脆直接抄袭前文。因为我也发现好些中西论著，有的还是名作，翻来覆去老是在说那一点意思，不过变一下词句或文章组织而已，如其那样，不如我这样省事。所以我的《华夏美学》一书中就直接抄袭了《美的历程》《中国古代思想史论》好几处，不必另行造句说那相同的意思了。（《走我自己的路》，安徽文艺出版社，1994年，第542页）

以前还是小段抄引，现在则大段剪贴。除了偷懒外，还有一个原因，因为自己引证剪贴的大都属于自己认为重要而人家却不注意的论断或观念。既不被注意，如其重新遣词造句再说一遍，就不如干脆逐字逐句地重复原文。"重复有一定好处"（《论语今读》前言），也更为醒目。但不管怎样，这总有点感到愧疚和悲哀了。

第二是太简略。仍然是"引证自己"的剪贴：

《己卯五说》这本书里的五篇文章的确都是提纲，每篇都可以写成一本专著。我原来也是那样计划的，后来放弃了，原因一是时间不够，资料不好找；二是我认为，作为搞哲学的人的著作，提纲也不一定比专著差，主要看所提出的思想和观念。恩格斯的《费尔巴哈论》的附录，即马克思的十一条提纲，不过千字左右吧，就比恩格斯整本书的分量重得多，也重要得多。当然，写成专著，旁征博引，仔细论证，学术性会强许多，说服力会更大……这本书的确留下了许多空隙，值得别人和我自己以后去填补。(《"六经注我"和"我注六经"》，《芙蓉》杂志 2000 年第 2 期)

《己卯五说》如此，《历史本体论》如此，本书也如此。我还辩说过："我不喜欢德国那种沉重做法，写了三大卷，还只是'导论'。我更欣赏《老子》不过五千言，……哲学只能是提纲，不必是巨著。"（见本书《哲学答问》）哲学本只是提问题、提概念、提视角，即使如何展开，也不可能是周详赅备的科学论著。于是，也如《历史本体论》前言所说，我提供的这些基本观念、视角、问题，"如能对人有所启发，也就是这种话语的理想效果。哲学本就属于这个范围"。话虽如此说，总觉得有点遗憾。因为即使是提纲，也仍然可以说得更细密一些，挖掘得更深沉一些，可以把这个同心圆画得更好更圆一些。但由于主客观各种情况和环境，终未能如愿。因之，这个集子对我来说，可算是种岁月的感伤省记；但对读者来说，却可能感到既粗糙又累赘了。对此，我是颇为愧疚不安的。

五六十年代的"前奏"不计，我这个"同心圆"陆陆续续也画了近三十年，虽历经风雨，遭到官方和民间各种凶狠批判，我却圆心未动，半径不减，反陆续伸延；而且重要的是，始终有不少读者予以热情关注和支持。特别是这十多年来，中国的经济、社会、文化、学术变迁都甚为巨大，图书出版争奇斗艳，市场价值几乎淹没一切，却居然始终有读者不厌重复、不怪简略，尤其是不嫌陈旧来读来买我的书，我的书没有炒作，不许宣扬，却包括《批判哲学的批判——康德述评》在内竟多遭盗版，这实在出我意料，有点苦甜交集，受宠若惊，怎能不高兴且骄傲？

我是青春有悔的。宝贵时光被人剥夺，几近二十年的人生最佳时段，被浪费在多次下乡劳动中，各种政治运动中，严重扭曲境遇中，根本没有时间好好读书。而时一过往，何可攀援。所以我特别羡慕今日的年轻学人，尽管他（她）们也受着经济、社会、生活各方面"现代化"的巨大压力，但可争取的自由特别是自由时间，比我们当年还是要大得多。时间性作为自我有限生存和决断明天，却痛苦地不能为自己所拥有，成为非真实的存在，由当年到今日，我虽尽力拼搏，创获毕竟未如所愿；而力不从心，来日苦短，我大概也不能再做什么了。这又怎能不悲哀和遗憾？

　　五味纷陈，并不舒服。年轻学人不再会有这种情况和这些感触，但愿他（她）们不泥国粹，不做洋奴，努力原创。

2004 年 6 月于 Boulder, Colorado

# 致亲爱的年轻读者们

## ——《给孩子的美的历程》序

《美的历程》是一本讲欣赏中国传统文艺的书，1981 年出版的。一些好心的阿姨、叔叔作了许多压缩删削，给书名加了几个字，特地送给你们。我不清楚如何挑选了这本书，自己年纪大，视力差，不能细看，也不大清楚是如何删削压缩的。但她（他）们认为我是原作者，必须说几句话，即"表个态"，写个序。

我也不知道这态和序如何表如何写，我十分感谢她（他）们看中了这本书，又费心费神，作了适合于你们阅读的删减削缩的工作，郑重向你们推荐，认为对你们有帮助。这当然使我非常高兴。但同时我又觉得，你们读这本书可能还是深了一点，用宋丹丹小品中的话来说，这本书仍然是那"相当地"难读、"相当地"难懂。

本来，文学艺术就相当庞大、复杂、多样，中国传统又那么长久，要串起来、读下去、搞明白，就更麻烦、更费劲，也就更难得有兴趣了。

那么，为什么要读这些东西呢？

这是个大问题。

很难讲。

有各种不同的讲法。下面的讲法，是抄录我以前说过，但可能更难懂的几段话：

> 如同物质的工具确证着人类曾经现实地生活过，并且是后代物质生活的必要前提一样，艺术品也确证人类曾经精神地生活过，而且也是后代精神生活的基础和条件……艺术品作为符号生产，其价值和意义即在这里。这个符号系统是对人类心理—情感的建构和确认。
>
> ——《美学四讲》1989

> 艺术本来是在一定时空中的。它有时代性、历史性，但恰恰又是艺术把时空凝冻起来，成为一个永久的现在。画幅上、电影中、诗词小说里，就是这种凝冻的时空，它毫不真实，却永不消逝。人经常感叹人生无常，去日苦多，时间一去不复返，艺术通过这种凝冻把它变而为体验众多人生的心理途径，直接培育、塑造人的自觉意识，丰富人的心灵，确证人类的生存和个人的存在。
>
> ——《美学四讲》1989（略有删削）

……认识的因素在艺术里面，就像水里放了盐，喝水知道咸味，但你看不见盐，也就是你可以感觉到，但不一定很明确。所以，艺术有它的多义性、不明确性、朦胧性。

——《在电影艺术讨论会上的发言》1986

有人说，既然是心理情感的构建，那便与培育"一颗中国心"也有关系。但有这么重要和严重吗？我不知道。我只愿你们在这多义、朦胧和不明确性的领悟琢磨中，能读出些中国传统的味道和兴致来。祝

读这本书快乐！

2016年5月22日

# 《中国哲学如何登场》新编版后记

《中国哲学如何登场？》的对话者刘绪源先生比我小二十余岁。他当时正开始研究儿童审美心理的产生和发展，并从婴儿出生到四岁的精确仔细观察记录中，形成关于人性情感源于动物性情绪渗入想象—认识等初步结论，与我提倡的实践美学极为契合。我曾说，期待二十年后出现一个在儿童情感心理学领域的中国的皮亚杰（Jean Piaget，主要是在儿童认识心理学领域），他却不幸于 2017 年突发肺癌，三个月后去世。这对我不啻惊雷乍响，而无可如何。如今重读旧文，更不胜伤感。壮者行矣，老者何堪，谨记于此，以作怀念。

2020 年 2 月腰重伤后匆草

# 《伦理学新说述要》增补本序

承家乡学人盛情雅意，乃将敝帚自珍之近作一种略加增补并添附录长文一篇奉献"文库"。

近日偶读 J.Rawls 生前未发表的 *On My Religion* 短文，深有感触，在失去信仰上帝之后，如何寄托此生？自由主义的政治哲学能替代或作为情感性的宗教信仰吗？ Habermas2015 年在美国接受John W.Kluge Prize奖答谢词中也仍然显示出知识(启蒙)与信仰(宗教)在西方现代的纠缠难解，人"如何活"和"活的意义"的命运问题仍然是哲学难题，令人彷徨困惑，无所适从。这也似乎更使人感到有"情本体"(情理结构)特色的中国哲学可以登场了。斯事体大，而伦理学和政治哲学均庞大无边，论著千万，自己才疏学浅，衰龄颓笔，更不及细说，只好如此献丑学界，愧对家乡了。

春风三月，凭窗远眺，但见白雪罩顶的洛基山脉，再也看不到那满山红艳的杜鹃花和金黄色的遍野油菜花了。怅何如之。

2020 年 3 月异域波斋

# 历史与情感

——何兆武《历史理性批判散论》序

记得二十年前写《批判哲学的批判》谈及康德历史哲学和目的论时候，觉得里面有更多的东西值得钻研和发掘。当时限于时间和篇幅，没有去做。后来想做，却全忘了，今天读何兆武兄的大著，其中好些涉及康德，又浮想联翩，且甚为感慨，却仍然无从着笔。

康德提出的非社会的社会性、福德两难等等观念，今日看来，弥觉珍贵。它似乎也早暗示着：人类将永远在此历史主义与伦理主义的二律背反中悲苦前行而无以逃避。如今，一面是科技发达，寿命延长，衣食住行不断改善；另一面是精神失落，道德困顿，名利纠缠，真情难得。人活着究竟为什么？变得愈加难解。也正因为此，出现了"返璞归真"的各种原教旨主义呐喊，出现了追溯孔孟、崇奉理学的国学新潮……到底"应该"（？！）站在哪里呢？是冷心冷面恭喜发财而将其他搁置？是义愤填膺指斥物欲横流、人心丧尽？是根本不必理会这些，一心营建自己或物质或精神的安乐窝？看来，只有各人自己去选择了。

历史总是让各种潮流相互撞击激荡，左旋右拐，来开辟道路。这道路也就充满了偶然。其中，作为个体的人的悲欢离合、苦难幸福，更是千奇百变，难以确定。而这，不也就是所谓"命运"么？记得一位以凶残著名的现代大人物说过一句颇堪玩味的话，大意是：战场伤亡，数字而已；舞台上演的悲剧只属于个人。战争摧毁了多少个心灵躯体，对历史却只是一堆血肉全无的数字。今日在市场狂潮中被淹没吞噬的心灵躯体何止千万，只是没有战争那么惨酷罢了。留下的仍然是一堆有关利润、效益、增长率的经济数字。所谓悲剧只属于个人，不也仍然一样？个体虽呼喊着、挣扎着去追回那只属于自己的生命，但历史无情，以百姓为刍狗，远不只是"滚滚长江东逝水，浪花淘尽英雄"，而且对个体来说总常是"长恨此身非我有，何时忘却营营"，于是只有"林花谢了春红，太匆匆"了。

1992年曾游历欧洲各地，其中令我感怀最深的，是雅典的巴特隆神庙。公元前的巨大石建筑，虽残破却庄严地耸立在那不高的山坡上，那么壮健而洁净。它们站在那里已经数千年，我有一种说不出的感动。感动什么呢？讲不清楚。是因为那是几乎征服了全世界的欧洲文明的源头？是因为它可以使人想起城邦民主和自由人的精神？是因为那绚烂而朴实的建筑物本身？……好像都不是。我来自中国，这神庙本与我无关。奇异的是，它却使人感到这也是自己生存的一部分。所以这感动的确是某种惊叹赞赏，但这惊叹赞赏又似乎和对与自己相联的人类生存的确认有关。记得十多年前游罗马，不是宏伟的斗兽场，而是存放尸体、被残酷迫害的基督徒的地下通道，使我有过类似的感动。看来这感动显然有关乎历史。历史在这里双层地栖居着：它是那一去不可复返的特定时空以及由人们不断描述解说着的经验话语；但它又同时是那可以超越特定时空而与我当下交会的某种感情。

"今逢四海为家日，故垒萧萧芦荻秋。"暴君们砌起宫殿城堡，显赫一世，而后身死国灭为天下笑，如今则一概是萧萧故垒、断壁残垣。历史到底在哪里呢？或者，究竟什么是"历史"呢？它存留何处？历史当然存留在物质工具、资料、制度、语言、风俗、各种经验以及书本中，存留在和平与战争、自由与专制、奴役与反抗等等各种血与火、各种善与恶（善中有恶，恶中有善）的记载中，它们提供前提和"帮助"后人去创造历史。不过，历史不也可以存留在上述那片刻的情感感受中么？不也存留在让人们流连不已的博物馆、艺术馆和废墟故垒中吗？那么，何兆武兄所着意讲解"一切历史都是当代史"（克罗齐）、"一切历史都是思想史"（柯林伍德），是不是也可以从这个构造心理情感角度去理解呢？伦理主义营建心理本体，以展现绝对价值，而这个本体又正是风霜岁月的人类整个历史的积淀；那么，伦理主义与历史主义的二律背反将来是否可能在这里获得某种和解？历史感情的进入心理，是否能使人在创造历史时让那二律背反的悲剧性减少到最低度，从而使人在历史上不再只是数字，而可以是各自具有意义的独特存在呢？

但是，历史"规律"呢？何兆武书中着重介绍了西方"从身份到契约"即由人身依附到"自由人"的历史和历史学。今天中国似乎正在欢欣中编织着这同一行程。那么，如此重复，是否证明确有某种"不以人的意志为转移"的"客观法则"？那么，上述有血有肉的人的生存"意义"又如何存在呢？何兆武的书说明，十八世纪是自然法派的史学，宣讲普遍或先验的自由、平等、博爱，以绝对准绳来衡量历史所遵循的"天意"或"天道"；十九世纪史学以具体分析史实的相对主义登场，也仍然宣讲历史的进步，马克思主义便算其中一种。但二十世纪以降，"客观规律"被否定，历史进步受谴责，"自由创造"成了史学主角。我知道，今天后现代则更进一步，强调一切均编造，均虚构，均胡说，更何况乎历史？这里，当然也就根除了价值还是史实、主观判断还是客观叙述之类的矛盾烦恼了。所谓历史感情在此便更可笑，从而那巴特隆神庙、那罗马的基督徒地下秘密通道，等等等等，也就不值一文，如同儿戏，完全可以把它们夷为平地，做游乐场。

遗憾的是，至少迄今为止，人们并不这么做，却仍然珍惜它们，保存它们。这又为了什么？人们仍然想历史，谈历史，为什么？除对人要吃饭从而人类宏观经济行程外，我于所谓历史的"必然性"，一般相当怀疑；但我仍然赞同保存古迹，读点历史书。为什么？

　　也许，只是为了在这里去发现和领略真正的历史，证明历史并不只是那一去不复返并被完全空间化的可计量测度的时间，它同时可以是如艺术作品永恒存在并不断积淀在人们心理中的情感"时间"，那推撞着人们去有选择地创造历史的活的时间。前者可以是书写着的经验、记忆、工具、出发点，后者则必须是亲历着的感伤、感慨和感情。从而时间—历史终将永恒地作用于人，影响于人，看来又是无可回避的了？！

　　何兆武兄本人的历史似乎也如此。他比我年长十岁，待人真诚，学问极好，却无端当了十年"现行反革命"。我不但感触到他多年被人欺侮，连宿舍也分不到一间只好住办公室的情况；而且更感受到他的时间、精力长期被侵占剥削，但他却如古代圣贤一样，似乎毫无怨言怒色，总在孜孜不倦地继续他那送往出版社十年也无消息的古典译稿的续篇。一个小小历史"曲折"可以杀死、伤害那么多的人，留下的只是各种数字包括时间数字。但每个人却只有一次生命。如此这般地生活在历史中，不跳出它，又如何活？有比历史更高、更大、更强有力的东西么？人们说：上帝。上帝何在？它不是死在奥斯维辛了吗？于是，只能在你心里。于是我又只好回到真正可珍贵的积淀物——那复杂的历史感情中。也许正因为此，兆武兄强劲地叩问着历史根本问题，便更使我掩卷感伤不已。

# 不诽不扬，非左非右
## ——《卜松山文集》序

　　十余年来，在我的思考和文章中，尽管不一定都直接说出，但实际占据核心地位的，大概是所谓"转换性创造"的问题。这也就是有关中国如何能走出一条自己的现代化道路的问题，在经济上、政治上，也在文化上。以中国如此庞大的国家和如此庞大的人口，如果真能走出一条既非过去的社会主义也非今日资本主义的发展新路，其价值和意义将无可估量，将是对人类的最大贡献。而且，在当今世界，大概只有中国还有这种现实的可能性，这种可能性也大概只在这三十年左右。因此，我觉得，中国人文领域内的某些知识分子应该有责任想想这个问题。这一些，好几年前已说过，如在《再说西体中用》一文中；今天不嫌重复，又说一次。

　　我是哲学系出身，对经济、政治完全外行，只能从思想史角度作些考虑。我近年提出的"巫史传统"和"儒学四期"说就是如此。前者是企图总结自己对中国文化特征的探究，认为我前此标出的"实用理性""乐感文化""一个世界"等等，均应概括为"巫史传统"；现在人们大谈不已的"天人合一"，其根源亦在此处。它设定了后世数千年"宗教、政治、伦理三合一"的格局，今日颇需解构和重建。后者（"儒学四期"）则是针对"儒学第三期发展说"（牟宗三、杜维明）而提出的另种分期。它以为，今日儒学不能止于心性思辨和形上道德，它的新发展必须融会马克思主义、自由主义、存在主义等等，区分宗教性道德（"内圣"）与社会性道德（"外王"），重提文艺复兴，以美学为根基，塑建人的内在主体性（人性）。"巫史传统"是回顾过去，"儒学四期"是展望将来，二者相互交织，仍为人类学历史本体即主体性哲学的具体展开。

所以，我仍然赞同 C.Geertz 的看法，即一方面，"人群有诞生日，个人没有"（"Men have birthdays, but man does not"）；另一方面，"成为人就是成为个体"（"Becoming human is becoming individual"）。这非常接近于我的"积淀"论，即我不以独立个体及其社会契约作为先验的原始设定，而将现代个人主义及其心理构成置放在人类总体的历史行程中去观察其来龙去脉。因之，中国在今日现代化的进程中，似乎应该是：一方面创立在现代自由主义和社会正义基础上的政治—道德体制，以提供行为准则；另一方面重建"天地国亲师"的哲学—宗教传统，以情感信仰来范导前者。只有这样，我以为才能越出当前民粹主义、保守主义等各种意识形态的干扰和束缚，非左非右

(A.Giddens：“beyond left and right”)，不诽不扬（C.Taylor：neither “knockers” nor “boasters”），来开创某种融古今中外于一身的新道路。也只有这样，儒学才能与基督教、伊斯兰教相比较而共存，争取形成同一物质文明、多元精神文化而和谐相处的"地球村"世界；也只有这样，才能真正对应后现代主义破碎化的严重挑战。

卜松山（Karl Pohl）教授是我的老朋友了，他是拙著《美的历程》的主要德译者。因此，他的著作用中文出版，对我来说，真是一件值得祝贺和高兴的事情。他的好些看法，例如重视中国文化特别是儒学不追求超越的现世性和"天道即人道"的社群立场，同情 A.Macintyre 等人对现代西方个人主义的批评，要求道德原则重新回到实际生活、公共利益和历史情境中，指出基于逻辑、理性的西方"硬性"普遍主义与基于美学的中国"软性"普遍主义的不同，以及反对"绝对普遍主义"与"任意相对主义"，凡此等等，与我均大有不谋而合殊途同归的地方。

因此，当他要求我为此书写篇短序时，我便想借此机会通过概述自己一些基本观点，以表达一个中国学人对此书所提出的某些重要问题的看法，并以此答谢多年关心我的国内读者。多难兴邦，斯言有证篇；海天辽阔，无限思量。是为序。

1998 年春

# 日日新，又日新

—— 金维诺主编《中国美术全集》序

　　我于美术史艺术史完全是外行，根本没资格没能力也很不适宜为这么大的重要著作写序。但一再推辞不掉，而且比我年长的金维诺教授还亲自写信来邀约，真是却之不恭、受之有愧而不免有点惶恐了。面对如此巨著，面对一大批美术史艺术史的专家学者们，有如我当年为宗白华先生《美学散步》写序时所说，"藐予小子，何敢赞一言"。

　　但既然承诺了，便只好硬着头皮来讲几句佛头着粪的题外话了。我刚从印度归来，看了好些印度的古建筑、雕刻和壁画，如 ajanta、ellora 石窟、khajuraho 的神庙以及泰姬陵，等等，以前我也看过埃及的金字塔和 Luxor 的巨大宫殿，柬埔寨的吴哥窟，秘鲁的 Machu Pichu 以及雅典的巴特隆神庙、欧洲的哥特式教堂。我总震惊于这些石建筑巨大体积给人的震慑和力量感，它们有时几乎以蛮力的形式展示着神（其实是人类总体）的无比强大、优越和威严，从而也常常慨叹中国传统都是木建筑，《洛阳伽蓝记》中描述的那些高耸入云的楼台寺庙统统没能留下。与这种感触相并行的，是对异域艺术狂放情感的强烈感受。带着骷髅项链跳舞的毁灭之神湿婆，既狂欢又恐怖；哥特式教堂狭窄却高耸、空旷的内部空间所传达的神秘、圣洁……它们对情感的激烈刺激，至今仍可依稀感受。而所有这些，中国艺术似乎都没有。为何中国传统缺少巨大的石建筑？我曾查过书本，问过专家，始终未得确解。我怀疑这与中国上古漫长的成熟的氏族体制保有反对滥用人力的原始人道与民主有关（我称之为"巫史传统"），它最后形成和发展为儒家的"礼—仁"思想：对外追求等级秩序的社会和谐，对内追求情理互渗的人性和谐。既不禁欲，也不纵欲；既不否认鬼神，也不强调鬼神，"敬鬼神而远之"。总之，是非常肯定和重视人的现实生存和生活，强调清醒地、实用地、合情地处理它们。"乐者乐也"，"乐以节乐"，包括音乐也是一方面为了快乐，另一方面节制快乐。就是说即使快乐也需要有一个"度"，才能有益于个体身心和群体社会，从而维护生活和延续生存。其实，中国各类艺术对功能和形式的种种追求，又何不如此？寻求不同比例、结构的情理互渗，线重于色，自由想象多于感官刺激，抽取概括优于现实模拟，心境表达大于物力呈显，而强调掌握"增之一分则太长，减之一分则太短"的"度"的智慧，则几乎成了中国文化、人生和艺术的核心，而这也就是"中庸"。

中国艺术史的诸多美学范畴和审美观念，无论是韵味、神趣、风骨，无论是雄浑、淡远、典雅，无论是"小中见大"、"以形写神"、"似与不似之间"、"无画处皆成妙境"……不都以不同形态或方式展现出这一特征吗？而且，它们总是那样执着地关注现实、关注这个世界、人间的喜怒哀乐、悲欢离合、苦痛甜欣。即使追求解脱，也大多是在这个世界的大自然山水田园中去寻觅、了悟和超越。即使有时也带上佛陀的面容，说着西天的故事，但这里始终少有蛮力的石块堆和征服，少有物欲放纵的酒神狂欢，也少有灵魂的彻底撕裂、匪夷所思的自残苦行或奇迹神示，少有反理性的迷狂。它总是在不完全否定或排斥现实生活生存中，去强调心灵的神奇和精神的境界。这里有"亲子情、男女爱、夫妇恩、师生谊、朋友义、故国思、家园恋、山水花鸟的寄托、普度众生的襟怀以及真理发现的愉快、创造发明的欢欣、战胜艰险的悦乐、天人交会的皈依和神秘经验，来作为人生真谛，生活真理"（拙作《哲学探寻录》）。

"慢慢走，欣赏啊。活着不易，品味人生吧。'当时只道是寻常'，其实一点也不寻常。即使'向西风回首，百事堪哀'，它融化在情感中，也充实了此在。也许，只有这样，才能战胜死亡，克服'忧''烦''畏'。只有这样，'道在伦常日用之中'才不是道德的律令、超越的上帝、疏离的精神、不动的理式，而是人际的温暖、欢乐的春天。"（同上）

这就是中国艺术史。当各处远古文明纷纷断绝灭亡之时，中国文化和艺术却历经苦难而绵延不断，巍然长存。我们今天还能读孔、孟、老、庄的书，仍然可以在这绵延不断的艺术史长卷中，领略、感受这个民族生存之道，它那自强不息、厚德载物的韧性精神、栖居诗意、宽广怀抱和伟大心魂。

今天，当又一次外来文化和艺术汹涌而至冲击本土的时日，当我们已有和将有更为雄伟的摩天巨厦、江河大桥，更为靓丽放浪的声色（Music & Sex）、更加迅速跳动的时空岁月，现代将如何与传统再次在艺术中碰撞、渗透和融合呢？中华民族是讲究"变"的，讲究"日日新，又日新"，这部不断传承又不断变易的艺术史能在这方面给我们以某种启迪和启发吗？

我想应该是可以的，是所望焉。

2005 年 12 月 8 日草于北京

# 了解中国传统的切入口

—— 王柯平《中国思维方式》序

　　1992 年我在德国曾说，中西交流不成比例，一般的中国教授和大学生，能举出西方古今人名百人以上，你们除汉学系外，从教授到大学生能举出中国古今人名多少？十个还不到吧。我说这是因为中国现代处在"挨打"的地位，迫切需要了解西方、学习西方；西方恰好相反，中国的存在似乎无关痛痒，从而没有必要去了解中国，这如同 18 世纪的中国自以为天朝上国、世界中心而无需知道西方一样。

　　时日迅速，此话才说过 15 年，"中国制造"竟然泛滥全球。中国经济力量的迅速发展，使汉学不再比肩于埃及学、敦煌学的地位，日益成为与人们生活有现实关联的学问，"汉学"成了"中国研究"学。西方对中国文化了解的需要开始了，但也不过才开始而已。要真正了解，恐怕至少也是 50 年以后的事情吧。

　　不同文化在开始了解阶段，感受和讨论得最多的常常是所谓同异（尤其是文化心理的同异）问题。作为人，同属于人类，不同文化都有衣、食、住、行、性、健、寿、娱各方面，这大概是东海西海，其心相同，其理相同。但另一方面，汉服西装，刀叉筷子，文字，语言，伦理，信仰，人们又深感文化之异。盲目说同，乃一厢情愿；严格别异，可文明冲突；因之如何清醒辨识异中之同，同中之异，明异求通，取长补短，似乎才是各文化和平共处协调发展的世界大同之道。

中国传统讲究"和实生物，同则不济"，主张多元，反对同质化。儒家拜祖先，祭天地，却又允许人们信奉其他宗教。千年以前，孔、老、佛便可共聚一堂；现代以来，中西婚礼仍可同日并举，中国人并不感到冲突或罪过。这是如何可能的？这种文化心理是如何组建形成的？不也可以是了解中国或中国传统的一个很好的切入口吗？

王柯平教授以"天人合一"为主题的这本著作，就是以哲学—宗教的高度从这个切口的深层进入。"天人合一"来自巫史传统，所以信奉多神，讲求实效，没有出现专注灵魂拯救、追求天国幸福的唯一神宗教；也正是因为"天人合一"，中国哲学不讲Being（存在），不重 Essence（本质）与 Substance（实体），而讲 becoming（过程），特重 functions（功效）与 relationships（关系）。阴阳不是光／暗、善／恶、上帝／魔鬼；这里没有二分法，没有本质主义，对世界的把握不是理性的逻辑方式，而是充满情感的审美方式。

正由于此，如王教授在本书中所揭示，中国美学"悦志悦神"的最高层次，在"天人合一"指引下便仍然是含有感性因素的"天

地境界"，而不是 Kierkegaard 那种完全唾弃和仇视感性的向神皈
依。王教授详细讲述了对自然美的"悦心悦意"的欣赏。中国人
喜欢在山川美景处刻石留辞，这也是其他文化少有或没有的。刻
字题词把对自然景色含混朦胧的审美感受，把生理因素或神秘因
素突出的审美感受，引向更为确定的道德象征和人间世界，使纯
粹美走向依存美。虽然我非常憎恶和反对现在还到处刻石留字附
庸风雅，这实际是在破坏自然和环境，但在古代特定限度内这种
关注现实、追求天人交感的传统文化心理，却是值得重视和尊敬的。

　　我曾说，西方的辩证法从语言论辩中产生，是思维的艺术，
思辨的智慧；中国的辩证法从战争兵法中产生，是生活的艺术，
生存的智慧。前者锻炼培育了人们的思辨理性，产生了高度抽象
的理论科学，为中国传统所远远不及。后者锻炼培育了人们的实
用能力，产生了众多的技术发明，培育和延续了一个如此众多人
口、广阔疆域、有统一文字语言而且历史悠久未断的巨大时空实
体。而所有这些中国文化的短处和长处，又都与这个"天人合一"
的根本攸关。

　　由此看来，在今天西方开始感觉需要了解中国的时候，王教
授高屋建瓴从这个根本点上来讲中国文化和审美，不是很有其概
括力量和深远意义吗？

　　是为序。

（原载《环球财经》2008 年 1 月 30 日）

# 希望你无往不胜

## ——黄梅《结婚话语权》代序

（第一次通话，中国，周六早上 7 点）

**黄**：导师，我的书终于要出版了。

**李**：这有什么，现在出书很容易，自己出钱就能出。

**黄**：那怪我是您的学生，也变成了您的硬脾气。不写到出版社来找我出书，支付我稿费的程度就不出。

**李**：哦。你也是湖南人嘛，和我是老乡。但是硬脾气是你自己的，和我没有关系哦。

**黄**：导师，您还记得吗？ 2008 年奥运会那年，我就把我的"自传"拿给您读过，都是我的真实经历，从三十多年前开始记在日记本上，二十多年前开始记在电脑里，某一天我开始跟风，也想成就一本时尚的"自传"，写了三十多万字了，你读后评价，说对我刮目相看。但是中国现在，出版社出这些书，除了名人的，其余都让作者自己出钱。还有人劝我，出版一本"装帧设计高品位

的自传"作为"一张出手不凡的名片",对此我也不感兴趣,倒是
我在写作中重新领会了文学,下定决心创作,打破结构,力图在
文学上提升,现在有出版社愿意为我出版,至少是个认可吧。

李:不管怎么说,是件大好事。

黄:但是您作为我的恩师,我希望您可以为我作个序,为我
推荐。

李:我一贯不喜欢为人作序,况且八十岁已宣布停笔了。

黄:我知道您的个性,您自己的书从第一本起就不用别人作序,
书本身就摆在那里说明问题。要是我这本书是本学术书,那也罢了,
我自认为我也没有跟您学到多少学问,做您学生的那几年,您自
己还很年轻,正值开放没有多久,您世界各地讲学研究去了,没
有太多管我们学生哦。但是我这本书是有关生命的书,作为导师,
您影响我更多的是生命,所以才跟您开口啊。

李:我没有学生。尽管我招过两届博士生、两届硕士生,但
是我没有教他们,尤其没有教他们读我的书,也包括你,但你这
本书不是学术书,是有关自己生命的书,难能可贵。

黄:导师,您还记得吗?我被录取为您的研究生之后,您才
跟我说,您支持我这个本科学习理科的学生考您的研究生,但压
根就没有想到我能考上。我听了立马大叫起来:"您明知我几乎
没有希望考上,为什么还鼓励我考,我是破釜沉舟,不然大学毕
业把我分配到湖南省气象局让我看天吃饭,我吃得下吗?"您也
毫不词软:"我鼓励你考,是因为你表示你热爱美学,就在你来见

我的前几天，还有个学生专门从外地到北京来复习考我的研究生，已经第三年了。你一年考不上可以积累经验，第二年再考啊。"也许看到我脸色都变白了，您当时露出了和蔼的微笑，说："我也没有想到你还能考得这么好，嗯，到底是湖南妹子，有股拼搏劲。"您后来没有再招过研究生，我们那一届的学生成了您的关门弟子。考上了您的研究生，我跑到您家去致谢，您突然来了情绪，说："走，我今天想回北大看看。"走在北大未名湖边，您指着一栋小红楼："我刚入北大，得了肺结核，被隔离住在这个小楼上，整天读书。"我正想着您年纪轻轻得肺结核病多么可怜，您却坐到未名湖边的长椅子上眼睛闪闪发亮，您的思维跳到别处去了，您问我："你读过刘索拉的小说《你别无选择》吗？她还是学音乐的，出手就不凡。"我到底不在文科的圈子里，当时还没有读过刘索拉的小说《你别无选择》，但是导师"出手就不凡"这句话我却记入心里，作为一种境界，不必达，不可不求。导师，所以这次我写自传，文字上不达到出版社觉得我的书好到能卖，可读，那我就不出了，这不能不说是受您的影响哦。

李：（感慨起来）哦，那些事你还记得，我完全忘记了。

黄：记得，记得。您给我们学生开的课不多，但是有些人生的学问，不需要开课，有时候您三言两语，我记着了，在岁月中体会很深。

李：那你还记得几样呢？记录下来，不要搞什么无聊的序，我们就把这个电话对谈记录下来放到你书里作序。

（第一次通话是以上这些。过了一周，周六，早上 7 点，我整理了第一次电话的内容，又给导师打电话。导师说上次放下电话，其实已经为我写了一段话，算个小序了，听得我心里感动，只是嘴上又说不出。导师坚持说我的这个电话记录代序更有意思，于是又继续。）

**黄**：您那天在北大还说："我们去看看冯友兰先生吧，见一次不容易了。"记不清为什么了，那天导师和我却没能看成冯友兰先生。多少年在导师家里，不同气氛之中多次品味冯友兰先生送给您的那副对联："刚日读史，柔日读经"。您多次提到您自己不爱交往的性格，不搞拉帮结派，成为孤独的思想者。不知怎么的，我的性格跟上您了，我的头发硬，性格硬，不爱交往，所以我写了一本书，从德国回到中国，出版界一个熟人都没有，我也这把年纪了哦，硬是自己像初生牛犊一样投稿，但是这个年月，你的书不够好，甚至很臭，通过关系，出版社帮你出了，赔钱不说，读者失望，最后成了废纸垃圾，这不是我喜欢的事。

**李**：我是独立大队，单枪匹马，所以一直受各种人的各种欺侮，从二十岁到八十岁，我也活过来了。你自己有本事，就能活过来。

**黄**：在社科院哲学所里上小课时，讨论深奥的哲学问题都记不清楚了，但是导师的一段大白话我却铭心刻骨："生命就是这样，想死很容易，跳楼好了！但是活着却难多了！你要思考并决定怎样活着！"我这本书最后一部分题目就是"活着的样式"，我写书的时候是不知不觉，看来这又是您潜移默化的影响。人死很容易，怎么活着却很难，我这本书，从我得癌症在手术后的病床上的思考开始，写钢琴、爱情、女人、男人、孩子、职业以及职业之外的追求，最后落到的点还是人怎么活着。

李：这是你最了不起的地方，一个小妹子，赤手空拳，跑到德国，异国他乡，一无所有，没有钱，又得了病，经历婚变、癌症等等，二十多年，就凭你的勇敢和固执，不仅保住了你这条小命，而且你至今保持了旺盛的热情、理想和天真。我很佩服。

黄：早上七点起床给您电话，整理完毕，发给您，我就要去医院做活检了，和您通话的时候忘记了死亡，更多的时候死亡还是追着我。

李：你打败过死亡，一定能再次战胜，希望你无往不胜。

# 不赞成把中国书法搞成抽象绘画

——屠新时书法《易经》序

虽然研究过中国思想史和美学，但我对《周易》和书法懂得很少很少。它们都是非常高深和非常专门的学问。下面只能谈点感想。

《周易》和书法是中国文化的独特瑰宝，是中国文化最具代表性的精神符号。它们似乎是那么神秘，然而又那么现实。你看，那八八六十四卦，囊括了天地、人生、自然、社会，它们藏往知来，预卜命运，帮助人们趋吉避凶，作出决断，那气象万千未可穷尽的推移变化，"既济"之后却是"未济"，永远没有完成。这不神秘吗？但是，卦辞、爻辞和系辞里又确乎包藏着丰富而复杂的历史经验、远古传说和人生哲理，凭此即可指导人们的行动和观念，这不又很现实吗？

同样，你看中国书法，那净化了的、纯粹的线的艺术，它也包罗万有，无不皆备，"天地万物之变，可喜可愕，一表于书"（韩愈）。我曾说它"不是一般图案花纹的形式美、装饰美，而是真正意义上的有意味的形式（significant form）"，"它是活生生的、流动的、富有生命暗示和表现力量的美"，"每一个字，每一篇，每一幅都可以有创作、有变革，甚至有个性"（均见拙作《美的历程》）。这不有些神秘吗？但尽管若行云流水、天马追风，如此玄妙高超，通过对笔墨的轻重、疾涩、虚实、强弱和转折顿挫的把握和欣赏，你又仍然可以清晰地获得某种可喜可愕可惊可叹的审美感受、领悟和快乐。这不又很现实吗？

我曾认为，中国文化和哲学的特质，与西方传统相比较，恰好是反形而上学，反本质主义和反二分法的。它重过程轻实体，重生长轻存在，重身心一体而非灵肉二分。在这里，主客体之分根本不分明甚至是不存在的。中国诗文、绘画讲情景交融，中国哲学、医学讲天人合一。在书法，更是如此。人的个性情感与自然韵律、节奏的同构合拍，就呈现在这纸上舞蹈和无声音乐的永久进行中。无怪乎人们把书法与气功也联系了起来。中国传统评论常用人体的骨、肉、血、气这些感性生命的话语来讨论、描述艺术作品的精神状貌和风格品德。所有这些，都显现出中国文化、哲学、《周易》、书法强调身心一体的生命力量的根本特点。

屠新时先生在"文革"大动乱时期而能潜心书法，很不简单；在美国十年不去赚钱而仍然致力于此，更非容易。也许正因为如此，他的字使人感到某种脱俗的味道，不求妩媚悦人，但求自我表达。即使婉转缠绵，也仍柔中有刚，骨力内在，正像他写的那句"众里寻他千百度，蓦然回首，那人却在灯火阑珊处"的稼轩词一样。屠君喜写中国诗词，也许以此更可寄托自己的故国之思，同时也给有中国文化背景欣赏者添增了不少乡土情意。

从书法说，这里涉及一个重要问题。书法既是纯粹的线条艺术，它在今天就很容易变成现代抽象绘画，而不再是书法。现在好些青年书法家写的，就难说是汉字，因为没人能认得出。那么，书法和绘画还有没有，或要不要有区别呢？我以为，这成了一个问题。在这问题上，我是保守派，不赞成把中国书法搞成抽象绘画。因为那样，以写汉字为特征的中国书法也就可以完全取消了。我以为，今天中国书法一方面固然应该是具有现代气息现代风貌的线条艺术，另一方面它又仍然应该是人们大体能辨识的汉字。既然是汉字，就有字义。这字义内容，如屠君所写的诗词，尽管与线的艺术本身无关，却仍然可以从文化心理积淀层面，来增强人们去欣赏书法线条自身的美。为什么宋、元以来的中国绘画常以诗文相配而极为成功，恐怕也包含了这个原因在内。

屠君致力于通过书法来进行中西文化交流，这又是一个大问题。我也曾说过，由于近代历史的原因，现代中国对西方的了解远远超过西方对中国的了解。从而要使西方一般读者、观众真正了解和有兴趣于中国传统文化，我以为，恐怕是一百年以后的事情，理由何在，这里不说。总之，今天致力于在西方传播中国文化，是一件非常艰难而孤独的工作。我就从不敢以此自许。但千里之行，始于足下，屠君今日的努力工作，在美国大学教授中国文化与书法，举办各类讲座展览，不仅已有成果，而且我想在不久的将来特别是更远的将来，一定会得到越来越广泛越来越热烈的反响和回报，来肯定他这种筚路蓝缕的开拓志向和奋斗精神，谨以此为颂为祝。

1999 年 5 月科罗拉多波德市

# 顾明栋《原创的焦虑：语言、
文学、文化研究的多元途径》序

已经好久没有提笔作文了，更很久没有给人作序了。所以不知道今天这篇短序能否写成？

顾明栋教授原来素不相识，也并不相知。前些时候突然接到他的电话，接着又通过几次电话，论学聊天，谈得非常愉快。我口没遮拦，乱说了一通；他说得不多，但好些看法我赞同。随后我们互赠了书稿。他寄来的正是这部书稿的十个章节。

我匆匆阅读一遍。说"匆匆"是因为年老脑衰，已不耐细读，而且我与语言学完全是外行，再读也无法提多少意见，因此这里便只能谈谈总的感觉。

总的感觉是这是一部很有分量、下了功夫的著作。我对任何下了功夫的学术著作，不管题目大小、体裁、文字如何，也不管是否赞同作者的看法，一般总怀着尊敬的态度。所谓"下了功夫"，也就是说的确花了不少的时间和精力，实在地认真研读了材料，认真思考了问题，认真地提出了或大或小的属于自己的论点或论证。当现在这类作品已属少见，而花言巧语、虚悬空论、玩弄概念、佶屈难懂充斥市场之际，顾先生的力作便更显难能可贵了。即使不一定获得当今学界的立即喝彩，但我相信，迟早会被接受和公认的。

虽未窥全豹，但所读章节中所提出的如孝顺与俄狄浦斯情结、道与 Logos、诗无达诂、中西书写符号等等，都是饶有意思的实在问题。Logos 与道，顾论其同，我论其异，角度显然有别；在汉字问题上，顾、我二人观点又颇相似。顾在电话中说，他非常赞同拙著《新版中国古代思想史论》中那段我自以为十分重要却至今无人理睬的讲汉字起源的看法，我听了当然高兴。有同有异，有似有别，切磋琢磨，相互启益，这不正是中国传统讲的"以文会友"其乐融融的学术之谊么？

在电话中，我向顾先生讲了一个我认为非常根本的问题。与数理信息科技空前发展同步，二十世纪语言哲学以多种形态一统天下，文学领域自不在外。一切都从文本语言着眼、着手来研究。不是说语言乃存在之家么？不是说文本之外无它物么？对此，我一直怀疑。我不认为语言是存在之家，而历史—心理才是。随着生理学、脑科学的日益发达，这个或下个世纪哲学和人文将走出语言，迈向心理。这心理不是动物的心理，而是历史和教育所塑形的人的心理。即以文艺来说，文学与非文学、艺术与非艺术，完全不理会有文化积淀的人审美心理感受，仅仅从语言、文本真能作出有意义的划分吗？我怀疑。

　　这看法拙著已再三述说，可能不对，但仍愿借写序这个机会再次顽强宣表，敬请批评，并供顾先生参考。

　　是为序。

2008 年 3 月于 Boulder, Colorado

# 可作为我的学术传记

## ——马群林《人生小纪：与李泽厚的虚拟对话》序

有如本书编撰者马群林先生的"后记"中所说，并不存在这个对话。所以这本《小纪》应属于马先生的著作，而非我的著作。因为尽管所有对话大半摘自我的文章、论著、访谈、电子邮件、微信等，并经过我多次翻阅增删，但经由他的编排、调整、拼接、撰写、改动，便不完全是我的语言、风格和口吻，而且有些地方半文不白即他的口头语言和我的书面语言交错相接，有些地方虽属同一主题却是不同时期、不同重点、不同讲法的拼接，如此等等，不一而足。总之，这本书不能算是我的书稿或著作，这是首先应该向读者交代清楚的。

本来，从一开头我就不赞成编撰这本书，但马兄非常坚决，多年孜孜不倦地将分散在我的论著中的一些观点、看法、意见摘编汇聚在一起，还梳理加上我的一些生活经历、事件以及他人的各种论评，其中也有我以前未曾谈过的好些问题，如强调汉字（指汉文，非汉语）在融化各不同种族、文化而形成大一统中国时的

序
跋

375

巨大功能（我始终认为这是非常重要的关键问题，但我非专家，
未敢多说），等等。这些的确花了他不少时间和极多精力，并坚决
不顾我的反对，认为这是介绍我的思想的读本，很有必要。他既
如此强硬"有理"，我便不好再说什么了。

于是，便要我写序。从二十几岁起，我所有著作都从不请人
写序。因为写序总会要讲几句好话，但并非所有好话我都愿听。
那么，我这个序该说几句什么好话呢？虽然我并不承认也不认可
这就是我的"学思之路"，但对拒绝写自传的我来说，这本书材料
真实、叙述清楚、内容宽泛，也有重点，倒是可以作为我的学术
传记来阅看的。这是实话，也就算是好话吧。但我估计此书今天
迎来的可能是一片嘲笑咒骂声，不过几十年来我已习惯生存在这
种声音中，也就无所谓了。

我已年过九十，心脑俱衰，本该匿声，却来写序，而往事依稀，
徒增怅惘，如今只欠呜呼，可伤也矣。

此序。

2020 年秋日波斋

# 附　录

# 学人眼中的李泽厚

1. 李泽厚一系列的著作——相继问世，几乎是独领风骚，风靡了神州大陆。（何兆武）

2. 要完整地谈整个八十年代思想文化，第一个要谈的应该是李泽厚，他对"文革"后最初几届大学生有笼罩性影响。（甘阳）

3. 八十年代思想界最有高度和深度、最成体系、影响最大的思想家，无疑是李泽厚，这得益于他在理论上巨大的吸纳综合建构能力。（徐友渔）

4. 我阅读他的作品，感到思维在慢慢变化，以往那些僵化的表达在渐渐失去能力。这是只有阅读鲁迅文本时才出现的感觉，……李泽厚是照耀我们精神暗区的一个引领者。在思想和理论层面，他奠定了八十年代文化启蒙的基础。（孙郁）

5. 李泽厚对中国八十年代学界之影响可谓大矣，近乎"精神教父"，后辈及与我年纪相近之整整一代学子皆喝过其"狼奶"。(夏中义)

6. 对台北的学术界来说，李泽厚是声望最高的大陆学者。不仅李泽厚的全部著作在台湾地区都有翻印版，而且报刊也常刊登有关李泽厚的评论文章。(熊自健)

7. 李泽厚是中国大陆当代人文科学的第一小提琴手。(刘再复)

8. 李泽厚是当代中国学术界的一个奇观! ([美]《诺顿理论和批评选集》)

9. 我们不是超越李泽厚，我们要达到他的水平，我觉得这可能是当下中国知识界、思想界很迫切的问题。(钱理群)

10. 读李泽厚，同读鲁迅一样，你会感到深刻，真正的思想家的深刻。你还会感到，二十世纪中国这两位最深刻的思想家的心是相通的。(张永泉)

11. 比较起来，李泽厚是新中国时代迄今为止最有才气的学

者之一。……从总体上说,在二十世纪五十年代以后的中国思想界,至今仍然是无人企及的。（章启群）

12. 我认为他是我们学科里这五十年甚至这一百年来最重要的学者。（陈明）

13. 李泽厚先生是同时开启两道闸门的思想巨匠。两道闸门,一是思想启蒙,一是文化守成。他是一个很具有创造力的哲学家,我们要谈近五十年甚至一百年的哲学,不能离开李泽厚先生。（郭齐勇）

14. 李泽厚穷尽毕生精力与时间,为中国乃至世界的社会现实问题寻找可能的对策。……在笔者看来,他的世界图像在某种程度上堪比爱因斯坦的世界图像。（王柯平）

15. 李泽厚是一位具有广阔的全球兴趣的、自成一格的哲学家,……当今时代伟大哲学家之一,……是一位在哲学最宽广范围内汲取自己哲学思辨资源的世界哲学家,……当代中国最知名的社会批评家之一。（[美] Roger T.Ames、贾晋华）

16. 李泽厚是当代最重要的哲人之一,……李泽厚通过对中国传统价值及知识中的若干重要方面进行更新与重思,从而为当代哲学论辩做出了巨大贡献。……这项工作不仅有助于中国自身未来物质与精神发展道路的建设，亦为世界哲学做出了独特而有价值的贡献。（［斯洛文尼亚］罗亚娜 Jana S.Rosker）

17. 当时，对年轻一代的思想形成最有影响的中国哲学家是李泽厚。他的《批判哲学的批判——康德述评》一书，使我第一次真正体会到哲学的魅力。（崔之元）

18. 他的《批判哲学的批判》和美学、中国近代思想史论述使包括笔者在内的一代人获益之深，后人恐难以想象。（雷颐）

19.《批判哲学的批判》的出版，对于刚刚改革开放的中国文化思想界来说，无疑是一个非常重要的哲学事件、理论事件或思想事件。（宋伟）

20. 现在中国的马克思主义学者声称要"打通中、西、马"，实际上，用"打通中、西、马"来刻画李泽厚的理论方案最恰当不过。（唐文明）

21. 看来西方国家继承希腊一派传统，只强调抽象思维，说什么思维就只有抽象思维，语言是思维的基础。而我国却有另一派，"庄禅派"，强调又一个极端，只有形象思维，甚至排斥语言文字。

为了批评前者，举出后者，作为我国先哲对人类文明的贡献是大为必要的。您立了功！（钱学森）

22．当代思想史家中，李泽厚先生对中国文化积淀往往有新颖深切的体会，而且能把深邃的道理做出精当易晓的解释。（［美］何炳棣）

23．李先生是当代中国最有影响的哲学家和美学家，……李先生的美学理论不仅反映了二十世纪中国哲学和美学的最高成就，而且其构建的美学体系和美学理论具有令人折服的原创性，……李先生的原创性足以使他当之无愧地跻身于世界最伟大的文艺理论家之列。（［美］顾明栋）

24．中国哲学家李泽厚可以称得上是 20 世纪审美文化领域中伟大的思想家。……有关美学与文化之间关系的所有重要问题在他这里都得到了考察。……他对中国文化思想的精妙之处的把握如此深刻有见地，同样令人惊叹。（［意］Mario Perniola）

25．八十年代初，《美的历程》猛然改变了我对国人哲学的成见：这不就是我在欧洲古典小说中感受到的那种哲学吗？（刘小枫）

26．李泽厚是中国近三十年来最有影响、最受关注的哲学家。……他晚年的哲学访谈，摆脱了世俗哲学写作的繁琐无谓的论证和舞文弄墨的铺陈，以简白直接的方式，陈述了其哲学的要义，对中国哲学的当代建构提出了重要的意见和主张。（陈来）

27. 上世纪八十年代初，有幸购得李泽厚先生的《中国近代思想史论》，如饥似渴地读了。……虽然现在已不能详述该书内容，书中的思想光辉却一直给我温暖的照耀。该书首篇关于太平天国"其兴也勃其亡也忽"的论述，对我产生过具体的指导作用。那篇文字，我读了不下五遍，从中看到了农民革命战争诸多规律性现象，并将多年郁积于心的一个农民形象点化为活的人物，让我写出了中篇小说《拂晓前的葬礼》。（王兆军）

28. 1983年笔者的文章《〈庄子〉内篇早于外杂篇之新证》在《文史》辑刊第18辑发表，李泽厚看到了，就对中国社会科学出版社的编辑黄德志女士说："有一个年轻人，我认为他是年轻人，写了一篇关于庄子的文章，很好。你们应该找他写一本书，十几万字，我写序，你们出。"当黄德志知道我正在写博士论文后，就建议我将博士论文交给他们出，由此又引出了后来的博士论文文库。这里特别令人感念的是，当时李泽厚先生全然不知道我是谁。（刘笑敢）

29. 李泽厚在建国后第一代人文学者中实乃极为杰出佼佼者，

文思如泉涌，创见甚多。平生为人不拘小节，乐于助人。早年我在社科院遭遇困顿时，对我提携甚多，有知遇之恩。(何新)

30. 李泽厚是一个很有个性的人，不大奉承人，不大巴结人，但也不苛求于人，不注意小事，与人相处友善而真诚。(周来祥)

(马群林　辑)

# 后 记

这个集子，肇始于2019年人民文学出版社李磊编辑的邀约，当时我曾与李泽厚先生就选编的有关问题进行过商讨，一起拟了几稿目录。现此书纳入出版，而李先生却于几个月前在洛基山脚下的 Boulder 小镇悄然逝去……

苍然掩卷，往事如昨！

李先生是"思想者"（thinker），不是作家，也不是艺术家，但是，这位中国当代大哲的文章，意蕴之深厚，情感之饱满，文辞之清丽，一直以来备受学界称颂。一部《美的历程》，被誉为是"他那独特的美感经验（感性），与深细的美学思维（理性）之间交相融化而积淀成的一部杰作"（傅伟勋），"是我常拿出来读的书，有时吟诵一两段，觉得像诗，不像论述"（蒋勋）；一篇《宗白华〈美学散步〉序》，"曾让我们击节不已"（易中天），至今仍使许多人津津乐道；在得知好友傅伟勋患病（癌）而写下的问候性文章《怀伟勋》，令著名学者郭齐勇先生赞叹不已："这篇文章洒脱自如，文情并茂，脍炙人口，精美至极，不仅活脱脱凸显了傅先生的性情，也表达了现代士人的存在感受"；而一些看似闲散的文章，不多修饰，情景中饱含时空玄思与人生哲理；即便是那些周正的学术类文章，亦文字凝练，余味深长，有时引用诗句来推进其论题，全然没有学院派枯燥繁琐之病。

记得上世纪八十年代，李先生正处在"笼罩性影响"（甘阳）之际，文化界就有人称他为"当代梁启超"。这一类比，除了思想史上的特殊意义之外，似乎还包含着另外一层含义，即人们觉得，李先生的文章之所以能吸引人、能抓住人，在于其深刻而新颖的思想常常包裹在清新流丽的笔墨之中不胫而走，此点与梁启超颇为相似，而这，恐怕也正是李先生的思想、论著，能在青年学子中被迅速而广泛的接受和喜爱的重要因素之一吧。

说来，这是我第二次编选李先生的散文随笔。记得编第一本（《李泽厚散文集》2018 年）时，我原拟的书名叫"寻求意义"，先生未采纳，但在序文中却写道：

> 我这一生倒的确是在寻求意义：生命的意义、人生的意义以及其他一些事物的意义，发而为文章、论说，也是在寻求意义。我记得自己曾经说过，人生本无意义，但人又总要活着活下去，于是便总得去追寻、去接受、去发明某种意义，以支撑或证实自己的活，于是，寻求意义也就常常成了一个巨大而难解的问题。

有人曾问李先生:"何谓哲学?"答:"简单一句话,我以为就是研究'命运':人类的命运、中国的和个人的命运。"收入这本随笔集里的文章,其所记、所议,恰与人的存在或本质、人生的价值和意义、人的命运和诗情纠缠在一起,这不正是在探索"命运"的路途上"寻求意义"吗?从而,读一读李先生的这些文字,或许对"命运"、对"人生"会有一些更新和更深的认识与感悟,或许可寻求出某种支撑"活下去"的意义。但果真如此吗?也难说,那就由读者去品鉴吧。

所以,我将这本新选集取名为"寻求意义",想必先生不会反对吧?

最后,就选编之事说明几点:

第一,此次在参阅与李先生所商议的目录稿的基础上,重新进行了编选。全书72篇,分为"忆往""杂记""思想""序跋"四辑,内容宽泛,形式各异,均为李先生九十年代客居海外后写下的。李先生上世纪八十年代的诸多文章(均收入《走我自己的路》)以及"美学三书""思想史三论"诸作中的那些融文学性与思想性于一炉的华彩篇章,已为读者熟知,故此次一篇未收。

第二,《孤独》《重视武侠小说的文学地位——悼金庸先生》《关于"美学译文丛书"》《书院忆往》《忆冯友兰》《忆几位前辈美学家》《八十年代的几本书》《关于钱锺书》《与周有光的对话》《试谈中国的智慧(提纲)》《我所理解的儒学(提纲)》《探寻语碎》《希望你无往不胜——黄梅〈结婚话语权〉代序》《顾明栋〈原创的焦虑：语言、文学、文化研究的多元途径〉序》等文，是首次收入先生的书中。

第三，《关于严复与梁启超》《人活着》《便无风雪也摧残》《明月直入，无心可猜》《有、空、空而有》《珍惜》《逝者如斯夫，不舍昼夜》《一个世界》《儒家讲合情合理》《半宗教半哲学》《不赞同建"儒教"》《探寻语碎》诸篇，选自先生的相关论著。其中，《关于严复与梁启超》选自1956年先生26岁时发表的长文《论十九世纪中国改良派变法维新思想的发展》，选文的基本论点在先生后来的《论严复》（1977）、《梁启超王国维简论》（1979）中有了进一步的系统阐发。

第四，《忆冯友兰》《忆几位前辈美学家》《八十年代的几本书》《思想与学问》《闲话中国现代诸作家》《关于钱锺书》《读〈红楼梦〉》《情爱多元》《历史在悲剧中前行》《哲学需要论证吗？》《士兵哲学》等篇，乃编者2017—2020年摘编自李先生的论著，并经先生审阅或过目。

本书篇目及章节结构，责编李磊多次提出思路和主意并与我商定，谢谢李磊女士！

是为记。

马群林

2022年7月

寻求意义